Ammianus-Verlag

Zum Buch:

Vor Jahrhunderten soll zwischen Aachen, Jülich und Köln die wohlhabende und sagenumwobene Stadt Gression gelegen haben. Eines Tages fand sie ein jähes Ende.
Was aber hat es auf sich mit dem Atlantis des Rhein-lands? War Gression eine spätantike römische Siedlung? Machte der Bergbau ihren angeblichen Reichtum aus? Ging die Stadt in einer Sintflut unter oder wurde sie von Feinden zerstört?
Die Trilogie um die charismatische Richarda von Gression hat sich des Themas belletristisch angenommen. Im Jahr 984, einer Zeit epochaler Umbrüche, wird Richarda unter merkwürdigen Umständen geboren. Vor ihr liegen die Höhen und Tiefen eines bewegten Lebens ...

Der Autor:

Günter Krieger, Jahrgang 1965, lebt in Langerwehe am Rand der Nordeifel. Bekannt wurde er durch seine Merode-Trilogie. Er verarbeitet vor allem Ereignisse des Mittelalters zu historischen Krimis und Romanen, viele seiner Werke beleuchten die Geschichte der Eifel und des Rheinlandes. Krieger ist Mitglied des Autorenkreises Historischer Roman „Quo vadis“. Im Ammianus Verlag er-schien zuletzt sein generationsübergreifendes Mittelalterepos „Die gefangenen Seelen“.

Günter Krieger

Richarda von Gression

Die Visionärin

Historischer Roman

Erste Auflage
März 2013

Umschlaggestaltung: Thomas Kuhn
Kartenmaterial: Agnieszka Krieger
Lektorat: Angelika Kiel
Druck & Satz: TZ-Verlag & Print GmbH

ISBN 978-3-9812285-7-1

www.ammianus.eu
www.facebook.com/AmmianusVerlag

„Selig, die arm sind vor Gott;
denn ihnen gehört das Himmelreich.“

Matthäus 5,3

Der Augenblick, an dem Richarda das Licht der Welt erblickte, muss ein besonderer gewesen sein. Vermutlich hielt die Welt kurz den Atem an.

Paulinus von Hersfeld:
„Vita Ricardae Gressionensis“

GRESSIONA ANTICA
Erzgruben
Garnison
Rymelsberg
IVLIACVM
(Jülich)
COLONIA
(Köln)
AQVAE GRANNI
(Aachen)
Ricardas
Palast
(Hamich)
Höhle
Waldsee
GRASCINIACVM
(Gressenich)
VARNENVM
Gräberfeld
Garnison
Omerbach
N

Dramatis Personae

Gressiona:

Ricarda:	die Königin
Agnes:	Ricardas Leibsklavin, Christin
Lucius:	Heermeister, Ricardas Verehrer
Grannus:	Tempelpriester, Königinmacher
Claudius:	Gehilfe des Brennus
Julian:	christlicher Eiferer
Brenno:	Pfortensklave
Tartula:	Köchin
Publius:	Centurio

Rymelsberg, Aeccheze, Jülich:

Richarda:	charismatische Bauerntochter und Mystikerin
Gero:	Richardas Bruder
Gunda:	Richardas Schwester
Rothaid:	Richardas Ziehmutter
Pippin:	Richardas Ziehvater
Ortwin:	der blinde Großvater
Judith:	die Klausnerin
Gerhard:	der Gaugraf
Tassilo:	Sohn des Gaugrafen
Wigbert:	Sohn eines Töpfers
Oda:	Wigberts Schwester
Adam:	Wigberts und Odas Stiefbruder
Eva:	Wigberts und Odas Stiefschwester
Bartholomäus:	Dorfpriester zu Aeccheze
Hiltrud:	Richardas leibliche Mutter
Hadwig:	Hiltruds Schwester
Madelgard:	Frau des Schmieds

Weitere:

Theophanu:	die Kaiserin
Otto:	Sohn der Kaiserin
Magnus:	Wandermönch
Meginher:	Mönch aus Hersfeld
Konrad:	Bruder der Klausnerin Judith
Klara:	Schwester der Klausnerin Judith

Teil I.

Kindheit

1.

Im fünften Jahrhundert A.D.: Gressiona

Dreiundzwanzig Jahre war Ricarda alt, als ihr kleines Königreich unterging. Sieben Jahre hatte es Bestand gehabt. Und nun, an diesem trostlosen und unsagbar entsetzlichen Spätsommertag, musste sie erleben, wie Gressiona binnen weniger Stunden zerstört wurde.

Zusammengekauert hockte sie mit ihrer Sklavin Agnes im Hypocaustum des Badehauses und lauschte dem Wüten der hunnischen Horden. Trotz des sintflutartigen Regens brannte die Villa nebenan lichterloh. Die Residenz einer Königin – ha! Der stolze Adler des Pontifex Grannus war wohl in Wirklichkeit eine flügellahme Krähe gewesen.

Das laute Prasseln der Flammen wetteiferte mit dem Kriegsgeheul der Hunnen, dem Schnauben ihrer Pferde und dem Tosen des Unwetters. Feuchter, beißender Rauch drang in jeden Winkel des Verstecks. Der schreckliche Hustenreiz, der die beiden jungen Frauen quälte, war nichts im Vergleich zu dem, was ihnen blühte, wenn die Hunnen sie entdeckten. Doch auch wenn sie hier und heute überlebten, nichts würde mehr so sein, wie es gewesen war, ihre Welt veränderte sich an einem einzigen Tag, denn Gressiona ging unter.

„Wir werden hier elend ersticken, Herrin", flüsterte Agnes, ihre Stimme zitterte.

„Irgendwann werden sie fertig sein mit ihrem Frevel", entgegnete Ricarda bitter.

„Lass uns von hier fliehen, Herrin. Bevor sie uns finden."

Ricarda schüttelte den Kopf. „Zu gefährlich, Agnes. Sie würden uns rasch entdecken." Was sie dann mit ihnen anstellen würden, hatten sie vorhin mit eigenen Augen gesehen.

Im Stillen fragte sich Ricarda, warum sie noch hier hockten. Warum klammerten sie sich so sehr an dieses Leben? Alles, was sie besessen hatten, war verloren. Morgen früh, wenn die Sonne aufging, wäre Gressiona dem Erdboden gleichgemacht, die Villen, Höfe, alle Bauten der Umgebung nur noch rauchende Ruinen. Leichen und Tierkadaver würden in den Trümmern verrotten, denn niemand wäre mehr übrig, um die Toten zu bestatten. Vielleicht würde es einigen gelingen, sich vor den Hunnen in Sicherheit zu bringen – die Stollen der Bergwerke mochten ein solcher Zufluchtsort sein -, aber selbst wenn sie dort ausharrten, bis die Gefahr vorüber wäre, hätten diese Menschen ihre Heimat unwiederbringlich verloren. Das kleine Heer, das Gressiona in den vergangenen sieben Jahren beschützt hatte, es existierte nicht mehr, die Pfeile der Hunnen hatten es ausgemerzt. Wie hatte man ernsthaft glauben können, eine Garnison schlecht ausgerüsteter Krieger könnte den bestialischen, entfesselten Horden der Hunnen siegreich begegnen?

Als einer der ersten Verteidiger hatte Lucius den Tod gefunden. Sein Ableben war ein Grund mehr, sich nicht länger verbissen an dieses Leben zu klammern.

Jeder, der dieser Hölle entkam, wäre gezwungen, in eine andere Gegend zu ziehen, um vor fremden Horden künftig geschützt zu sein. Wenngleich Ricarda bezweifelte, dass es solche Gegenden noch gab. Die Hunnen versetzten dem einst so mächtigen Imperium der Römer den endgültigen Todesstoß.

Gedankenvoll nahm Ricarda das bronzene Medaillon, das sie an einer Kette um ihren Hals trug, zwischen ihre Finger und rieb daran, ohne es anzusehen. Draußen stimmten die Hunnen ein schauriges Geheul an. Hätte das eigene Schicksal sie nicht so kalt gelassen, wäre ihr wohl ein kalter Schauer über den Rücken gelaufen.

„Ist es nicht an der Zeit, sich dieses verfluchten Götzenbildes endlich zu entledigen, Herrin?“, fragte Agnes. Trotz der Ängste, die sie ausstand, lag ein Ausdruck der Missbilligung um ihren Mund.

Ricarda benötigte einen Augenblick, um zu begreifen, dass sie von dem Medaillon sprach. „Ach, Agnes“, sagte sie mit einem matten Lächeln.

„Warum willst du nicht einsehen, dass deine alten Götter tot sind? Dein Geliebter wusste es besser. Ist dir das himmlische Strafgericht nicht Beweis genug?“

Anmaßende Worte für eine Sklavin. Aber Ricarda würde nicht jetzt damit anfangen, sie mit Strenge zu behandeln. „Der Himmel kann doch nichts dafür, Agnes", antwortete sie in einem Tonfall, mit dem man ängstliche Kinder beruhigt.

Die Sklavin begann zu weinen. Ricarda nahm das Medaillon vom Hals und warf es in die Dunkelheit.

„Siehst du, Agnes? Nun trage ich es nicht mehr. Jupiter soll hier verrotten! Bist du zufrieden?"

„Ja, Herrin. Du hast gut daran getan."

Sie schwiegen.

„Erinnerst du dich, wie alles begann?", fragte Ricarda dann beinahe versonnen.

„Damals war noch alles möglich", schluchzte die Sklavin.

Ricarda legte ihr tröstend einen Arm um die Schultern und dachte an Lucius. „Du hast recht", sagte sie. „Alles war möglich."

2.

Sommer 984 A.D.

Das Gewitter kam unaufhaltsam näher. Judith aber, die Klausnerin, ließ sich weder durch die Lichtblitze, die ihre karge Behausung immerzu erhellten, noch durch das Donnergrollen beeindrucken. Bäuchlings lag sie auf dem Boden, die Arme ausgestreckt zum Kreuz, und betete zum Herrn. Nicht, weil das Unwetter sie verängstigt hätte – in den Naturgewalten spürte sie vielmehr die Nähe des Gottes -, sie betete, weil es die Zeit der Vesper war. Außerdem gab es ein dringliches Anliegen, das sie dem Herrgott vortragen wollte.

Sie war eine hochgewachsene, etwa vierzigjährige Frau von hagerem Äußeren. Leicht höckerig war ihre Nase, hervorstechend die Wangenknochen; dennoch besaß ihr Antlitz etwas Anmutiges. Ein Gewand aus gröbstem Leinen diente ihr als Kutte, ihren Kopf bedeckte ein dunkles Schleiertuch. Früher, so sagte man Judith nach, sei sie Nonne in einem Kloster zu Köln gewesen. Da sie sich aber der strengen Priorin nicht unterordnen konnte, habe sie sich eines Tages aus dem Staub gemacht und dem Kloster den Rücken gekehrt. Um niemandem - außer dem Herrgott - mehr gehorchen zu müssen, war sie zur Klausnerin geworden. Mit eigenen Händen hatte sie im Wald unweit von Grecenich inmitten einer alten Ruine eine Klause für sich errichtet. Vor Urzeiten hatte hier eine stattliche Villa gestanden. Obwohl längst verfallen, ragten noch beachtliche Mauerreste aus dem Erdreich. Mit Baumhölzern und Lehm hatte Judith die Lücken geschlossen, ein Dach aus Stroh und Flechtwerk schützte sie vor Sonne, Wind und Regen. In dieser Klause lebte sie seit fast zwanzig Jahren ihre eigene Frömmigkeit.

Anfangs war sie von der Bevölkerung der umliegenden Dörfer und Weiler misstrauisch beäugt worden: Was sollte man nur halten von dieser merkwürdigen Fremden, der es offenbar nicht in den Sinn kam, so zu leben, wie man es von einer Frau erwartete? Die weder Eheweib noch Nonne war, sondern sich eigene Gesetze schuf?

Mit der Zeit wandelte sich das Misstrauen der Menschen zunächst in Duldsamkeit, später in Respekt. Was daran lag, dass Judith zu dem Ruf gelangte, Krankheiten durch die Kraft ihres Gebets heilen zu können.

Angefangen hatte alles mit einem Holzfäller, der sich bei seiner Arbeit im Wald die Axt ins eigene Bein schlug. Zufällig war Judith gerade in der Nähe und hörte die Schreie des Verletzten. Als sie ihn fand - blutüberströmt lag er am Boden, umringt von drei hilflosen Gefährten -, da griff sie eine Handvoll Kräuter aus ihrem Korb und stopfte sie in die klaffende Wunde. Dabei sprach sie das Paternoster, und ohne ihre Hilfe wäre der Holzfäller jämmerlich verblutet. Später, als die Nachricht von seiner Rettung die Runde machte, war von blutstillenden Kräutern nicht mehr die Rede, sondern allein von Judiths heilendem Gebet. Zumal der Gesundete nicht einmal ein Hinken zurückbehielt.

Bald darauf kam eine Bäuerin aus Grecenich auf den Gedanken, ihren sterbenskranken Säugling zu der Klausnerin zu bringen, damit sie für ihn bete. Das Kind wurde gesund. Ähnlich erging es anderen Kranken, die Judith auf das Flehen besorgter Familienangehöriger hin in ihr Gebet einschloss. Der Klausnerin selbst wäre es lieber gewesen, man hätte sie damit verschont, aber als der Stein einmal ins Rollen gekommen war, ließ er sich nicht mehr aufhalten. Wäre einer der Kranken trotz ihrer Fürbitten gestorben, hätte man sie vielleicht bald in Ruhe gelassen. Nur: Dies geschah nicht. Neuerdings kamen auch Sünder zu ihr und ließen sich nicht eher abweisen, bis Judith sie von ihren Sünden losgesprochen hatte. Ihren Einwand, sie sei nur eine Klausnerin und besitze keinerlei priesterliche Vollmacht, wollte niemand hören.

So war es auch vorhin gewesen, als der Bauer Pippin bei ihr erschienen war. Er lebte am Fuß des Rymelsberges, eine knappe halbe Wegstunde entfernt. Dort gab es einige verstreute Behausungen von Bauern und Handwerkern, darunter Pippins Gehöft und die Werkstatt des Töpfers Sigurd.

Judith wusste, dass Pippin ein grobschlächtiger Kerl war, dem die Fäuste recht locker saßen. Auch sein Weib Rothaid hatte unter seiner Prügelwut zu leiden. Bleich und verängstigst hatte Pippin dreingeschaut, was Judith augenblicklich stutzig machte: Wenn sich ein Kerl wie Pippin fürchtete, dann musste etwas Außergewöhnliches geschehen sein.

Unter seinem Umhang hatte er etwas verborgen gehabt.

„Was willst du?“, fragte Judith schroff.

„Ich … habe eine Sünde begangen.“

„Geh zu einem Priester. Ich kann nichts für dich tun!“

„Ein Priester? Pah, den Kerlen traue ich nicht.“

„Was willst du also?“

Er zögerte lange; dann holte er ein Bündel unter seinem Umhang hervor.

Judith erschrak. Das Bündel war ein toter Säugling. Ein weißes, lebloses Gesichtchen kam zum Vorschein, der kleine Hals durch ein Würgemal entstellt. Judiths Blick bohrte sich fest in Pippins Augen. „Hast du es umgebracht?“, fragte sie kalt.

Vermutlich war Pippin noch nie in seinem Leben so kleinlaut gewesen. „Ich wollte es nicht …“, stammelte er.

„Und dennoch hast du es getan. Warum?“

„Es schrie und wollte nicht mehr damit aufhören. Da habe ich …, aber ich wollte es nicht, ich schwöre es. Auf einmal atmete es nicht mehr …“

„Was bist du nur für ein Mensch. Dein erstes Weib – hast du sie damals auch getötet?“

Pippin gab sich entrüstet. „Wieso fragst du mich das? Jedermann weiß, dass sie an einer Blutung starb.“

„Geh mir aus den Augen, Pippin.“

„Nicht bevor du mir vergeben hast.“

„Gott allein kann dir vergeben.“

„Dann bitte *du* ihn darum.“

Sie wusste nur zu gut, dass er nicht nachgeben würde. Ein Mann wie Pippin würde notfalls zur Gewalt greifen, wenn sie seinem törichten Anliegen nicht nachkam. Immerhin sorgte er sich um sein Seelenheil, das gab dem groben Klotz zumindest einen Hauch von Menschlichkeit. Betrübt musterte Judith den toten Säugling.

„Ein Mädchen, nicht wahr? Erst wenige Tage alt."

Er nickte, starrte Judith in einer Mischung aus Ungeduld und Unbehagen an.

„Gib es mir", forderte die Klausnerin ihn auf. Sie streckte ihm beide Hände entgegen. Nach kurzem Zögern übergab er ihr das Bündel.

„Was ist nun?", fragte er nervös. „Kann ich mit Gottes Vergebung rechnen?"

„Ich werde beten und die Heiligen um ihre Fürsprache bitten. Das tote Kind lass bei mir." Nicht einmal die Leiche wollte sie seiner Obhut überlassen.

„Muss man es denn nicht beerdigen?", brummte er.

„Geh! Und komm morgen Abend wieder. Dann will ich dir sagen, ob Gott dir vergibt."

„Zu keinem ein Wort darüber, hast du mich verstanden?" Seine Furcht vor den Feuern der Hölle war offenbar nicht so groß, dass er sich den drohenden Unterton verbissen hätte. Mit einem letzten missmutigen Blick auf das tote Kind verließ er Judiths Klause.

Zwei Stunden waren seitdem vergangen. Das Gewitter war inzwischen ganz nah, Blitz und Donner wüteten, Regen prasselte nieder. Judith beendete ihre Gebete und erhob sich. Ihre Aufmerksamkeit wandte sich wieder dem toten Säugling zu. Noch einmal nahm sie ihn in die Arme, wiegte ihn und summte ein Liedchen, als könnte sie ihn auf diese Weise wieder zum Leben erwecken. Ein grässlicher Bluterguss an seinem Hälschen zeugte von der Gewalt, die seinem jungen Leben ein Ende bereitet hatte.

Stimmen ließen Judith innehalten. Wer war es, der dem Unwetter trotzend den Weg zu ihrer Klause eingeschlagen hatte? Rasch legte sie das Bündel mit dem toten Säugling in eine dunkle Ecke, wo niemand es sehen würde.

Es waren die Stimmen zweier Mädchen, die laut miteinander sprachen, damit der Donner ihre Worte nicht verschluckte. Sie wirkten aufgeregt, vielleicht hatte das Gewitter sie mitten im Wald überrascht. Triefnass vom Regen erschienen sie an der Tür, deren Umrahmung aus Sandstein die Jahrhunderte überdauert hatte.

Scheu verstummten sie beim Anblick der Eremitin. Judith winkte sie herein. „Wer seid ihr?“, fragte sie die beiden.

Die Größere – sie mochte etwa vierzehn Jahre zählen und war dürr und mager – antwortete ihr mit gesenktem Kopf. „Ich bin Hadwig, ehrwürdige Mutter. Das hier ist meine Schwester Hiltrud. Dietrich und Uta sind unsere Eltern.“

Judith nickte. Dietrich und Uta waren leibeigene Bauern aus Grecenich und Erzeuger einer vielköpfigen Kinderschar – mehr Kinder, als nach einer mäßigen Ernte ernährt werden konnten.

„Ihr dürft bleiben, bis das Gewitter vorübergezogen ist“, sagte Judith.

Die Mädchen wagten immer noch nicht, ihr ins Gesicht zu blicken. Irgendetwas stimmte nicht mit den beiden. Vermutlich war es nicht das Gewitter, das sie hierher getrieben hatte.

„Möchtet ihr etwas essen?“, versuchte Judith sie aus der Reserve zu locken. Doch eine Antwort erhielt sie nicht, wenngleich sie überzeugt war, dass die Mädchen Bärenhunger hatten.

Die Jüngere, Hiltrud – sie war allenfalls zwölf, wirkte aber kräftiger und draller als die Schwester –, gab ein leises Stöhnen von sich. Fragend hob Judith die Brauen. „Fühlst du dich nicht wohl? Komm, setz dich dort auf den Hocker. Ich will Suppe für euch aufwärmen.“

Hiltrud rührte sich nicht. Ihr Mund war jetzt ein fester Strich. Als wollte sie weitere Schmerzlaute tunlichst vermeiden. Die Hände hielt sie steif vor ihrem Schoß verschränkt. Ihr Antlitz war noch bleicher als das ihrer Schwester.

„Sie …, sie bekommt ein Kind, ehrwürdige Mutter“, sagte Hadwig gepresst.

Natürlich! Warum war es ihr nicht gleich aufgefallen, dass das Mädchen schwanger war? Judith fiel es wie Schuppen von den Augen: ein Kind, das bald ein Kind gebären würde. Da war es wenigstens verzeihlich, dass sie dies erst mit Verspätung begriff. Zumal der weite Leinenkittel den Bauch des Mädchens vortrefflich tarnte.

„Süßer Jesus“, murmelte Judith. Die Frage nach dem Vater des Kindes stellte sie nicht, obgleich sie ihr auf der Zunge lag. Sie kannte das Wesen der Menschen und den Eigensinn junger Mädchen gut genug, um zu wissen, dass sie keine Antwort bekommen würde. Ohnehin war die Frage nach dem Vater zweitrangig, ungleich wichtiger war das Wohlergehen der werdenden Mutter. Dass Hiltrud Schmerzen litt, war unübersehbar. Nicht nur, dass das Mädchen Mutter werden sollte – sie bekam das Kind schon *jetzt*!

„Hadwig, hilf deiner Schwester, wir müssen sie hinlegen!", befahl sie mit Nachdruck und deutete auf die armselige Strohmatte, die ihr als Nachtlager diente. Die Leute mochten mit Gebetsanliegen oder gar, wie vorhin der gewalttätige Pippin, mit absurden Forderungen zu ihr kommen, doch auf eine Geburt war sie nun wirklich nicht vorbereitet. Wenn man ihr auch heilerische Kräfte nachsagte, so war bislang noch niemand auf den Gedanken gekommen, in ihr eine Hebamme zu sehen.

„Ziehen wir ihr die nasse Kleidung aus!" Judith tat ihr Bestes, um der Lage Herrin zu sein. Einmal erst war sie bei einer Geburt zugegen gewesen – damals, als man eine niederkommende Straßenhure ins Kloster getragen hatte -, aber das lag sehr lange zurück. Gleichwohl, jedes Kind war ein Gottesgeschöpf, und mit dem lieben Gott stand Judith auf gutem Fuß. Wenn sie Ihn bat, ihr und dem Mädchen beizustehen, würde alles gut werden.

Bald lag Hiltrud nackt und keuchend auf der Strohmatte, Schweißperlen rannen ihr unaufhörlich übers Gesicht. Hadwig kniete daneben und hielt unbeholfen ihre Hand, während Judith unter dem Kessel ein Feuer entfachte, denn warmes Wasser würde sie brauchen, wenn es soweit war. Ein Blick auf das enge Becken der jungen Gebärenden verhieß Schwierigkeiten. *Gott, lass das Mädchen am Leben, vermutlich ist es schuldlos an seiner Lage!,* schickte sie ein erstes Stoßgebet Richtung Himmel.

Als das Köpfchen des Kindes bald darauf zwischen den geöffneten Schenkeln erschien, wusste Judith, dass der Herrgott sie einmal mehr erhören würde. Zwar schrie die junge Hiltrud, was ihre Lungen hergaben, aber die befürchteten Komplikationen blieben aus. Judith kniete vor ihr, sprach tröstend auf sie ein, während sie behutsam das Kind aus ihrem Schoß zog.

Die Zeit verrann, das Gewitter entfernte sich, noch einmal zuckte ein greller Blitz; dann hielt Judith das Neugeborene in ihren Händen, ein glitschiges, zartes Bündel Mensch, ein Mädchen, noch frei von jeder Sünde.

Hiltrud atmete schwer und schien das Schreien des Kindes nicht wahrzunehmen. „Du hast es geschafft“, flüsterte die Schwester ihr ins Ohr.

„Wann gehen wir nach Hause?“, fragte Hiltrud matt.

Judith wickelte das Neugeborene in ein Tuch, nachdem es von seiner Nabelschnur befreit war. „Eure Eltern – wissen sie davon?“ Die Frage galt der Älteren, denn Hiltrud war zu erschöpft für eine Antwort.

Hadwig schüttelte hastig den Kopf. „Nein, ehrwürdige Mutter. Wir haben es die ganze Zeit über verheimlicht.“

Das hatte Judith vermutet. Der Bauch war dem Mädchen kaum anzusehen gewesen. Manchmal ließen Schwangerschaften sich vortrefflich tarnen. Die Mädchen mussten einen guten Grund dafür gehabt haben.

„Wer sonst weiß davon?“

„Niemand, ehrwürdige Mutter.“

Noch einmal überlegte Judith, die Frage nach dem Vater zu stellen, nahm aber erneut davon Abstand. Denn eins schien ihr gewiss zu sein, der Erzeuger des Kindes, wer immer es auch war, hatte sich an Hiltrud vergangen. Judith wollte nicht in Seelenwunden stochern, die Mädchen hatten eine schlimme Zeit hinter sich.

„Was gedenkt ihr jetzt zu tun?“, fragte Judith schroffer als beabsichtigt.

Hadwigs Augen weiteten sich angstvoll. „Wir können das Kind nicht mit nach Hause nehmen, ehrwürdige Mutter. Unser Vater würde uns …“ Sie sprach es nicht aus, sondern schmiegte ihr Gesicht an die schweißnasse Wange der jüngeren Schwester, die, wie um der Welt zu entfliehen, ihre Augen fest verschlossen hielt.

„Und da seid ihr zu mir gekommen!“

„Was sollten wir denn tun, ehrwürdige Mutter?“ Hadwigs Stimme war ein einziges Flehen. „Wir wussten einfach nicht wohin …“

„Schon gut.“ Judith betrachtete nachdenklich den Winzling in ihren Armen. „Ich werde dafür sorgen, dass es dem Kind gut geht.“

Hadwigs Augen leuchteten dankbar. Bestimmt lagen ihr unzählige Fragen auf der Zunge, aber sie wusste wohl, dass es nicht angebracht war, sie zu stellen. Die Eremitin hatte versprochen, sich um das Neugeborene zu kümmern, alles Weitere war momentan nicht von Wichtigkeit.

Hiltrud erwachte aus ihrem Schlummer. „Ich will heim“, wisperte sie.

„Du bleibst noch eine Weile liegen und ruhst dich aus“, bestimmte Judith. „Wenn das Gewitter vorübergezogen ist, könnt ihr gehen. Auch künftig werden ihr kein Wort über das Kind verlieren! Niemand darf davon erfahren! Habt ihr das verstanden?“

Hadwig nickte eifrig. „Wir versprechen es, ehrwürdige Mutter!“

Später, nachdem die Mädchen gegangen waren, nahm Judith den toten Säugling des Pippin aus dem Bündel. „Armes Menschenkind“, flüsterte sie und formte mit dem Daumen ein Kreuz auf sein Köpfchen. „Gleichwohl, der Herr hat sich etwas dabei gedacht.“

Auch Elend hatte seinen göttlichen Sinn. Nichts geschah zufällig.

3.

Der Tag danach ...

Erst am späten Abend, kurz vor Sonnenuntergang, erschien Pippin vor der Klause der Eremitin, wie sie es ihm befohlen hatte. Judith saß auf ihrer Steinbank neben der Eingangspforte. Pippin machte keinen Hehl daraus, dass er nur widerwillig ihrer Forderung nachkam. Breitbeinig baute er sich vor ihr auf. „Ich hätte Besseres zu tun, als abends durch den Wald zu streifen", schnarrte er. Von seinem schlechten Gewissen war nichts mehr geblieben. Judith beschloss, ihm seine Sünde wieder eindringlich ins Gedächtnis zu rufen.

„Und was wäre das wohl, Pippin? Säuglinge um ihr junges Leben zu bringen?"

Immerhin gab er sich darauf etwas schuldbewusster. „Ich hab dir doch gesagt, es war nicht meine Absicht, sie umzubringen. Gott verzeiht alle Sünden, sagen die Pfaffen."

„Wenn das so ist, warum bist du mit deiner toten Tochter zu mir gekommen?"

„Weil man sagt, dass deine Gebete wirksam sind. Hast du für mich gebetet? Wird der Herrgott mir vergeben?"

Sie ließ sich Zeit mit ihrer Antwort und starrte ihm so eindringlich in die Augen, dass Pippin den Blick vor ihr senkte.

„Gestern habe ich den Herrgott gerufen", erklärte sie ungerührt. „Ich habe ihn gebeten, gnädig mit dir zu sein."

„Hat Er dir geantwortet?" Er traute sich wieder, in ihr maskenstarres Antlitz zu schauen.

„Ja, Pippin. Er gab mir Antwort."

„Was hat er gesagt?" Er platzte beinahe, aber was blieb ihm übrig, als die Beherrschung zu wahren?

„Es ist ja nicht nur so, dass du getötet hättest, Pippin. Du hast es zudem im Jähzorn getan. Auch Jähzorn ist eine Todsünde."

„Soll das heißen, dass diese Sünde mir nicht vergeben werden kann?"

„Der Herr wies mir einen Weg", verkündete sie, und Pippin hob erwartungsvoll die Brauen. „Ich habe die ganze Nacht gebetet. Für dich, Pippin. Und für deine tote Tochter. Der Herr versprach mir, ein Wunder geschehen zu lassen, sofern du bereuen würdest. Ich sagte zu Ihm: ‚Herr, wie kann ich wissen, ob er seine Tat wirklich bereut?‘“

„Natürlich bereue ich“, sagte Pippin hastig, „warum hast du das in Frage gestellt?“

„Ich sagte zum Herrn, dass ich meine Hand nicht für dich ins Feuer legen könne. Aber ich bat Ihn, es darauf ankommen zu lassen, denn selbst der ärgste Sünder hat ein Anrecht auf Gnade - sofern er die Sünden nicht noch einmal begeht.“

„Und welches Wunder will Er bewirken?“

„Er versprach, dein Kind wieder lebendig zu machen.“

Pippin schluckte schwer. „Frau, ich warne dich: Treib keinen Spott mit mir.“

Judith blieb unbeeindruckt. „Schon wieder willst du drohen? Ha, ich wusste es doch. Ein Kerl wie du wird in tausend Jahren nicht geläutert.“

Abwehrend hob er eine Hand. „So warte doch. Ich will dir nicht drohen. Aber einen Toten zum Leben erwecken? Das gibt es doch nur in der Bibel, oder?“

„Wenn du mich eine Lügnerin schimpfst, dann verschwinde. Ach, hätte ich meine Gebete doch bloß für Andere gesprochen. Was für eine sinnlose Zeitverschwendung.“

„So beruhige dich doch. Ich glaube dir ja. Nur muss ich das Wunder auch sehen können.“

„Vor allem musst du bereuen!“

„Ich bereue! Das sagte ich bereits. So glaub mir doch endlich.“

Sie sah ihn lange an, als zweifelte sie immer noch an seiner Bereitschaft zur Sühne. Pippin trat von einem Fuß auf den anderen, schwieg aber, da er sein Seelenheil nicht weiter aufs Spiel setzen wollte. In den Baumkronen ringsumher ließen Vögel ihren Abendgesang vernehmen. In der Ferne zeterte ein Eichelhäher. Und aus dem Inneren der Klause war mit einem Mal das Wimmern eines Säuglings zu hören.

„Was ist das?“, fragte Pippin mit bebenden Lippen.

Judith ließ den Bauern nicht aus den Augen. „Deine Tochter. Ich sagte doch, dass ich den Herrn um ein Wunder bat."

„Sie lebt?"

„Der Herr hat sie auferweckt, damit du fortan ein besserer Mensch werden kannst. Denn ein Mörder hätte es schwer, ins Himmelreich zu gelangen."

„Ich will sie sehen!"

Mit dem Kinn wies sie zur Eingangspforte. Pippin zögerte kurz, dann ging er hinein. Judith folgte ihm nicht. Obwohl die Angelegenheit weiß Gott nicht belustigend war, hoben sich ihre Mundwinkel zu einem Lächeln. Pippin, so viel stand fest, würde den Schwindel nicht bemerken. Für ihn sah ein Säugling wie der andere aus.

Nach einer Weile trat er wieder nach draußen, in seinen Armen das wimmernde Kind.

„Sie braucht die Milch ihrer Mutter", sagte Judith.

„Sie lebt", murmelte er verblüfft und offenbar erleichtert, doch kein Meuchler zu sein.

Das Kind begann zu schreien. Auf Pippins Stirn erschien eine steile Falte. Judith hatte sich vorgenommen, ihm eine letzte, wirkungsvolle Mahnung mit auf den Weg zu geben, und baute sich vor ihm auf. Da sie groß gewachsen war, musste sie nicht zu ihm hochschauen. Sie roch seinen sauren Atem, fast berührten seine Bartstoppeln ihr Gesicht. Ihr selbstsicheres Auftreten verwirrte den Bauern, aber angesichts des Wunders, das er erlebte, schwieg er. Unter seinem rechten Auge zuckte ein Muskel.

„Nie wieder wirst du deine Hand gegen das Kind erheben, Pippin. Nie wieder, hast du das verstanden?" Judiths Stimme war nur ein Flüstern, aber die Drohung darin unmissverständlich, ihr Blick kalt wie eine Winternacht. „Auch wirst du künftig dein Weib nie wieder prügeln. Tust du es dennoch, wirst du dereinst in den ewigen Feuern der Hölle schmoren!"

Pippin nickte knapp, wollte sich eiligst mit dem Säugling davonmachen, aber sie packte ihn grob am Arm und hielt ihn fest. „Nimm dir meine Worte zu Herzen, denn ich habe sie vom Herrn empfangen. Nicht ich drohe dir mit fürchterlichen Höllenstrafen, sondern Gott. Weißt du, welche Qualen die Sünder in der Hölle erleiden? Unauslöschliches Feuer umfängt die Verdammten, grässliche Teufel quälen sie immerfort mit glühenden Zangen. Doch Erlösung gibt es nicht, denn die Verdammung gilt für die Ewigkeit. Die Hölle ist endlose Pein und immerwährende Qual. All das wird dir widerfahren, du wirst heulen und mit den Zähnen knirschen. Zügle also deinen Jähzorn!"

„Ich werde tun, was du forderst", beteuerte Pippin mit heiserer Stimme, „aber jetzt lass mich um Himmels Willen gehen, es wird immer dunkler."

„Nicht vor der Nacht musst du dich fürchten, Pippin."

Er wollte sich von ihr losreißen, aber Judith war noch nicht willens, ihn ziehen zu lassen. „Noch etwas lässt der Herrgott dir ausrichten: Bete jeden Tag, damit deine Schuld dir vergeben wird. Nicht allein deine Taten zählen, die Reue muss aus deinem Herzen kommen. Das Himmelreich musst du dir verdienen." Sie blickte auf das Kind in seinen Armen. Inzwischen hatte es aufgehört zu weinen, als wollte es Judiths Worten lauschen. „Welchen Namen trägt das Mädchen?", fragte Judith.

„Noch keinen", antwortete Pippin. „Sie war noch nicht getauft, als …" Er nagte an seiner Unterlippe.

„Als du sie zu Tode prügeltest", vollendete Judith an seiner Stelle. „Nun denn, Gott war einstweilen gnädig mit dir. Also sei klug und befolge fromm seine Weisung, damit du gerettet wirst. Das Mädchen lass auf den Namen Richarda taufen." Sie ließ ihn los.

Pippin machte sich davon, als seien sieben Teufel hinter ihm her. Judith sah ihm nach, bis die Abenddämmerung ihn verschluckt hatte. Schon vermisste sie den Säugling mit den blauen, gewinnenden Äuglein, obwohl er ihre Aufmerksamkeit nur einen Tag und eine Nacht lang in Beschlag genommen hatte.

Rothaid, Pippins Weib, würde die Täuschung rasch bemerken. Aber, davon war Judith fest überzeugt, sie würde schweigen. Denn Schweigen war der einzige Schutz, den Rothaid besaß. Richarda würde sie über den Verlust des eigenen Kindes hinwegtrösten.

Richarda!

In der vergangenen Nacht hatte Judith einen merkwürdigen Traum gehabt. Neben ihrer Bettstatt hatte plötzlich eine geheimnisvolle Frau in einem kostbaren, aber fremd anmutenden Gewand gestanden. Gewänder dieser Art hatte Judith bislang nur an Reliefgestalten gesehen. Hin und wieder stieß man in der Gegend auf Steinplatten mit solcherlei Bildnissen, alt und verwittert zwar, aber manchmal noch gut zu erkennen. Vermutlich hatten sie einst heidnische Sarkophage geschmückt.

„Wer bist du?", fragte Judith schlaftrunken.

„Ich bin Ricarda", lautete die Antwort der Gestalt. „Einst war ich eine Herrscherin und lebte hier. Aber das war vor langer Zeit."

„Ich habe nie von dir gehört, hohe Frau", entgegnete Judith.

„Wie solltest du auch? Mein Reich bestand nur sieben Jahre. Dann kamen Feinde und zerstörten es. Kaum jemand überlebte."

„Für deine Seele will ich beten."

Die Erscheinung namens Ricarda deutete auf den schlafenden Säugling. „Das Mädchen – sorg dafür, dass es meinen Namen erhält. Es soll fortführen, was mir misslang, weil ich Götzen anbetete."

„Eine Herrscherin soll sie sein? Aber sie ist das Kind von Bauern."

„Sorg dafür!", beharrte die Frau, „mein Blut fließt in ihr. Das Blut einer Königin."

Dann löste sie sich buchstäblich in Luft auf.

4.

Rothaid wusste nicht, wohin ihr Mann am Abend gegangen war. Inzwischen war es dunkel, doch er war noch nicht zurückgekehrt. Nicht, dass sie beunruhigt gewesen wäre – seine Abwesenheit war vielmehr eine Wohltat -, aber seltsam blieb sein Fortbleiben dennoch. Ob es Reue war, die ihn ruhelos umhertrieb? In einem Anfall sinnlosen Zorns hatte er zwei Tage zuvor das Kind getötet. Weil es nicht zu schreien aufhörte, würgte er es, bis es nicht mehr atmete. Vergeblich versuchte sie, ihm den Säugling aus den Händen zu reißen, aber er stieß sie grob zur Seite. Fast wäre sie in die Feuerstelle gestürzt. Als das Kind still wurde – totenstill! – wurde Pippin die Ungeheuerlichkeit seiner Tat bewusst. Zu spät freilich, denn durch kein Wunder der Welt ließ es sich wieder zum Leben erwecken.

Rothaid hasste ihren Mann. Nicht, weil er sie häufig schlug und anschrie, damit hätte sie leben können. Sie hasste ihn, weil er das Kind getötet hatte, das ihr ein großer Trost gewesen war. Jetzt blieb ihr nur noch Gero. Der Knabe war fast zwei Jahre alt, ein kräftiges Kerlchen mit sanftem Blick. Rothaid dankte dem Herrn dafür, dass der ruhige Gero nur selten den Missmut des reizbaren Vaters erregte.

Sie lag auf ihrem Nachtlager und lauschte in die Dunkelheit. Neben ihr, in einer kleinen Holzwiege, schlief der Junge, sein Atem ging gleichmäßig und ruhig. Er würde bald eine neue Bettstatt benötigen, da es in der Wiege allmählich zu eng für ihn wurde.

Ihr Vater Ortwin lag auf der anderen Seite der Räumlichkeit und war noch wach, denn sie hörte, wie er sich wegen der Flöhe unentwegt kratzte. Ohnehin schlief Ortwin nur wenig, was an den Gliederschmerzen lag, die er litt, seitdem ihn vor Jahren der Schlag getroffen hatte. Das Gehen war ihm eine mühselige Qual und nur mit Stöcken möglich, die ihm bis unter die Achseln reichten. Und als wäre sein Leid nicht groß genug, verließ ihn zunehmend sein Augenlicht, vermutlich würde er bald völlig erblindet sein. Für Pippin, seinen Schwiegersohn, war er ein nutzloser Mitesser, eine ärgerliche Last, der er sich am liebsten entledigt hätte.

Zudem gab es noch die tierischen Mitbewohner des Hauses. Hinter einem Bretterverschlag hatten Kuh und Schwein ihr Domizil, im Winter ein Segen wegen der Wärme, die von ihren Leibern ausging, jetzt im Sommer eine zusätzliche Quelle lästigen Ungeziefers. Rothaid hörte, wie die Sau im Schlaf grunzte. Die Kuh ließ immer wieder Darmlüfte entweichen, was wie fernes Donnergrollen klang. Oben im Dachfirst flogen Fledermäuse ein und aus. Nur der Hund, der zusammengerollt in einer Ecke lag, blieb still. Rothaid wusste, dass er sich regen würde, sobald er Schritte vernahm. Auf diese Weise würde sie erfahren, dass sich Pippin der Hütte näherte, noch bevor sie ihn selbst hörte. Sie ertappte sich bei dem Wunsch, dass dies nie geschehen würde.

Der Hund – er war noch jung und glich einem kleinen Wolf – stieß bald ein grimmiges Knurren aus. Nachdem er gewittert hatte, dass es sich bei dem Ankömmling um den Hausherrn handelte, beruhigte er sich.

Rothaid zog es vor, sich schlafend zu stellen. Wo immer Pippin auch gewesen sein mochte, er würde gleich zu ihr ins Bett steigen. Sie hoffte innigst, dass er sie in Ruhe ließ, denn noch schmerzte ihr Schoß von der jüngst überstandenen Geburt. Überhaupt, der Gedanke, dem Henker ihres unschuldigen Kindes künftig beiliegen zu müssen, bereitete ihr leiblichen Schmerz.

Seltsam, Pippin machte Licht, der matte Schein einer Kerze breitete sich aus. Warum vergeudete er wertvolles Talg? Dann ein Wimmern, wie von einem Säugling. Rothaid lief es heiß über den Rücken.

„Rothaid, steh auf!“, befahl ihr Pippin.

Sie unterließ es, sich weiter schlafend zu stellen, zu groß war ihre Neugier. Was hatte es mit dem Kind auf sich? Im Nu saß sie aufrecht und traute ihren Augen nicht. Doch die Frage wollte ihr nicht über die Lippen kommen.

„Was glotzt du so dumm?“, brummte Pippin. „Hier, nimm sie und gib ihr die Brust. Sie hat Hunger, das siehst du doch.“

„Wer ist das?“, fragte Rothaid leise, während sie ihm das Kind aus den Händen nahm.

„Erkennst du deine eigene Tochter nicht?“ Er grinste schief und zupfte an seiner Nasenspitze, obgleich es nie zu seinen Eigenschaften gezählt hatte, sich peinlich berührt zu zeigen. Rothaids verständnisloser Blick wanderte zwischen ihm und dem Kind hin und her. Pippin meinte es offenbar ernst. Wie kam er bloß auf den Gedanken, dieses Kind könnte jenes sein, das er zwei Tage zuvor um sein junges Leben gebracht hatte? Woher stammte es? Nie und nimmer war dieses kleine Wesen ihr Kind, wenngleich es bildhübsch war und wundervolle Augen besaß.

Doch Rothaid schwieg, raffte ihr Hemd und legte sich das Kind an die Brust. Der Wolfshund trabte neugierig herbei, aber ein grober Fußtritt Pippins vertrieb ihn in seine Ecke.

„Wie kommt es, dass sie lebt?“, fragte Rothaid, die den Säugling jetzt nicht mehr aus den Augen ließ.

Pippin wirkte wenig gesprächig, doch ihm war klar, dass eine Erklärung vonnöten war. „Die Klausnerin hat sie wieder zum Leben erweckt – durch ihr Gebet.“

Glaubte er das tatsächlich? Ihm zu widersprechen kam ihr nicht in den Sinn. Pippin entledigte sich seines Kittels und warf sich auf die Strohmatte. Weitere Fragen würde er nicht beantworten. „Lösch das Licht, sobald du es versorgt hast“, murmelte er und war schon bald eingeschlafen.

Das Kind an ihrer Brust machte Rothaid glücklich. Sein Hunger war offenbar gewaltig, denn es wollte nicht mehr aufhören zu saugen. Rothaid sah zu der Wiege hinüber: Gero hatte wieder eine Schwester. Bald merkte Rothaid, dass ihr Vater Ortwin sie von seinem Lager aus anstarrte. Da er fast blind war, sah er nur Schemen, doch ihm war wohl nicht entgangen, welch ungeheuerliche Behauptung sein Schwiegersohn aufgestellt hatte.

Vater und Tochter schwiegen einvernehmlich. Auf keinen Fall wollte man den schlafenden Pippin wecken. Was es zu sagen gab, musste warten.

Die ganze Nacht über hielt sie das Kind in ihren Armen. Als der Morgen graute, hatte Rothaid nicht einen Augenblick lang geschlafen, denn zu sehr tobten die Wogen in ihrer Seele.

Draußen schrie der Hahn. Pippin schreckte hoch. Er hatte einen schlechten Traum gehabt. Nach einem Moment der Besinnung erinnerte er sich wieder an den gestrigen Tag: Der Herrgott verlangte von ihm, dass er sich künftig in Sanftmut übte.

Sein Weib war schon auf den Beinen und kümmerte sich um die beiden Kinder. Ortwin, der Schwiegervater, lag schnarchend auf seinem Lager. Was Pippin in Wut versetzte. Dieser nutzlose alte Mann! Es war wirklich nicht leicht, sanftmütig zu sein.

„Wo ist mein Frühstück?“, brummte er, während er in seine Kleidung schlüpfte. Rothaid beeilte sich, ihm eine Schale mit Hirsebrei vorzusetzen. Während Pippin am Tisch aß, beäugte er sein Weib, das sich über den schlafenden Säugling beugte.

„Ihr Name soll Richarda sein“, sagte er zwischen zwei Bissen.

Fragend sah Rothaid ihn an.

„Die Klausnerin will es so!“, setzte er erklärend hinzu.

Rothaid wusste, dass weitere Fragen nur seinen Zorn heraufbeschwören würden. Inzwischen war der kleine Gero aufgewacht und schrie nach der Mutter. Der Wolfshund lief schwanzwedelnd durch die Hütte, auf der Suche nach etwas Fressbarem. Auch der alte Ortwin war erwacht. Da er beim Aufstehen auf die Hilfe seiner Tochter angewiesen war, wartete er geduldig und schweigend, denn jedes Wort hätte Pippins Unmut erregen können.

Als Pippin sein Morgenmahl beendet hatte, erhob er sich schnaufend. Auf dem Feld wartete die Arbeit, in Kürze würde man Ernte halten. Kurz verharrte er, um einen Blick auf seine Tochter zu werfen – *er glaubt tatsächlich immer noch, dass sie es ist*, dachte Rothaid -, dann verließ er ohne ein weiteres Wort die Hütte.

Ein Kinderlied summend, stillte Rothaid den Säugling. Gero saß auf dem Lehmboden und sah ihr fasziniert dabei zu. Was wohl durch seinen Kopf ging? Ob er begriff, dass hier etwas äußerst Merkwürdiges geschah? „Sie ist deine Schwester, Gero“, sagte Rothaid sanft. „Ihr Name ist Richarda!“

„Richarda“, trällerte der Knabe fröhlich.

Nachdem sie den Säugling versorgt und in die Wiege gelegt hatte, wandte sich Rothaid dem Vater zu, den ein heftiger Husten schüttelte. Sie half ihm aufzusitzen, klopfte sanft seinen Rücken, damit sich der Schleim lösen konnte. Ortwin spuckte aus und kam allmählich wieder zu Atem.

„Der Säugling", sagte er dann leise. „Glaubt Pippin wirklich, dass -"

„Ja, er glaubt es, Vater." Sie streichelte ihm die Hand. Auch wenn er fast nichts mehr sah, so war sein Gehör umso zuverlässiger. Jeder Säugling weinte anders. Vermutlich wussten das nur Mütter und Blinde.

„Was wirst du tun, Rothaid?"

„Nichts. Ich werde sie großziehen, als wäre es das Kind, das er getötet hat."

„Was mag die Klausnerin ihm erzählt haben? Was hat es mit dem Kind auf sich?"

„Es soll uns nicht weiter kümmern."

Ortwin dachte eine Weile darüber nach und schüttelte dann den Kopf. „Du musst mit der Klausnerin sprechen, mein Kind."

„Warum?", entgegnete sie ängstlich. „Wie es ist, ist es gut."

„Sei unbesorgt, sie wird dir das Kind nicht wieder wegnehmen, denn offenbar hat sie sich ja etwas dabei gedacht. Aber du hast ein Recht zu erfahren, warum du ein fremdes Kind großziehen sollst."

Das war einzusehen, auch wenn Rothaid kein Bedürfnis verspürte, der Sache auf den Grund zu gehen. Der Säugling würde ihr ein neuer Trost sein in ihrem tristen Leben, und die Wahrheit würde sie möglicherweise bedrücken.

Ortwin deutete das Zögern seiner Tochter richtig. „Die Klausnerin ist nicht so töricht zu denken, dass du den Schwindel nicht bemerktest. Sie kennt die Menschen, und vermutlich erwartet sie dich bereits. Sprich mit ihr. Sie ist unsere Verbündete, versteh das doch."

Rothaid seufzte leise. „Ich werde sie in den nächsten Tagen aufsuchen", versprach sie ihrem Vater.

Mehr als drei Wochen vergingen, bevor Rothaid eine Gelegenheit zum Besuch der Klausnerin bekam. In der Zwischenzeit hatte man Ernte gehalten, Tage härtester Arbeit lagen hinter ihr. Da es an Reisig für die Feuerstelle mangelte, machte sie sich, begleitet von dem Wolfshund, eines Nachmittags auf den Weg zur Klause. Den Säugling trug sie in einem Brusttuch vor sich her. Immerhin, den kleinen Gero konnte sie der Obhut ihres Vaters bedenkenlos anvertrauen: Ortwin mochte gebrechlich sein, aber er verstand es vortrefflich, seinen Enkel zu hüten. Was vor allem an den Geschichten lag, die er zu erzählen wusste, Geschichten die selbst einen zweijährigen Knaben in ihren Bann zogen. Rothaid kannte diese Geschichten aus ihrer eigenen Kindheit. Sie erinnerte sich gerne an diese Zeit, wenngleich es manchen Hungertag gegeben hatte. Die Welt war ihr damals niemals schlecht oder ungerecht vorgekommen; erst nachdem die Mutter an einem Fieber starb – Rothaid war elf Jahre alt gewesen –, zeigte das Leben seine finsteren Seiten. Vater erlitt bald, vermutlich aus Gram, einen Schlaganfall und war fortan außerstande, seiner Arbeit nachzugehen. Sein Fronherr, der ihn und seine Tochter daraufhin loswerden wollte, fand eine Lösung, die ihn nicht als unbarmherzig dastehen ließ: Rothaid wurde mit einem jungen Bauern aus der Umgebung verheiratet, Pippin. Dem Bräutigam wurde zur Auflage gemacht, auch den Brautvater unter sein Dach aufzunehmen. Pippin war gerade erst Witwer geworden, sein schwangeres Weib sei an einer Blutung gestorben, hieß es. Später, als Rothaid die gewalttätige Natur ihres Gatten zur Gewohnheit geworden war, fragte sie sich, ob Pippins erstes Weib nicht vielmehr Opfer eines seiner Wutanfälle geworden war. Zumal es keine Zeugen ihres Sterbens gab.

Kurz nach ihrer Hochzeit wurde Rothaid schwanger. Die erst Zwölfjährige erlitt eine Fehlgeburt. Tausend Trachten Prügel und zwei Totgeburten später brachte sie mit Gero ein gesundes Kind zur Welt. Sogar Pippin war zufrieden, hatte er doch seinen Stammhalter, wenn er auch unfähig war, dem Knaben Zuneigung entgegenzubringen.

Die Vergangenheit geisterte durch Rothaids Gedanken, während sie durch den Wald ging. Es war drückend heiß, in der Luft schwirrten Insekten, und der verspielte Wolfshund sprang immer wieder in die Luft, um nach fetten Hummeln zu schnappen. Er war Rothaids Verbündeter, denn immer, wenn Pippin die Hand gegen sie erhob, war er zur Stelle und drohte ihm mit gebleckten Zähnen. Zwar half das wenig, weil es Pippin nur noch wütender machte, aber Rothaid schätzte das Gefühl, einen Beschützer zu haben, auch wenn es sich nur um einen jungen Hund handelte. Wäre ihr Vater dazu imstande gewesen, hätte er Pippin längst windelweich geprügelt oder gar erschlagen. Was hatte sich der Herrgott nur dabei gedacht, Vater und Tochter solcherlei Demütigungen auszusetzen?

Allerdings – Rothaid kam nicht umhin, dies einzugestehen - hatte sich Pippin in den vergangenen Wochen mit Prügeln zurückgehalten. Genau genommen, seitdem er Richarda mit nach Hause gebracht hatte. Irgendetwas musste mit ihm geschehen sein.

Als sie die Klause erreichte, stieß Richarda einen hellen Schrei aus. Es war nicht der verlangende Ruf nach Muttermilch, eher erschien er Rothaid wie ein Ausdruck der Freude. Vielleicht hatte sie ja etwas Schönes geträumt.

Noch bevor Rothaid an die Tür klopfen konnte, trat Judith heraus. In ihrer Hand hielt sie einen Kübel aus rotem Ton. Rothaid blickte in ihr strenges Gesicht mit der gebogenen Nase. Nur selten waren sie sich begegnet, doch in der Gegend kannten sich die Menschen allein vom Hörensagen. Der Klausnerin sagte man nach, dass sie alles über die Menschen wüsste, weil sie in die tiefsten Gründe der Seelen zu blicken vermochte. Rothaid war etwas mulmig zumute, sündige Gedanken schwirrten ihr genug durch den Kopf. Wie oft schon hatte sie sich vorgestellt, Pippin im Schlaf mit einem Beil zu erschlagen. Es war eine der schwersten Sünden, die ein Mensch begehen konnte, und doch hatte die Vorstellung, Pippin für immer los zu sein, etwas Erleichterndes.

„Ich habe dich schon früher erwartet, Rothaid“, sagte die Klausnerin.

„Es war die Zeit der Ernte, ehrwürdige Mutter. Früher war es mir nicht möglich."

Die Klausnerin musterte den Säugling, der sie anstrahlte und einen trällernden Laut von sich gab. Ein kurzes Lächeln flog über ihr Antlitz. „Begleite mich", sagte sie zu Rothaid. „Ich möchte zum Bach gehen, um Wasser zu schöpfen."

Nicht weit von ihrer Behausung entfernt wand sich der Omerbach durch Wald und Wiesen. Früher einmal, so hieß es, sei hier ein großer Strom geflossen. Übrig geblieben war nur noch ein Rinnsal, das jeden Sommer auszutrocknen drohte. Der Wolfshund rannte voran, um sich an dem Wasser zu laben.

Am Rand des Baches angelangt, kniete die Klausnerin nieder, schöpfte mit der hohlen Hand Wasser, roch daran, nahm einen Schluck. Dann erst nickte sie zufrieden. „An manchen Tagen schmeckt das Wasser bitter", erklärte sie. „Vermutlich kommt es aus den alten Bergwerken, wo das Erdreich voller Gifte ist. Heute aber ist es schmackhaft." Sie füllte ihren Kübel. Dann machten sich die Frauen wieder auf den Rückweg.

„Du willst wissen, wer sie ist?", forschte die Klausnerin wie beiläufig.

Wollte sie das wirklich wissen? Rothaid antwortete nicht, und die Eremitin wusste das Schweigen richtig zu deuten.

„Unwissenheit wird dich schützen. Es ist besser so." Sie blieb stehen und sah der jungen Bäuerin tief in die Augen. „Das Kind ist zu Höherem berufen", erklärte sie ernst.

„Berufen? Wozu?", stammelte Rothaid, zutiefst beunruhigt von dieser Behauptung.

„Das weiß ich nicht. Ich weiß nur, dass sie eines Tages zu hohem Ansehen kommen wird."

Die Klausnerin galt als heilige Frau, und Rothaid hatte keinen Grund, ihre Worte anzuzweifeln. Doch Trost empfand sie nicht. Wenn ihr Ziehkind wirklich zu Höherem berufen war – was immer man darunter verstehen mochte –, so ging das weit über Rothaids Horizont hinaus. Ihre Welt war die einer Bäuerin, alles andere befremdete sie. Nein, sie wollte nicht, dass ihr Kind zu irgendetwas berufen war. Sie wollte vielmehr das Leben führen, das ihr vertraut war. Dabei nahm sie sogar in Kauf, dass ihr Mann sie hin und wieder verprügelte.

Die Klausnerin bemerkte offenbar ihr Unbehagen und streichelte ihr mit zwei Fingern die Wange. „Hab keine Angst, Menschenkind. Im Jenseits wird uns alles vergolten."

Im Jenseits! Rothaid dachte an ihr totes Kind. „Was ist mit meiner Tochter geschehen, ehrwürdige Frau?"

„Ich habe sie begraben, Rothaid. Und ich bete jeden Tag für sie."

„Zeigt Ihr mir das Grab?"

„Nein."

„Sie war noch nicht getauft. Kommt sie dennoch in den Himmel?"

„Sei gewiss, dass sie schon dort ist."

Wenn die Klausnerin das behauptete, musste es wahr sein. Rothaid stellte keine weiteren Fragen. Ja, es stimmte, Unwissenheit war ein guter Schutz. Ohnehin war sie nur hierhergekommen, weil sie es ihrem Vater versprochen hatte.

„Dein Mann – wie behandelt er dich?", verlangte die Klausnerin zu wissen.

Rothaid schluckte und wusste nicht, was sie antworten sollte.

„Ich weiß, dass er dich in der Vergangenheit häufig misshandelte", half die Klausnerin ihr auf die Sprünge. „Tut er es immer noch?"

„Seit Kurzem hält er seine Hand im Zaum", entgegnete Rothaid leise.

„Gut. Sollte er dich künftig schlagen, komm zu mir!"

Zu gerne hätte Rothaid gewusst, welchen Einfluss die Klausnerin auf Pippin genommen hatte. Andererseits zählte auch dies zu den Dingen, die besser unausgesprochen blieben.

Die Klausnerin betrachtete den Säugling, in ihrem Blick lag Wärme und Zuneigung, sodass Rothaid Eifersucht empfand. Was vor allem daran lag, dass die kleine Richarda den Blick der frommen Frau auf die gleiche Weise zu erwidern schien.

„Ich muss jetzt gehen“, sagte Rothaid. „Mein Mann hat mich geschickt, Reisig zu sammeln. Er wird wütend sein, wenn ich zu lange fort bin. Ich danke Euch für –“

Ja, wofür? Für ein fremdes Kind? Für einen friedfertigeren Ehemann? Für eine beunruhigende Prophezeiung?

„Rothaid!“ Die Klausnerin fasste sie sanft am Ärmel. „Richarda ist ein besonderes Kind. Auch du weißt es, aber es macht dir Angst, darüber zu sprechen. Sei ohne Furcht und bete zu unserem Herrgott.“

Rothaid nickte und war heilfroh, dass die Klausnerin sie nunmehr ziehen ließ.

Als sie heimkehrte und den gesammelten Reisig neben der Feuerstelle ablud, hockte Pippin am Tisch und starrte ihr missmutig entgegen. „Wo zum Teufel hast du so lange gesteckt?“, fragte er grantig. Rothaid sah, wie seine Fäuste sich ballten. Der kleine Gero saß auf dem Boden und spielte mit einem Holzpferd. Er lächelte seine Mutter an – oder war es die Schwester, der sein Gunstbeweis galt? –, zugleich spürte auch er die Bedrohlichkeit der Situation, denn sein nächster Blick streifte angstvoll den Vater.

Rothaid entsann sich der aufmunternden Worte der Klausnerin, deren Gegenwart sie vorhin noch in Unruhe versetzt hatte: *Sei ohne Furcht*!

„Wenn man einen Säugling bei sich trägt“, entgegnete sie erstaunlich ruhig, „dann dauert es halt seine Zeit. Vor allem, wenn es ein Säugling ist, der die Schwelle des Todes überschritt.“

Pippins Mund stand weit offen; solch patzige Rede war er von seinem Weib nicht gewöhnt. Aber er verschluckte seinen Ärger, auch wenn es für Augenblicke so aussah, als wollte er sich erbost auf sie stürzen.

„Mach mir Suppe, ich bin hungrig!“ Er starrte auf seine geballten Fäuste.

Rothaid legte das schlafende Kind in die Wiege und machte sich daran, seiner Forderung nachzukommen. Während sie in der Suppe rührte, die im Kessel über der Feuerstelle köchelte, stellte sie fest, dass sie mit sich und der Welt äußerst zufrieden war. Ein Gefühl, das sie schon lange nicht mehr in sich getragen hatte. Entgegen ihrer Erwartung hatte der Besuch bei der Klausnerin ihr Mut gemacht. Dankbar linste sie hinüber zu ihrem Vater Ortwin, der auf seinem Lager kauerte und selig lächelte.

5.

Im fünften Jahrhundert A.D.: Gressiona

Hinkebein, so hatten Ricarda und ihre Spielgefährtinnen den kahlköpfigen Gehilfen des Tempelpriesters von Varnenum früher genannt, weil er stets ein Bein nachzog. Sein wirklicher Name war Claudius, aber das bedeutete quasi dasselbe; ohnehin war es überflüssig, sich seinen Namen zu merken, denn er sprach so gut wie nie mit jemandem. Umso überraschter war Ricarda, als Claudius eines Morgens bei ihr daheim erschien. Brenno, der alte schmalbrüstige Pfortensklave, führte ihn zu seiner Herrin in den Garten, wo sie mit ihrer keltischen Sklavin Agnes die Sommersonne genoss und Näharbeiten an einer Stola verrichtete.

Ricarda war sechzehn Jahre alt. Vor wenigen Wochen erst waren ihre Eltern Opfer eines Raubmordes geworden. Im Wald hatte man ihnen aufgelauert, nachdem sie zuvor eins ihrer Bergwerke visitiert hatten. Die Täter, vermutlich Strauchdiebe, waren nicht gefasst worden. Nur zufällig hatte Ricarda die Eltern an jenem Tag nicht begleitet: Eine kleine Unpässlichkeit hatte sie davon abgehalten.

Ein Oheim hatte die Villa anstelle der Verstorbenen bewirtschaften wollen, aber Ricarda lehnte das entschieden ab. Fortan war sie die alleinige Patronin, und trotz ihres jugendlichen Alters machte niemand ihr das streitig. Auch der Onkel gab rasch nach, denn Ricarda besaß die erstaunliche Fähigkeit, Menschen zu überzeugen und sie für sich zu gewinnen, ohne sie durch ihre Dominanz zu erdrücken. Weil sie darüber hinaus klug war wie keine zweite, stand es außer Zweifel, dass die Bewirtschaftung der Villa und alles, was an Manufakturen dazu gehörte, bei ihr in den besten Händen lag. Ricarda war alles andere als ein bedauernswertes elternloses Mädchen, und niemand sollte auf die Idee kommen, solches zu vermuten.

Brenno blieb vor seiner jungen Herrin stehen und meldete die Ankunft des Claudius, dem Gehilfen des Tempelpriesters von Varnenum. Ricarda ließ die Handarbeit ruhen und nickte Claudius grüßend zu. Sein Alter war nur schwer abzuschätzen, er schien sich äußerlich seit Jahren nicht verändert zu haben.

„Willst du einen Becher Wasser oder Wein? Ein paar Früchte zur Stärkung?“, fragte sie freundlich. Agnes hingegen musterte ihn mit unverhohlenem Misstrauen.

Claudius schüttelte den kahlen Kopf. „Der Pontifex Grannus schickt mich“, erklärte er mit der hellen Stimme eines Eunuchen. „Morgen, zur neunten Stunde, will er zu den Menschen Gressionas sprechen. Pontifex Grannus hat Wichtiges mitzuteilen.“

Gressiona – so bezeichneten die Ureinwohner das Gebiet der umliegenden Dörfer, Weiler und Villen, die einst Teil des römischen Imperiums gewesen waren.

„Tatsächlich?“ Ricarda hob amüsiert eine Braue, bemühte sich aber, ihre Stimme nicht allzu spöttisch klingen zu lassen. „Ich bin schon sehr neugierig, was der gute Pontifex uns zu sagen hat. Doch eins musst du mir schon jetzt verraten.“

Claudius hob fragend das Kinn.

„Grannus wird dich, der du doch sein persönlicher Diener bist, wohl kaum zu allen Menschen Gressions geschickt haben – du würdest lange unterwegs sein.“

„So ist es“, gab Claudius zu. „Ich bin nur einer von vielen Boten. Mir aber gab er den Auftrag, dich persönlich einzuladen. Er will sicher sein, dass du kommst, denn daran liegt ihm viel.“

„Ach, wirklich? Warum ausgerechnet ich?“ Ricarda zeigte sich verwundert. Zumal Claudius‘ exklusiver Botenritt mit Hin- und Rückweg mindestens drei Stunden in Anspruch nehmen musste.

„Morgen wirst du es wissen“, lautete die lakonische Antwort.

„Ich werde dort sein. Sag das dem Pontifex.“

„Man wird dir einen Reisewagen schicken.“

„Nicht nötig. Bis Varnenum schaffe ich es leicht zu Fuß. Meine Leibsklavin wird mich begleiten.“

„Aber der Pontifex will –“

„Der Pontifex ist nicht mein Patron. Du hast mich gehört. Lass dir für den Rückweg Wegzehrung reichen. Tartula, meine Köchin, wird dich bestens versorgen.“ Es war an der Zeit, dem Kerl zu zeigen, dass sie sich nicht kommandieren ließ, wenngleich ihre Neugier durchaus geweckt war.

Claudius schritt davon. Dem alten Pfortensklaven, der in gebührendem Abstand auf ihn gewartet hatte, gab er durch einen Wink zu verstehen, dass er keine Begleitung wünschte.

„Wie merkwürdig“, sagte Ricarda, nachdem er verschwunden war.

„Ich traue diesem Grannus nicht über den Weg“, zischte ihre Sklavin, die kaum älter als Ricarda war.

„Das glaube ich dir aufs Wort. Schließlich ist er ja kein Diener deines Christus, nicht wahr?“

„Er ist auch dein Christus, Herrin.“

„Nein, Agnes. Das ist er nicht, denn ich habe noch nie zu ihm gebetet. Und Christus, er hat sich nie herabgelassen, sich mir zu zeigen, da ist er nicht anders als jeder andere Gott. Aber lassen wir das, Liebste. Die Götter mögen es nicht, wenn man sich ihretwegen streitet.“ Sie nahm ihre Handarbeit wieder auf.

„Es gibt nur einen Gott“, sagte Agnes zerknirscht.

„Schon gut, schon gut.“

„Ha! Zur neunten Stunde ...“

„Und was wäre wohl daran wiederum auszusetzen?“

„Es ist die Stunde, in der Christus starb. Kein geeigneter Zeitpunkt, einem starrsinnigen alten Heiden bei einer Predigt zuzuhören.“

„Ach, Agnes – Starrsinn gibt es nicht nur bei alten Männern.“ Sie zwinkerte ihrer Sklavin zu, aber die gab sich beleidigt und arbeitete schweigend weiter.

*

Anderentags, nach dem Mittagsmahl, machten sie sich zu Fuß auf den Weg nach Varnenum. Es war ein angenehm milder Frühlingstag, und Ricarda glaubte, dass es allein deshalb ein netter Ausflug werden könnte. Eine beachtliche Menschenmenge war unterwegs, die Boten des Pontifex hatten Gehör gefunden. So schlossen sich Ricarda und Agnes einer Gruppe gut gelaunter älterer Männer an. Ricarda genoss den Ruf, ein beherztes Mädchen zu sein, das nach dem schrecklichen Tod der Eltern auf keinerlei Hilfen angewiesen war. Deutlich spürte sie den Respekt ihrer Begleiter, die für Mädchen ihres Alters vermutlich sonst nur Strenge und wenig Verständnis übrig hatten. Schon als Kind war ihr bewusst gewesen, dass sie eine besondere Aura besaß, die andere Menschen – von Ausnahmen wie Claudius einmal abgesehen – in ihren Bann zog. Warum das so war, dafür hatte sie keine Erklärung. Aber sie sträubte sich nicht dagegen.

Unterwegs stellte man Mutmaßungen an, welche Gründe den Pontifex Grannus dazu bewogen haben mochten, eine Versammlung einzuberufen. Da jedoch eine amtliche Präsenz Roms in diesem Teil des Reiches nicht mehr existierte, fügten die meisten sich gerne: Eine öffentliche Versammlung konnte zumindest den Eindruck von Ordnung und Führung vermitteln.

Der Tempel von Varnenum lag auf einer luftigen Anhöhe; ringsumher offenbarten sich dem Betrachter die Wiesen, der Wald und die Felder der Umgebung. Beim Tempel selbst handelte es sich um einen Komplex uralter Gebäude. Offenbar hatte es zu allen Zeiten Menschen gegeben, die sie zu Ehren der Götter vor dem Verfall bewahrt hatten. Dennoch war seit Generationen dort kein Kult mehr betrieben worden – bis sich der Kelte Grannus selbst zum obersten Tempelpriester ernannt hatte.

Vor dem Haupttempel, zu dessen Eingangspforte drei hohe Stufen hinaufführten, wartete schon eine gewaltige Menge, es mussten fast tausend Menschen sein. Richarda und Agnes machten sich auf die Suche nach einem schattigen Platz unter einem der abseits gelegenen Bäume.

Vor einer Hecke lagerte ein kleiner Trupp von etwa zehn, zwölf Soldaten. Woher sie wohl kamen? Nur noch selten ließen sich römische Truppen in Gressiona blicken. Ihr Anführer war ein erstaunlich junger Offizier, der nicht wie die anderen erschöpft im Gras hockte, sondern mit verschränkten Armen an einen Baumstamm lehnte. Seinen Federbuschhelm hatte er abgenommen, rabenschwarze Haarsträhnen klebten an seiner Stirn. Er wirkte sehr ernst, aber als er Ricardas Blick begegnete, lächelte er.

Nachdem Ricarda und Agnes ein Plätzchen für sich gefunden hatten, sahen sie Claudius, der geradewegs auf sie zusteuerte. „Was will denn dieser Eunuch schon wieder?“, knurrte Agnes und sollte es bald erfahren, auch wenn der Kahlkopf sie völlig ignorierte.

„Der Pontifex möchte, dass du zu ihm in den Tempel kommst, Ricarda“, verkündete er.

„In den Tempel?“

Der Tempeldiener ging auf ihre verwunderte Frage nicht ein. „Ich begleite dich dorthin!“ Als Agnes ihrer Herrin folgen wollte, blieb er stehen. „Du nicht!“, herrschte er die Sklavin an.

„Sie ist meine Leibdienerin, also begleitet sie mich“, sagte Ricarda mit Nachdruck.

Claudius quittierte ihre Bemerkung mit einem Schulterzucken. Dann führte er sie um die gaffende Menge herum zum Hintereingang des Haupttempels. Ein weiterer Diener, der vor der Pforte wartete, ließ sie eintreten. Claudius ging voran. Sie betraten einen Raum, der offensichtlich eine Art Heiligtum darstellte. Ein Altar aus massivem Stein stand in der Mitte, die Wände säumten Standbilder keltischer und römischer Gottheiten. Räucherdämpfe stiegen aus einem Bronzebecken empor und hingen schwer in der Luft. Grannus, der Pontifex, stand vor dem Altar, vermutlich in ein Gebet vertieft.

„Sie ist hier!“, verkündete Claudius. Grannus wandte sich um und schaute Ricarda tief in die Augen.

„Sie bestand darauf, dass ihre Sklavin sie begleitet.“ Mit dieser Rechtfertigung verließ Claudius den Raum.

Gelassen ertrug Ricarda den berechnenden Blick des Priesters und musterte ihn ihrerseits. Noch nie hatte sie ihn aus der Nähe gesehen. Grannus trug ein langes weißes Gewand. Ihr fiel auf, dass er vermutlich jünger war, als er erscheinen wollte, denn sein Antlitz war weniger faltig, als man aufgrund seines greisen Haupt- und

Barthaares hätte annehmen können. Ob die Haare gebleicht waren? Ricarda hatte ein Auge für solche Dinge.

„Fragst du dich, weshalb ich so viel Wert auf deine Anwesenheit lege, Ricarda?“ Er gab sich sehr ernst. Auch seine kräftige Stimme war ein Indiz dafür, dass es mit seinem vorgerückten Lebensalter nicht so weit her sein konnte.

„Ich bin zuversichtlich, dass ich es jetzt erfahren werde, Pontifex.“ Sie überlegte, ihr gewinnendes Lächeln aufzusetzen, war sich aber nicht sicher, ob sie den eitlen Priester tatsächlich für irgendetwas gewinnen wollte.

Er trat näher. Kurz streifte sein Blick Agnes, die ihn trotzig anstarrte, als sei seine bloße Nähe ihr ein Ärgernis.

„Nun, Ricarda, gleich werde ich durch diese Tür dort hinaustreten und zu den Menschen sprechen. Unserer Gegend droht Gefahr, man hört von Hunnen und anderen Barbaren, die im Reich ihr Unwesen treiben. Rom hat uns schon seit Langem vergessen. Wir sind auf uns selbst angewiesen.“

Ricarda dachte an die Soldaten vor dem Tempel.

„Die Dörfer und Gehöfte Gressionas verdienen Schutz und Sicherheit“, fuhr Grannus fort. „Verwaltung, Militär und Handel müssen neu geordnet werden. Hierfür habe ich einige gute Männer gewinnen können. Unser neues kleines Reich braucht nur noch eine Königin.“ Er schwieg.

Ihr Mund öffnete sich wie zu einer Frage, doch sein Blick war Antwort genug.

„Das kann nicht dein Ernst sein“, erwiderte sie nach einer Weile, „warum verspottest du mich?“

„Nichts läge mir ferner, Mädchen. Du bist eine Königin, mit jeder Faser deines Körpers.“

„So? Und was bringt dich zu dieser Ansicht? Etwa der Reichtum, den ich erbte?“

„Der Flug eines Adlers gab mir Gewissheit. Doch lassen wir das. Bist du bereit, Gressionas Königin zu sein, Ricarda?“

Sie wechselte einen Blick mit Agnes, deren Gesicht wie aus Stein gemeißelt war.

„Selbst wenn ich Königin sein wollte, Pontifex, was würde wohl der Kaiser in Ravenna dazu sagen?“

„Der Kaiser und seine Heerführer haben genug eigene Sorgen. Sie werden froh sein über die Verantwortung, die wir ihnen nehmen.“

„Und die Menschen unseres kleinen Imperiums? Weshalb sollten sie ausgerechnet mich als ihre Königin akzeptieren? Ich wurde nicht geboren für eine solche Berufung.“

„Doch, das wurdest du. Schon bald werden sie nach dir schreien. Warte hier, Ricarda, bis ich dich rufen lasse!“

Er schritt zur Tür und verließ den Tempel. Ricarda und Agnes blieben verwirrt zurück und hörten das Raunen der Menge.

„Keinen Augenblick länger will ich in diesem Heidentempel verweilen, Herrin“, klagte Agnes.

„Dein Christus wird dir deshalb schon nicht den Kopf abreißen. Bitte bleib bei mir. Lass mich nicht allein.“

„Aber der Priester ist verrückt.“

Diese Möglichkeit hatte auch Ricarda ernsthaft in Erwägung gezogen. Dennoch musste sie wissen, was nun geschehen würde. Sie hörten, wie der Pontifex seine Stimme erhob. Was folgte, war die mitreißendste Rede, die Ricarda jemals vernommen hatte. Nicht, weil sie Grannus bedenkenlos zugestimmt hätte, es waren die Wucht und die Wirkung der Worte, die sie so sehr beeindruckten. Und als hinterher die Rede auf sie selbst kam, war sie immer noch fasziniert, weil sie sich vorstellte, dass er in Wahrheit von einem anderen Menschen sprach. Wenn Grannus verrückt war, dann war er der redegewandteste Verrückte auf dieser Welt.

Zu Beginn seiner Rede sprach er vom unaufhaltsamen Zerfall des Imperiums, dem Gressiona de facto zwar noch angehöre, doch sei der Kaiser längst nicht mehr in der Lage, sie angemessen zu schützen. Er, Grannus, habe die Götter deshalb voller Sorge um ihren Rat gefragt.

„Doch zunächst erhielt ich keine Antwort!“, gab er unumwunden zu. „Ich opferte der Sunuxal – doch die Götter schwiegen.

Wisst Ihr, weshalb? Sie sind schwach! Schwach wie siechende Greise auf ihrem Sterbebett."

Ein neuerliches Raunen ging durch die Menge, auch hörte man einige empörte Aufschreie ob dieser frevlerischen Worte. Grannus aber fuhr fort: „Und endlich wurde mir klar: Nur die Götter, die Rom einst groß machten, können uns Schutz gewähren. Das Imperium verfault, weil die alten Götter in Vergessenheit gerieten. Viele Jahrhunderte lang ehrte man sie, und sie lohnten es den Römern mit einem Reich, wie es nie eins gab in der Geschichte. Mit Macht, wie ein Volk sie nie besaß. Mit Ruhm, der selbst einem Alexander nicht zuteilwurde. Dann aber wandte man sich anderen Göttern zu. Gottheiten aus dem Osten. Den wilden Göttern des Nordens. Dem Christengott. Und siehe, das Reich der Römer begann zu verderben!"

„Stopft ihm das Maul!", schrie eine Stimme aus der Zuhörerschaft. Ricarda vermutete, dass Julian der Rufer war, ein eifernder Christ, der die Menschen von seinem Glauben zu überzeugen suchte. Im Grunde war der Prediger harmlos, so dachte man, aber er besaß ein loses Mundwerk. „Christus wird auch dich verderben, Priester!", schickte er hinterher. „In der Hölle wartet der Teufel auf dich!"

Agnes verzog den Mund zu einem grimmigen Lächeln. „Wenigstens ein Mutiger, der sagt, was gesagt werden muss", murmelte sie.

Derweil fuhr Grannus fort, als habe es die ärgerliche Zwischenstörung nie gegeben: „Rom zerfällt – aber das soll uns nicht kümmern. Wir gründen unser eigenes kleines Reich. Und die Götter, die Rom einst groß machten, werden auch uns vor unseren Feinden schützen. Wann wären je die Gallier von ihren Göttern vor feindlicher Eroberung geschützt worden? Machen wir uns nichts vor: Jupiter, Saturn, Mercurius, Mars – sie alle sind mächtiger als Sunuxal oder die selbstgefälligen Matronen. Und mächtiger vor allem als jener Zimmermann, der den erbärmlichen Kreuzestod eines Sklaven starb."

Er schwieg. Ricarda stockte der Atem an. Der Priester hielt die Menge in seinen Bann. Doch eine Erklärung, wie ausgerechnet die ausgedienten römischen Gottheiten ihm bei seinem Vorhaben behilflich sein konnten, war er ihr noch schuldig geblieben.

„Hört, neulich träumte ich von einem riesigen Adler“, fuhr er fort und streckte die Arme zum Himmel. „Unermüdlich zog er seine Kreise über Gressiona. Da wusste ich, dass die Götter mir endlich eine Antwort gaben. Der römische Adler – er lebt noch. Wir müssen nur seinem Ruf folgen. Gressiona wird klein, aber stark und reich und mächtig sein. Seht ihr die Männer in Waffen dort? Es sind nicht viele. Noch nicht. Aber bald werden es mehr sein. Garnisonen werden uns beschützen.“

Offenbar sprach er von dem kleinen Trupp, den Ricarda vorhin erblickt hatte. Sie dachte an den jungen Offizier, der ihr zugelächelt hatte.

„Gressiona ist reich an kostbaren Erzen – denkt ihr etwa, die Götter hätten sich nichts dabei gedacht, als sie uns diesen Reichtum schenkten? Der Handel wird blühen, selbst der niedrigste Sklave wird keinen Hunger leiden müssen. Ihr seht, alles ist vorhanden, um aus Gressiona ein blühendes kleines Reich zu machen. Nur eins fehlt uns noch: eine Königin!“

Abermals ließ er eine Weile verstreichen.

„Er will dich zu seinem Werkzeug machen, Herrin“, flüsterte Agnes warnend. „Es ist sein eigener Machthunger, den er stillen will. Er schielt auf deinen Reichtum, lass dich nicht darauf ein. Warum verschwinden wir nicht einfach? Bitte, Herrin.“

Ricarda schüttelte unwillkürlich den Kopf. Agnes‘ Argwohn war nicht unberechtigt, aber ihre Abneigung gegen einen Priester, der Christus verachtete, trübte natürlich auch ihr Urteilsvermögen. Ricarda spürte, wie ein nie erlebtes Rauschgefühl in ihr emporstieg. Die Worte des Pontifex verzückten sie, selbst wenn sie töricht sein mochten.

„Der Adler, den Jupiter mir im Traum schickte, er wies mir auch den Weg zu unserer Königin. Denn als er über Gressiona kreiste, suchten seine scharfen Augen das Haus der Auserwählten, er setzte zum Sinkflug an und landete auf dem Dach. Ihr alle kennt die Jungfrau, die darin lebt, sie ist anmutig und klug wie keine zweite. Sie wird unsere Königin sein: Ricarda von Gressiona!"

Seine Stimme, bislang von beherrschter Leidenschaft getragen, überschlug sich nun. „Wollt ihr, dass Ricarda unsere Königin ist?"

Ricarda klopfte das Herz bis zum Hals. Die Menge schwieg, und Ricarda stellte sich vor, wie einer den anderen entgeistert anstarrte. Dann ein vereinzelter Ruf: „Ja! Ricarda soll unsere Königin sein!"

Andere fielen in den Ruf ein.

„Ricarda!"

Die ganze Welt schien mit einem Mal nur noch aus ihrem Namen zu bestehen. Heiß und kalt lief es ihr über den Rücken. Sie mied Agnes' Blick, den sie flehend auf sich ruhen spürte.

Jemand öffnete die Tür des Tempels, grelles Tageslicht strömte ins Innere und blendete die beiden Mädchen. Ein Tempeldiener erschien, fasste Ricarda sanft am Arm und führte sie hinaus zum Porticus. Ricarda sah vor sich ein wogendes Meer aus Menschen, offene Münder, erhobene Hände, geschwenkte Tücher. Und niemand wurde müde, wieder und wieder ihren Namen zu rufen.

Mit großer Geste legte Grannus ihr einen purpurnen Umhang um die Schultern und präsentierte der Menge eine Kette, an der ein bronzenes Medaillon hing. Seine Stimme ging im Lärm unter, doch weiterer Worte bedurfte es ohnehin nicht mehr.

„Seht das Bildnis des Jupiter! Er wird Gressiona groß machen und unserer Königin zur Seite stehen. Königin Ricarda!"

Er legte ihr das Medaillon um den Hals. Ricardas Augen suchten den jungen Offizier, der immer noch vor der Hecke stand und das Geschehen mit Interesse verfolgte. Kurz trafen sich ihre Blicke.

In diesem Moment überwältigte Ricarda das berauschende Gefühl, dass alles möglich ist.

6.

Spätsommer 988 A.D.

Entsetzen spiegelte sich in Rothaids Gesicht, als das Hufgetrappel näher kam, denn sie ahnte, was es mit dem späten Besucher auf sich hatte. Noch stand die Sonne am Himmel, doch binnen einer Stunde würde sie sich vom Rymelsberg verschlucken lassen und der alten Ruine auf seiner Kuppe eine feuerrote Gloriole verleihen. Josef, der Wolfshund, schlug an, aber Rothaid befahl ihm, sich in seine Ecke zu verkriechen. Den Namen Josef hatte ihm Richarda gegeben. Richarda liebte es, allen Tieren einen Namen zu geben.

Die Familie war vollzählig versammelt. Soeben hatte man ein Abendmahl eingenommen, Steckrüben mit Kresse. Pippin, müde vom Tagewerk, hatte sich bereits auf sein Nachtlager gelegt. Dass die drei Kinder noch so lebhaft waren, verdross ihn, aber diesmal sparte er sich den rüden Tadel, der ihm auf der Zunge lag. Angesichts des nahenden Besuchers stieg er aus dem Bett.

Gero und seine beiden Schwestern hockten auf dem Boden und spielten mit Fingerfiguren aus Stroh. Der inzwischen gänzlich erblindete Großvater hatte sie für die Enkel angefertigt. Es gab nicht mehr viel, was der lahme und blinde alte Mann erledigen konnte, aber für das Wohl seiner Enkelkinder hätte er vermutlich noch eine Eiche fällen können.

„Ein Reiter", sagte Gero. „Ob es ein Räuber ist?"

„Wenn man so will", murmelte Ortwin von seiner Bettstatt aus. Wie seine Tochter hatte auch er eine Ahnung, wer der späte Gast wohl war. „Hoffentlich ist er diesmal nicht betrunken."

„Ein Räuber würde sich anschleichen", beruhigte Rothaid die Kinder. „Ich glaube, es ist unser Fronherr."

„Der Gaugraf?", wunderte sich Gero. Er hatte ihn noch nicht häufig zu Gesicht bekommen. Jetzt war er so aufgeregt, als sei es der Kaiser selbst, der da zu Besuch käme.

Richardas Aufregung hielt sich dagegen in Grenzen, vielmehr fragte sie sich, weshalb das Erscheinen des Gaugrafen die Erwachsenen so offensichtlich in Unruhe versetzte. „Ist der Gaugraf böse?“, forschte sie.

„Still“, zischte Pippin, als stünde Gerhard bereits neben ihm.

Das Pferd kam zum Stehen und schnaubte. Sie lauschten. Jemand sprang aus dem Sattel. Gaugraf Gerhard war nicht allein gekommen, es sei denn, er redete mit seinem Gaul.

Pippin beeilte sich, zur Tür zu laufen, um den Gast gebührend zu begrüßen. Gerhard trat ein und blickte sich naserümpfend um. Ein fein gekleideter, etwa sechs Jahre alter Knabe begleitete ihn. Gerhard trug ein blaues Reitergewand, in den Händen hielt er Schwertgurt samt Waffe, auf die er offenbar in Gegenwart der Bauersleute nicht verzichten wollte. Dass er den Gurt abgenommen hatte, wies darauf hin, dass er keinen Kurzbesuch plante.

„Es ist uns eine Ehre“, begann Pippin mit einem Bückling.

„Halt den Mund, Pippin“, antwortete der Gaugraf gelangweilt. „Sag deinem Weib, es soll mir und meinem Jungen etwas zu trinken geben.“

„Du hast den Gaugrafen gehört, Rothaid!“, schnarrte Pippin. „Bitte nehmt doch Platz, Herr!“

Der Gaugraf warf sein Schwertgehänge mitten auf den Tisch. Aus einem Tonkrug goss Rothaid Molke in zwei Becher und setzte sie den Gästen vor.

„Hast du denn kein Bier?“, fragte der Gaugraf angewidert.

„Nein, Herr.“ Rothaid senkte demütig den Kopf. Gerhard musterte sie ausgiebig, Lüsternheit lag in seinem Blick. Rothaids Befürchtungen drohten sich zu bewahrheiten. Sie gab sich so unscheinbar, wie es ihr nur möglich war, doch der Blick des Gaugrafen blieb auf ihr ruhen.

Die kleine Gunda – sie war erst zwei Jahre alt – begann zu flennen. Ob das mit den Besuchern zusammenhing, war ungewiss, vermutlich war sie einfach nur müde. Rothaid nutzte die Gelegenheit, sich der Kleinen zu widmen.

„Du weißt, warum ich hier bin!“ Gerhard starrte weiter auf Rothaid, aber seine Worte galten Pippin, der ihm nervös gegenübersaß.

„Ja, Herr. Und ich verspreche Euch ...-“

„Ein Huhn, dreißig Eier, vier Sack Getreide – wie lange muss ich wohl noch auf deine Abgaben warten, Pippin?“

„Habt noch ein wenig Geduld mit mir. Die Kinder, sie fressen mir die Haare vom Kopf. Und der nichtsnutzige Alte – Ihr glaubt ja nicht, was dieser Kerl in sich hineinschlingt.“

„Aber der Großvater isst doch kaum“, sagte Richarda.

Endlich löste sich der Gaugraf von Rothaids Anblick und wandte sich an das Mädchen. „Sieh mal einer an. Wie heißt du, Kleine?“

„Richarda.“

„Was für kluge und schöne blaue Augen du hast. Ich glaube, du wirst einmal hübscher sein als deine Mutter. Komm her!“ Mit zwei Fingern winkte er sie zu sich.

Richarda sah ihren Bruder fragend an. Der hob nur die Schultern, vermutlich war er eifersüchtig, weil die Aufmerksamkeit des Gaugrafen nicht auf ihn gefallen war. Sie ließ ihre Strohpüppchen auf dem Boden liegen und ging zum Tisch. Gerhard fasste sie am Kinn und betrachtete entzückt ihr sommersprossiges Gesicht.

„Schau her, Tassilo“, sagte er zu seinem Sohn. „Das nenne ich ein Prachtstück. Zehn Jahre weiter, und sie wird dich um den Schlaf bringen. Und mich erst recht.“ Er nahm eine Strähne ihres kastanienbraunen Haares zwischen seine Finger und rieb sie spielerisch.

„Warum sollte ich Euch um den Schlaf bringen?“, fragte Richarda befremdet.

Gaugraf Gerhard lachte laut. „Frag deine Mutter, kleine Richarda.“

Richarda fiel auf, dass der Sohn des Gaugrafen noch kein Wort gesprochen hatte. Scheu saß er neben seinem Vater und starrte in die Molke. „Du heißt Tassilo?“, fragte sie ihn neugierig.

Er sah sie kurz an, nickte.

„Wenn du möchtest, schenke ich dir eine Fingerpuppe“, fuhr sie fort. „Mein Großvater hat sie gemacht. Er kann wirklich sehr schöne Puppen machen. Er macht sie aus Stroh.“

Jetzt lächelte Tassilo sogar ein wenig. „Ich habe welche aus Holz“, erklärte er.

„Hast du die auch von deinem Großvater?"

„Verschwinde jetzt", zischte Pippin ihr zu.

„Lass sie doch", grinste der Gaugraf. „Ihre Gegenwart ist allemal angenehmer als deine. Siehst du denn nicht, wie sehr die beiden sich zugetan sind? Willst du meinen Sohn um sein Vergnügen bringen? Tassilo, warum befiehlst du ihr nicht einfach, dir einen Kuss zu geben?"

Wieder ließ Tassilo den Kopf hängen.

„Ich will ihm keinen Kuss geben", sagte Richarda. Was den Gaugrafen erneut zum Lachen brachte.

Inzwischen war Gero am Tisch erschienen, nahm seine Schwester an der Hand und führte sie wortlos mit sich fort. Vor dem Bett des Großvaters ließen sie sich nieder. Josef gesellte sich winselnd zu ihnen.

„Ist denn das zu fassen? Einen brüderlichen Beschützer wirst du künftig wohl noch öfter brauchen", verkündete Gerhard. Mit einem Mal wurde er wieder ernst, sein Antlitz gefror, als er sich wieder Pippin zuwandte. „Wir waren noch nicht überein gekommen, wenn ich mich recht entsinne."

Unbehaglich rutschte Pippin auf seiner Bank hin und her. „Wie ich schon sagte, Herr, ich werde meine Schuld begleichen. Wenn Ihr noch wenige Wochen mit mir Geduld habt ... Nun ja, ein paar Eier kann ich Euch heute schon ...-" Er brach ab, weil Gerhard ihm mit erhobener Hand Schweigen gebot.

„Wie stellst du dir das vor, Pippin? Auch ich habe Leute zu ernähren."

„Herr, ich -"

„Wir können uns einigen. Hier und jetzt. Ein Ersatzgeschäft, wenn man so will. Dann hast du Ruhe vor mir."

„Was soll ich tun, Herr? Was?"

„Stell dich nicht noch dümmer als du bist, Pippin." Wiederum starrte er Rothaid an, die ihre Kleinste in die Wiege legte. Endlich hatte Gunda aufgehört zu flennen und schlief. Rothaid, die alles mit angehört hatte, schloss die Augen und biss auf die Zähne, als könnte sie auf diese Weise der Demütigung entgehen.

„Dein Weib ist nicht mehr ganz taufrisch, Pippin. Aber im Grunde hat sie sich noch gut gehalten, du kannst dich nicht beklagen. Früher war sie immer durch Blutbeulen verunstaltet. Hast du etwa damit aufgehört, sie zu verprügeln?“

Pippin stieß ein heiseres Lachen aus, aber Gerhard wurde ungeduldig.

„Was ist nun? Gilt der Handel?“

„Wa- warum nicht“, stammelte Pippin.

„Gut. Dann sei es so. Verschwindet also. Alle! Auch du, Tassilo. Geh nach draußen, Junge. Es wird nicht allzu lange dauern.“

Pippin stand auf und winkte Gero und Richarda zu sich. Auch Josef trottete herbei. „Kommt, wir wollen für eine Weile hinausgehen. Nun macht schon.“ Er vermied es, Rothaid anzusehen.

„Den Alten auch!“, befahl Gerhard. „Ich will nicht, dass er mir zusieht.“

„Aber er ist blind, Herr“, erwiderte Pippin.

„Das ist mir gleich. Raus mit ihm!“

Pippin blieb nichts anderes übrig, als Ortwin hinauszutragen.

„Warum müssen wir aus dem Haus?“, fragte Richarda ihren Bruder. Gero blickte drein, als habe er eine Vermutung, über die er nicht sprechen wolle.

„*Wobei* darf der Großvater dem Gaugrafen nicht zusehen?“, forschte Richarda weiter.

„Sei endlich still!“, herrschte Pippin sie an und trieb sie hinaus.

7.

Richarda war nicht wenig irritiert, als sich die Familie – Mutter und Gunda ausgenommen – unter freiem Himmel wiederfand. Langsam setzte die Dämmerung ein, der Rymelsberg wurde zum Schatten. Pippin brachte seinen verhassten Schwiegervater zu der Eiche neben dem kleinen Acker. Richarda und Gero gesellten sich zu dem Großvater, während Pippin davonstapfte. Er pfiff nach Josef und verschwand mit dem Hund im Wald.

Auch der Sohn des Gaugrafen hatte die Hütte verlassen, betrachtete unschlüssig das angebundene Pferd seines Vaters. Richarda winkte ihm, er solle sich zu ihnen gesellen. Nachdem er eine Weile über ihre Einladung nachgedacht hatte, ging er hinüber zur Eiche.

„Warum hat dein Vater uns rausgeschickt?“, fragte Richarda und blickte ihn mit runden Augen an.

„Weiß nicht“, entgegnete Tassilo.

„Er wird der Mutter doch nichts Böses antun, oder?“

Ortwin kam einer Antwort des Jungen zuvor. „Der Gaugraf und deine Mutter haben etwas Geschäftliches zu regeln, meine Kleine. Mach dir keine Sorgen.“

„Und Vater? Wieso regelt nicht er diese Sache?“

„Weil Vater ein dummer Klotz ist“, sagte Gero.

Ortwin seufzte leise. Seine trüben blinden Augen richteten sich dorthin, wo er die Gesichter der Kinder wähnte. „Wollt ihr eine Geschichte hören?“ Das war die wirksamste Methode, sie auf andere Gedanken zu bringen.

„Au fein!“ Richarda liebte die Geschichten des Großvaters. Häufig waren es Märchen, manchmal Geschichten von Heiligen, ein anderes Mal Erlebnisse aus seinem eigenen Leben – und niemals wurde es ihnen langweilig, wenn er erst einmal erzählte. Die Stimme des Betagten klang zuweilen heiser, aber die Kinder waren daran gewöhnt und verstanden ihn ausgezeichnet. Erwartungsvoll setzte sich Richarda vor ihn hin, umschlang ihre Knie. Gero nahm neben ihr Platz und legte einen Arm um die Schwester. „Komm!“, ermunterte Richarda den Sohn des Gaugrafen. Nach kurzem Zögern ließ auch er sich nieder.

„Was wollt ihr hören?", fragte der Großvater schmunzelnd.

Richarda strahlte. „Die Legende von Ursula!", schlug sie vor.

„Nicht schon wieder", protestierte Gero. „Erzähl uns von Georg, dem Drachentöter, Großvater."

„Aber es gibt doch gar keine Drachen", sagte Richarda.

„Woher willst du das wissen?"

„Mutter hat es mir gesagt."

„Sie wollte dich nur beruhigen."

„Trotzdem, ich möchte Ursulas Geschichte hören."

„Du!", sagte Gero und sah Tassilo an, „welche Geschichte gefällt dir besser: die von tausend Jungfrauen, die sich ...-"

„Elftausend waren es!", warf Richarda ein.

„Na schön, dann eben elftausend, das macht alles nur noch schlimmer. Also, willst du die Geschichte von den Jungfrauen hören, die sich von wilden Hunnen abschlachten ließen, oder die von dem strahlenden Helden Georg, der in hartem Kampf einen riesigen Drachen tötete?" Für Gero stand außer Frage, was ein echter Junge lieber hören wollte.

„Weiß nicht", lautete Tassilos Antwort, einen verstohlenen Seitenblick auf Richarda werfend. Offenbar wollte er sich nicht gegen sie stellen.

„Das darf doch nicht wahr sein", sagte Gero verdrossen. „Bist wohl ein Weichling, wie?"

„Lass ihn bloß in Ruhe, Gero", sagte Richarda tadelnd.

„Habe ich euch jemals die Sage von Gression erzählt?" Ortwin hatte Erfahrung, wie Meinungsverschiedenheiten zwischen den Geschwistern, die sich ansonsten abgöttisch liebten, zu schlichten waren.

„Gression?", fragte Richarda.

„Das war eine große, reiche Stadt", erklärte der Großvater.

„Wo lag dieses Gression?", horchte Gero auf.

Ortwin machte eine ausholende Handbewegung. „Es lag hier. Und dort. Gression war überall. Die Ruine dort oben auf der Bergkuppe: Einst stand dort ein hoher Turm."

Gero und Richarda sahen sich an.

„Was ist mit dieser Stadt geschehen?“, wollte Tassilo wissen. Es war das erste Mal, dass er unaufgefordert das Wort ergriff.

„Tja, leider ist sie untergegangen“, erklärte Ortwin. „Aber da sind wir ja schon am Ende der Sage. Möchtet ihr, dass ich sie euch von Anfang an erzähle?“

„Ja, bitte, Großvater!“, riefen Richarda und Gero wie aus einem Mund.

„Vor langer, langer Zeit“, begann Ortwin, „blühte in dieser Gegend die Stadt Gression. Viele Tage benötigte man, um sie zu durchqueren. Die Bewohner, es waren Heiden, waren unermesslich reich, denn sie besaßen Bergwerke, wo dienstbare Zwerge kostbares Erz abbauten. Die Stadt hatte auch eine Königin, die war ebenso allmächtig wie schön. Alle lebten glücklich und im Überfluss. Doch mit der Zeit verfielen sie allen Lastern, die man sich vorstellen kann. Da schickte ihnen unser Herrgott einen Propheten, der sie von ihrem sittenlosen Treiben abhalten und zum wahren Glauben bekehren sollte. Die Menschen aber wollten ihn nicht hören, setzten ihn gefangen, folterten und ermordeten ihn letztlich, weil die Königin es so befahl. Dann huldigten sie weiter ihren heidnischen Götzen.

Gottes Strafgericht ließ nicht lange auf sich warten. Fremde, wilde Krieger überfielen die Stadt, brannten sie nieder und töteten fast alle Bewohner, nur wenige konnten sich retten. Und als sei dies der Bestrafung nicht genug, schickte Gott noch eine Sintflut, damit selbst die Ruinen der zerstörten Stadt hinweggeschwemmt würden. So endete das sündhafte Gression, weil es sich nicht hatte bekehren lassen. Im Wald stößt man mancherorts noch heute auf Ruinen, da Gott in seinem Zorn innehielt und sich des Bundes besann, den er einst mit Noah und den Menschen geschlossen hatte: Nie wieder solle eine Flut die Erde verderben!

In dunklen Nächten, wenn man ein Ohr lauschend an den Boden hält, kann man das Klagen der verstorbenen Seelen vernehmen. Sie mahnen, sich keinen fremden Götzen hinzugeben. Und sie verkünden, was für ein Paradies Gression hätte sein können, wenn sie auf den Propheten gehört hätten."

Eine Weile schwiegen die Kinder betroffen. Der Untergang einer ganzen Stadt – was für ein schreckliches Ereignis musste dies gewesen sein.

Richarda beendete die Stille. „Wenn die Menschen sich hätten bekehren lassen", sagte sie nachdenklich zu sich selbst, „wären sie dem Untergang entgangen."

„Vermutlich nicht", widersprach Gero. „Denk doch an Ursula und ihre tausend Jungfrauen. Die haben auch an Christus geglaubt. Genutzt hat es ihnen wenig, sie wurden massakriert."

„Es waren elftausend Jungfrauen", korrigierte Richarda den Bruder ein weiteres Mal. „Und es hat ihnen doch etwas genutzt, denn jetzt sind sie heilig und im Himmel."

„Hast du dort nachgesehen?"

„Jeder weiß das. Wäre ich die Königin von Gression gewesen, hätte ich den Propheten jedenfalls angehört. Was geschah mit der Königin, Großvater? Wurde auch sie getötet?"

„Manche behaupten, sie habe aus der sterbenden Stadt fliehen können. Freilich weiß niemand, was aus ihr geworden ist."

„Ich habe die Hoffnung, dass sie sich noch bekehrt hat."

„Und du?" Gero wandte sich Tassilo zu. „Was denkst du? War Gression selbst schuld an seinem Untergang?"

Bevor der Knabe antworten konnte, trat der Gaugraf aus der Hütte. Lässig warf er das Schwertgehänge von der einen Hand in die andere. Tassilo erhob sich rasch, als fürchtete er einen Tadel, weil er so einträchtig mit den Bauersleuten zusammensaß.

Langsam schritt Gerhard auf sie zu. „He, du, alter Mann! Du bist ihr Vater, nicht wahr?"

Ortwin nickte nur. Richarda entging nicht, wie er mit dem Kiefern mahlte, in denen nur noch wenige Zähne steckten.

„Sie war widerspenstig wie eine alte Jungfer. Du hättest ihr bessere Manieren beibringen sollen. Sei nur froh, dass ich es dabei bewenden lasse. Wo ist der Bauer?"

„Weggegangen", brummte Ortwin. Es kostete ihn sichtlich Überwindung, den Gaugraf nicht wüst zu beschimpfen.

„Sag ihm, dass ich keinen Handel mehr mit ihm eingehe. Sein verklemmtes Weib kann er künftig allein bespringen. Falls ihm das überhaupt Freude bereitet." Sein Blick blieb auf Richarda ruhen, und grinsend fügte er hinzu: „In ein paar Jahren können wir noch einmal über alles sprechen. Bis dahin erwarte ich pünktlich meine Fron. Komm, Tassilo, mein Gewand stinkt schon nach Kuhmist."

Richarda sah ihm mit offenem Mund hinterher, als er mit seinem Jungen davonritt.

„Großvater, was -?"

„Nichts, mein Kind. Frag nicht, es war ein langer Tag, und wir alle sind müde. Vergiss den Gaugrafen. Er redete wirr, vermutlich hat er zu viel von Mutters Most getrunken."

Pippin kehrte in diesem Augenblick zurück, als habe er in der Nähe nur darauf gewartet, dass sein Fronherr endlich das Feld räumte. Er schnappte sich Ortwin, trug ihn wieder in die Hütte. Keiner der Männer sprach ein Wort. Die Kinder und der Hund folgten ihnen.

Die Mutter lag mit abgewandtem Gesicht auf ihrer Bettstatt. Ihr ganzer Leib zitterte. Richarda, die sich um sie sorgte, wollte zu ihr gehen, aber Pippin scheuchte sie fort.

„Lass sie!", flüsterte Gero ihr zu, „morgen ist sie bestimmt wieder gesund."

Als sie auf ihren Schlafstätten lagen, betete Richarda noch lange für die Gesundheit ihrer Mutter. Und dachte an Gression, die versunkene Stadt der Sünde.

8.

Das darauffolgende Frühjahr: 889 A.D.
Richarda und Gero verbrachten manchen Sonntagnachmittag im Wald, um die Ruinen von Gression zu suchen. Begleitet wurden sie auf ihren Streifzügen häufig von den vier Kindern des Töpfers Sigurd, mit denen sie eine verschworene Gemeinschaft bildeten: Wigbert war mit seinen etwa acht Jahren der Älteste und Größte unter ihnen. Auch nahm der Junge mit dem kantigen Gesicht für sich in Anspruch, Anführer der kleinen Schar zu sein. Niemand machte ihm das streitig. Zudem hatte er lohfarbenes Strubbelhaar und eine für einen Knaben ungewöhnlich tiefe Stimme, die ihn zusätzlich zum Bandenführer prädestinierte. Es war *seine* Bande!

Oda, Wigberts kaum vierjährige Schwester, war von zerbrechlichem Äußeren. Flachsblondes Haar umrahmte ihr bleiches, zartes Gesicht. Nie wich sie bei ihren Ausflügen von Richardas Seite. Richarda war Odas Heldin. Was auch daran lag, dass Richarda sie keinesfalls mit der Überlegenheit der Älteren behandelte. Alle Menschen, ob jung oder alt, erlagen unweigerlich der Anziehungskraft Richardas.

Stets mit von der Partie waren auch Adam und Eva. Am Straßenrand hatte man sie einst als Säuglinge – vermutlich waren sie Zwillinge - verlassen aufgefunden. Der Töpfer Sigurd und seine Frau hatten die beiden aus Barmherzigkeit an Kindes statt angenommen. Ihr genaues Alter war nicht bekannt, sie mussten älter als Richarda und Oda sein, jünger aber als Gero und Wigbert. Aus irgendeinem Grund hatten die Zieheltern es für angebracht gehalten, sie nach den ersten Menschen zu benennen. Es stellte sich zunehmend heraus, dass Adam und Eva in ihrer Entwicklung zurückblieben: Das Mädchen war offenbar taub, weshalb es nie sprechen lernte, der Junge hörte zwar, artikulierte sich aber nur sehr undeutlich. Da beide Kinder überdies schielten, hielt man sie im Allgemeinen für schwachsinnig. In Wigberts Bande aber waren sie geduldet, niemand machte sich über sie lustig, auch wenn ihr großer Ziehbruder sie mitunter „Hurenkinder“ nannte. Er meinte das nicht beleidigend, wusste er doch nicht einmal genau, was Huren eigentlich waren. Vermutlich hatte er das Wort irgendwo aufgeschnappt.

Es war der Sonntag nach dem Osterfest, als Wigbert und Gero, von Forscherdrang getrieben, abseits des Pfades eine alte Mauer im Dickicht ausmachten. Aufgeregt riefen sie die anderen herbei, die sich mühsam durch die Büsche kämpften. Josef, der Wolfshund, folgte den Kindern, in deren Mitte er sich wohlfühlte. Wigbert war bereits auf die von Ranken bewachsene Mauer gestiegen, die hoch war wie zwei Männer. Gero stand davor, machte jedoch keine Anstalten, dem Freund zu folgen. Er besaß nicht Wigberts Ehrgeiz und Waghalsigkeit, sein Augenmerk galt vielmehr der Sicherheit der Gruppe, ein Instinkt, der ihm in die Wiege gelegt worden war. Nun blickte er ein wenig schuldbewusst drein, als er auf den Armen seiner Schwester Kratzspuren entdeckte, die sie sich auf dem Weg durch das dornige Gestrüpp zugezogen hatte. Richarda bemerkte seine Sorge und winkte ab.

„Es tut nicht weh“, beruhigte sie den Bruder.

„Seht, ich bin der König von Gression!“, rief Wigbert ihnen zu. Josef bellte ihn an.

„In Gression gab es keinen König. Nur eine Königin“, widersprach Gero.

„Von heute an hat Gression einen König. König Wigbert!“

Eva sah mit offenem Mund zu ihm hoch und tippte sich an die Stirn.

„Warte nur, Hurenkind! Wenn ich hier herunterkomme, dann ...“ Ein knirschendes Geräusch ließ ihn abrupt verstummen. Alle starrten wie gebannt auf die alte Mauer, die sich plötzlich bewegte. „So ein Mist, so ein blöder Mist“, raunte Wigbert, der sich nicht mehr zu rühren wagte. Vergeblich. Zunächst bröckelte Staub aus allen Fugen, dann lösten sich einzelne Steine, schließlich stürzte die Mauer unter lautem Gepolter in sich zusammen. Wigbert ruderte wild mit beiden Armen, um das Gleichgewicht zu halten.

„Zurück!“, schrie Gero, packte seine Schwester am Arm und zog sie weg von der einstürzenden Mauer. Adam und Eva aber bewegten sich nicht von der Stelle; zu ihrem Glück ergoss sich die Flut von

Steinen nicht in ihre Richtung. Oda, die sich angstvoll an Richarda klammern wollte, stolperte über eine Wurzel und fiel zu Boden. Richarda löste sich aus Geros Griff, um der Kleinen auf die Beine zu helfen. Dabei stürzte sie ebenfalls, und weil Staub und Steine sich unaufhaltsam heranwälzten, warf sie sich schützend auf Oda.

Endlose Augenblicke verstrichen, dann verebbte das Getöse, und der aufgewirbelte Staub begann sich zu lichten. Wigbert saß auf dem Gipfel des Trümmerberges, doch widerfahren war ihm offenbar nichts. Obwohl ihm der Schrecken deutlich ins Gesicht geschrieben stand, gab er sich keineswegs kleinlaut oder verängstigt. „Habt ihr das gesehen?“, rief er. „Das war ein Aufstand gegen den König von Gression! Aber nicht mit mir, Freunde, nicht mit mir!“

Erst jetzt fiel ihm auf, dass Richarda und Oda am Boden lagen. Gero beugte sich besorgt über die Mädchen und räumte hastig Mauergestein beiseite. Oda war bald wieder auf den Beinen, aber Richarda bewegte sich nicht.

Wigbert stand auf, klopfte sich den Staub von der Kleidung und stapfte über die Trümmer zu seinen Freunden. Richardas Gesicht war weiß wie Kalk, aber ihre Augen waren offen, ihr Atem ging stoßweise.

Wigbert kratzte sich den Kopf. „Was ist mit ihr?“, fragte er.

Inzwischen hatte Gero Richardas rechten Unterarm aufgedeckt, der unter einem schweren Brocken gelegen hatte.

„Das siehst du doch, sie ist verletzt, du Rindvieh!“, blaffte Gero ihn an. „Musstest du denn unbedingt auf diese Mauer klettern?“ Normalerweise hätte er nie in solcher Weise zu dem Älteren gesprochen. Ging es aber um seine Schwester, kannte Gero weder Zurückhaltung noch Ergebenheit. Schuldbewusst verzichtete Wigbert darauf, ihn für diese Respektlosigkeit zu maßregeln. Zumal Richardas Verletzung alles andere als eine Bagatelle war: Unter einer klaffenden Wunde des Unterarmes ragte ein Stück Knochen hervor. Es war erstaunlich, dass sie sich nicht vor Schmerzen die Seele aus dem Leib schrie, sondern alles mit großer Tapferkeit ertrug. Dafür weinte Oda umso heftiger. Sie wollte sich einträchtig zu der älteren Freundin legen, um sich zärtlich an sie zu schmiegen, aber Gero verscheuchte sie. Derweil waren auch die Zwillinge herangetreten und blickten recht ratlos drein, während Josef, dem die Situation deutlich missfiel, winselnd zwischen den Kindern umherlief.

Gero beugte sich über seine Schwester, küsste ihre Stirn. „Keine Angst, es wird alles wieder gut, Richarda."

Sie lächelte sogar. „Der liebe Gott wird es heilen. Der Arm ist gebrochen, nicht wahr?"

„Mach dir keine Sorgen."

„Der Vater wird sehr böse sein."

„Zur Hölle mit ihm."

„Gero! Sag das nie wieder."

„Glaubst du, dass du aufstehen kannst?"

Sie versuchte sich aufzurichten, wurde aber dabei noch bleicher und sank ächzend wieder in sich zusammen. Die Augen hielt sie nunmehr geschlossen, ihre Lippen waren nur noch ein Strich. Was Oda bewog, noch herzerweichender zu heulen.

„Hör endlich auf zu flennen!", herrschte Wigbert sie an.

Oda dachte nicht daran, dem Bruder zu gehorchen. „Was machen wir jetzt?", presste sie zwischen zwei kläglichen Schluchzern hervor.

Das war eine berechtigte Frage. Wigbert und Gero wirkten mit der Situation überfordert. Richardas Verletzung benötigte kundige Behandlung, so viel stand fest. Einen Heiler gab es weit und breit nicht. Doch keinesfalls konnte man sie noch länger hier liegen lassen.

Eine hohe, grau gewandete Frauengestalt, die plötzlich aus dem Dickicht trat, ließ die Kinder erschrocken aufblicken. Nur Wigbert hob trotzig das Kinn. „Halt!", rief er keck. „Wer bist du?"

Dic Frau, deren Kopf von einem Schleier bedeckt war, kam unbeirrt näher. „Nur die Ruhe, Bürschlein. Ich hörte jemanden weinen."

„Das war nur Oda, meine kleine Schwester hier."

Mit dem Kinn deutete die Frau auf Richarda, die inzwischen ohnmächtig geworden war. „Und sie? Das Mädchen ist ernsthaft verletzt. Wer ist sie?", verlangte sie zu wissen.

„Meine Schwester Richarda“, erwiderte Gero. Er hatte eine Ahnung, wer die Fremde war, nämlich die Klausnerin Judith, die hier ganz in der Nähe hauste. Die Erwachsenen sagten ihr nach, sie könne Kranke gesundbeten. Gero hatte einmal gehört, wie der Vater sie als Schleiergespenst bezeichnet hatte. Trotz des verwendeten Schimpfwortes hatte so etwas wie Respekt in seiner Stimme mitgeschwungen – was bei Vater mehr als ungewöhnlich war.

„Richarda“, murmelte die Klausnerin leise. Sie zog die hohe Stirn kraus und wirkte mit einem Mal sehr besorgt.

„Könnt Ihr für sie beten, damit sie gesund wird?“, fragte Gero bang.

„Gebete allein werden nicht reichen“, entgegnete sie, „der Bruch muss gerichtet, die Wunde versorgt werden.“ Sie zeigte auf Wigbert. „Du, komm her! Du bist der Kräftigste! Nimm Richarda, wir wollen sie in meine Klause tragen. Dort kann ich mich um sie kümmern.“

Wigbert nickte eifrig, doch als er sich zu Richarda hinabbeugte, schubste Gero ihn unwirsch beiseite. „Fass sie bloß nicht an. Ich trage sie selbst.“

Abermals widersprach der Ältere nicht, sondern trat wie ein geprügelter Hund zurück. Vorsichtig packte Gero die Schwester unter den Knien und am Rücken, hob sie auf. Selbst die Zwillinge staunten über diesen Kraftakt, den sie dem Gefährten kaum zugetraut hätten. Die Klausnerin half, indem sie den verletzten Arm behutsam auf den Bauch des Mädchens bettete. Alsbald zogen sie zur Klause, gleich einer merkwürdigen Prozession. Wenn Wigbert geglaubt hatte, dass Gero unter der Last, die er trug, bald ermüden würde, sah er sich getäuscht. Als sie die Behausung der Eremitin erreichten, erwachte Richarda aus ihrer Ohnmacht. Schmerz verzerrte ihr Gesicht, aus wässrigen Augen versuchte sie ihre Umgebung wahrzunehmen.

„Wo bin ich?“

„Mach dir keine Sorgen“, erwiderte Gero. „Sie wird sich um deinen Arm kümmern.“

„*Sie*?“

„Das Schleiergespenst“, flüsterte er ihr ins Ohr.

Judith öffnete die Tür und ließ ihn mit der Verletzten eintreten. „Ihr wartet hier!“, befahl sie den Anderen, was Wigbert überhaupt nicht gefiel.

„Ich will dabei sein, wenn du Richarda behandelst.“

„Bürschlein, du hast mich verstanden. Ich kann da drinnen jetzt keine Lausbuben gebrauchen.“ Sie verschwand ins Innere und wies Gero an, Richarda auf ihre Bettstatt zu legen. Erneut war Richarda kurz davor, ihr Bewusstsein zu verlieren. „Gero“, hauchte sie, „lass mich nicht allein.“

„Eine Weile wirst du mit mir Vorlieb nehmen müssen, Richarda“, sagte Judith mit sanfter Stimme. „Ich werde mich um deinen Arm kümmern. Dein Bruder wird den Eltern ausrichten, dass du einige Tage in meiner Obhut bleibst.“

Gero schluckte. „Die Mutter wird sich grämen.“

„Vor allem würde sie sich grämen, wenn Richarda an ihrer Verletzung stürbe, meinst du nicht auch? Sie hat Vertrauen zu dem Schleiergespenst, also mach dir keine Sorgen, Junge. Geh!“

Errötend schlich Gero davon, seiner Schwester einen letzten schmachtenden Blick zugewerfend.

Richarda rang immer noch um Orientierung. Der Schmerz in ihrem Arm war fürchterlich, alles schien sich um sie herum zu drehen. Die großgewachsene Frau beugte sich zu ihr herab, Richarda erkannte nur einen Schemen. Zärtliche Hände fuhren durch ihr Haar. Richarda vermochte nicht zu sagen warum, aber die Nähe dieser fremden Frau beruhigte sie und nahm ihr alle Ängste.

„Schlaf, Richarda, schlaf, und sammle deine Kräfte. Denn die Welt – sie wartet schon lange auf dich.“

Verwundert über diese Worte, schlief Richarda ein.

9.

In einem Fiebertraum sah Richarda die gewaltige Stadt Gression. Die Häuser waren gänzlich aus Stein errichtet. Noch nie in ihrem Leben hatte Richarda ein Haus aus Stein erblickt, war sie doch nie über ihre Heimat am Rymelsberg und dem darumliegenden Wald hinausgekommen. Dennoch träumte ihr von einer solch prachtvollen Stadt. Als sie aber staunend durch die Straßen schlenderte, stürzten die Häuser in sich zusammen und begruben sie unter sich. Da erinnerte sie sich an das Unglück, das ihr widerfahren war, und sie erwachte.

Wo war sie? In Geros Armen hatte sie gelegen, daran erinnerte sie sich. Er hatte sie getragen. Und eine fremde Frau, bekleidet mit Kutte und Schleier, hatte sich fürsorglich um sie gekümmert.

Richarda hob ihren Kopf, der auf einem Strohkissen gebettet lag. Verschwommen nahm sie die Umgebung wahr. Ihr rechter Arme schmerzte sehr, außerdem litt sie großen Durst. Sie versuchte, aus dem Bett zu steigen.

„Bleib liegen, mein Kind. Noch bist du nicht soweit!“

Die Stimme der Klausnerin. Eine zärtliche Hand streichelte Richardas Wange. „Das Fieber muss erst noch weichen. Hier, trink das!“ Eine Schale berührte ihre Lippen. Richarda trank gierig. Es war das köstlichste Wasser, das sie jemals geschmeckt hatte. Mehrmals nahm die Klausnerin ihr die Schale von den Lippen und mahnte sie, mit Bedacht zu trinken.

„Habt Dank, heilige Frau.“ Richarda sank erschöpft in ihr Kissen. Ihre eigene Stimme klang fremd und unnatürlich in ihren Ohren.

„Dank dem Herrgott, Kind. Ich bin nur Sein Werkzeug.“

Bevor Richarda einschlief, fragte sie sich, ob sie sich erneut in jener sagenhaften Stadt wiederfinden würde.

*

Judith beendete ihr Stundengebet und setzte sich neben das Bett des schlafenden Mädchens. Sie musste der Versuchung widerstehen, es unentwegt zu liebkosen. Die Menschen zu lieben war ihre Pflicht, aber dieses Kind war wie ein Teil ihrer selbst. Beinahe fürchtete sie den Tag, an dem Richarda wieder heimkehrte.

Die fürchterliche Verletzung hatte für Judith eine große Herausforderung bedeutet. Wenn die Menschen ihr auch vielerlei Fähigkeiten nachsagten, so wusste sie selbst nur zu gut, dass sie als Heilerin nur bedingt taugte.

Zunächst hatte sie den aus der Wunde ragenden Speichenknochen wieder richten müssen. Erleichtert wurde ihr diese Aufgabe durch Richardas Ohnmacht. Auch die Pflege der Fleischwunde erforderte viel Mühe und Sorgfalt. Kam es zu einer Entzündung, so würde das Kind unweigerlich daran sterben. Sie, Judith, trug eine große Verantwortung, denn Richarda war eine Auserwählte. Mit frischen Johanniskrautblättern – Herrgottsblut! – bedeckte sie die Wunde, schiente den Arm mit einem Ast und umwickelte ihn mit sauberen Leinenbinden. Dann blieb ihr nur noch zu beten.

Ein Eichelhäher schrie. Judith horchte auf. Schritte näherten sich ihrer Klause. Da sie nicht wollte, dass jemand das Mädchen sah, ging sie zur Tür und trat ins Freie. Eine junge Frau in bäuerlicher Kleidung stand davor. Sie sah recht verwahrlost aus, wirre Haarsträhnen lugten unter einer schmutzigen Haube hervor.

Judith fuhr zusammen, denn sie erkannte die Besucherin. Aber sie mühte sich, ihren Schrecken zu verbergen.

„Du bist Hiltrud!“, sagte sie blinzelnd. Vor ihr stand Richardas leibliche Mutter. Aus ihrem Schoß hatte sie mit eigenen Händen das Kind in die Welt geholt. Fünf Jahre waren seitdem vergangen.

Die Andere nickte. Dunkle Ringe umrandeten ihre Augen. „Bitte, ehrwürdige Mutter, ich muss mit Euch reden!“

Ob sie von Richardas Anwesenheit wusste? Nein, das war nicht möglich. Aber weshalb erschien sie gerade in diesem Augenblick? Judith verspürte Unbehagen. Gleichwohl, Hiltrud schien der Hilfe zu bedürfen, und die konnte sie ihr schwerlich verweigern.

„Gehen wir ein paar Schritte, während du mir von deiner Sorge erzählst“, sagte Judith. Um jeden Preis wollte sie zwischen Mutter und Tochter räumliche Distanz schaffen. Also schlug sie den Weg Richtung Omerbach ein, wo allein schon das Plätschern des Wassers Trost zu spenden vermochte.

Und Hiltrud begann zu erzählen. Von ihrer Verheiratung, die zwei Jahre zurücklag. Von den beiden Totgeburten, die sie seither gehabt hatte. Von ihrem Mann, der ihr deshalb Vorhaltungen machte. Tränen rannen über ihre Wangen, während sie sprach. Judith suchte in ihrem Gesicht nach Ähnlichkeiten mit Richarda, fand aber wenig, das eine Verwandtschaft augenfällig machte.

Hiltrud setzte sich an den Rand des Baches und tauchte eine Hand ins Wasser. „Ehrwürdige Mutter“, sagte sie und sah Judith aus angstvollen Augen an, „bestraft mich der liebe Gott, weil ich mein Kind weggab?“

Judith empfand tiefes Mitleid mit ihr.

„Nein, Hiltrud. Es war gut, dass ihr damals zu mir gekommen seid.“

„Warum kann ich keine lebenden Kinder mehr gebären? In der Hochzeitsnacht merkte mein Bräutigam, dass ich nicht mehr jungfräulich war. Er war sehr erbost. Doch bis heute hat er es für sich behalten, weil er sich vor dem Spott der Leute fürchtet.“

„Hast du ihm erklärt, dass du geschändet wurdest?“

Hiltrud schüttelte den Kopf und starrte dabei ins Wasser. Judith betrachtete ihr Profil. Gab es nicht doch eine gewisse Ähnlichkeit zwischen ihr und dem Mädchen, das sie geboren hatte? Sie verscheuchte den Gedanken.

„Möchtest du mir verraten, wer dir damals Gewalt angetan hat, Hiltrud?“

Erneutes Kopfschütteln, sie biss sich dabei fest auf die Lippen. Judith sah ein, dass allein der Gedanke an das Geschehene Hiltrud in neue Angst versetzte.

„Schon gut. Wenn du eines Tages darüber sprechen willst, dann komm zu mir.“

„Wo ist meine Tochter, ehrwürdige Frau?“

Die Frage, so verständlich sie sein mochte, irritierte Judith. „Warum willst du das wissen?“

„Ist es nicht das Recht einer Mutter zu wissen, wo ihr Kind ist?“

„Dieses Wissen wäre nicht gut für dich.“

„Bitte sagt es mir. Wo ist sie? Ich würde sie so gerne einmal sehen. Lebt sie weit von hier?“

„So weit, dass du lange Zeit unterwegs sein müsstest.“ Glatt ging ihr die Lüge über die Lippen. Judith erschrak über sich selbst. Andererseits hätte die Wahrheit alles noch viel komplizierter gemacht.

„Wisst Ihr, ob es ihr gut geht?“

„Sie ist wohlauf. Sei also unbesorgt.“

Hiltrud vergrub ihr Gesicht. „Wenn ich doch wenigstens ein Kind gebären könnte. Mein Mann sagt, dass Gott mich straft für meine Sünden. Er verachtet mich.“

Judith zerriss es beinahe das Herz. Dennoch gab sie sich so, wie man es von ihr erwartete, lebensklug und über alles erhaben. „Ich werde für dich beten, Hiltrud. Du und dein Mann, ihr sollt ein Kind bekommen, wenn der Herr es so will.“

Allein diese Worte aus Judiths Mund bewirkten, dass Hiltrud ruhiger wurde. Als ob schon ein Gebet der Klausnerin die Gewähr für Gottes Erbarmen sei. „Habt Dank“, sagte sie. „Habt tausendmal Dank, ehrwürdige Mutter.“

Judith legte ihr tröstend eine Hand auf die Schulter und fühlte sich miserabel. Und als wollte der Herr ihr vor Augen führen, dass ihre Zerknirschung berechtigt war, sahen die beiden Frauen in diesem Augenblick das Mädchen, das sich ihnen zielstrebig, wenn auch mit zittrigen Beinen näherte.

„Richarda“, murmelte Judith, der ein kalter Schreck durch den ganzen Körper fuhr.

Neugierig blickte Hiltrud ihr entgegen. „Wer ist das?“, fragte sie erstaunt, denn natürlich hatte sie Judith allein in ihrer Klause gewähnt.

„Die Tochter eines Bauern vom Rymelsberg. Ich pflege sie, weil sie sich den Arm brach. Warte hier, ich will die Unvernünftige wieder zu Bett bringen, denn für Ausflüge ist sie noch nicht kräftig genug."

„Bitte lasst mich Euch begleiten."

„Nein! Ich bin gleich zurück. Fremde verwirren die Kleine nur."

Was freilich nicht erklärte, weshalb sie sich dann so wenig scheu einer Fremden näherte. Der Klausnerin war, als spürte sie wie ein heißes Eisen Hiltruds wissenden Blick im Rücken. „Unsinn, wie könnte sie etwas ahnen?", flüsterte sie zu sich selbst. Damals hatte Hiltrud ja nicht einmal einen Blick auf den Säugling geworfen.

„Richarda! Was um alles in der Welt machst du hier?" Judith nahm sie bei der Hand und machte mit ihr kehrt.

„Ich wachte auf und Ihr wart fort."

„Du musst dich ausruhen, Kind, sonst fällst du noch auf deinen Arm, und alles begönne wieder von vorn."

„Aber ich fühle mich besser, heilige Frau."

„Dieses Gefühl kann täuschen. Und nenne mich nicht ständig heilige Frau."

„Aber das seid Ihr doch!" Richarda blickte über ihre Schulter. „Wer ist diese Frau dort?"

„Sieh nach vorne, Kind, sonst stolperst du noch."

„Wer ist sie?"

„Wer soll das schon sein? Jemand, der mich um ein Gebet bat."

„Ha! Ich wusste es doch: Ihr seid heilig!"

Sie betraten die Klause, und Judith führte sie zum Bett. „Nur noch ein wenig Geduld, Richarda, gleich werde ich uns etwas zu essen machen."

„Wohin geht Ihr? Zu der Frau am Bach?"

„Ich bin gleich zurück."

Hiltrud hockte immer noch am Bachufer. Judith suchte nach Zeichen des Argwohns in ihren Augen.

„Die Tochter des Bauern, wie alt ist sie wohl, ehrwürdige Mutter?", forschte sie. Klang das lauernd?

„Du hast sie gesehen. Fünf oder sechs Jahre, viel älter wird sie nicht sein."

Hiltrud stierte wieder ins Wasser. „Wie die Tochter, die ich nicht mehr habe.“

„Quäl dich nicht länger mit solchen Gedanken. Sei gewiss, sie wird ein gutes Leben haben.“

„Niemals hätte ich mich von ihr trennen dürfen.“

„Damals war es das Richtige, Hiltrud. Du hast einem Menschen das Leben geschenkt. Niemand kann dir das je streitig machen. Und jetzt geh heim, zu deinem Mann. Ich werde beten, damit du bald empfängst.“

Hiltrud machte sich auf den Weg. Judith sah ihr nach und wünschte sich, sie hätte mehr für diese gepeinigte Seele tun können. „Ich bin Gottes Werkzeug“, tröstete sie sich, „alles geschieht nach Seinem Willen.“

Sie kehrte zurück zur Klause, wo Richarda sie sehnsüchtig erwartete.

10.

Zwei Tage später ...

Sie kannte inzwischen jeden Winkel der Klause, deren Wände sogar aus Stein erbaut waren. Ob die Behausung der frommen Klausnerin ein Teil des untergegangenen Gression war? Vermutlich war es so. Denn selbst der Fußboden war mit winzig kleinen Steinen ausgelegt. Aller Wahrscheinlichkeit nach waren sie früher farbig bemalt gewesen. Schemenhaft war noch eine Harfe spielende Gestalt darauf zu erkennen, die von wilden Tieren umgeben war. Richarda sah eine Art Ziege mit langen gebogenen Hörnern, einen Adler und ein hundeähnliches Tier, dessen Kopf eine prächtige Mähne zierte.

Nur zu gerne hätte Richarda erfahren, was es mit diesem Bildnis auf sich hatte, aber die Klausnerin wusste keine rechte Antwort darauf, sondern hatte die Gestalt auf dem Fußboden kurzerhand zu einem Heiligen erklärt, dem sogar die wilden Tiere huldigten.

„Wenn es aber Heiden aus dem alten Gression waren, die das Bild schufen?“, fragte Richarda besorgt.

Die Klausnerin lächelte. „Der Heilige Geist ist stärker als jeder heidnische Zauber.“

Sie schien auf alle Fragen eine Antwort zu haben. Richarda machte es sich zur Gewohnheit, an den Gebeten der Klausnerin teilzuhaben. Ein gewaltiges Glücksgefühl durchströmte sie, wenn sie betete, auch wenn ihr viele Formeln fremd blieben. Aber die Klausnerin erklärte ihr hinterher mit viel Geduld die Geheimnisse des Glaubens. Heimweh hatte Richarda nicht, selbst als ihr Arm kaum noch schmerzte.

„Die Zeit ist gekommen, nun musst du heimkehren“, sagte die Klausnerin nicht ohne Bedauern. „Deine Wunde ist gut verheilt. Eine Narbe wirst du behalten, sie soll dich stets an die Verletzlichkeit der Menschen erinnern. So wie das Fleisch kann auch die Seele Schaden nehmen. Denk daran, auch wenn du einmal herrschen wirst.“

„Herrschen? Was meint Ihr damit?“

Die Klausnerin gab ihr keine Antwort.

„Bitte lasst mich noch ein paar Tage bei Euch bleiben“, bettelte Richarda.

„Das geht nicht, Kind. Deine Eltern warten auf dich. Und dein Bruder – er kann es sicher kaum erwarten, dass du wieder nach Hause kommst.“

Richarda gestand sich ein, dass auch sie Gero sehr vermisste. Und natürlich auch ein wenig die Mutter und den Großvater. Selbst die kleine Gunda fehlte ihr, obwohl sie doch immer so viel schrie, vor allem, wenn sie ihren Willen nicht bekam. Aber gewiss war vor allem, dass sie die Klausnerin vermissen würde, wenn sie wieder daheim wäre. Wer würde ihr über Gott erzählen? Der Großvater kannte spannende Geschichten, doch das würde ihr künftig nicht mehr reichen. Richarda, so jung sie noch war, verspürte das Bedürfnis nach Höherem, etwas Besserem.

„Mein Arm“, verkündete sie mit Leidensmiene, „heute schmerzt er mehr als gestern.“

„Kann ich dir das glauben?“

„Aber ja. Ihr solltet die Wunde noch einen Tag lang im Auge behalten, Magistra.“

„Also gut. Aber morgen, wenn ich den Verband ein letztes Mal gewechselt habe, bringe ich dich zurück zu deiner Familie. Dann dulde ich keinen weiteren Widerspruch.“

Richarda strahlte. „Danke, Magistra.“

*

In der Nacht lagen beide schlaflos nebeneinander.

„Was denkt Ihr, Magistra“, fragte Richarda nach einer endlosen Weile, „bestände Gression noch heute, wenn sich die Menschen zu Gott bekannt hätten?“

„Nichts hat dauerhaft Bestand ohne Gott, Richarda!“

Dies ist ein Gesetz!, dachte Richarda. Geahnt hatte sie es schon seit Langem, nun war es eine Gewissheit: Das Wohl der Menschen hing allein davon ab, ob sie gottgefällig lebten oder nicht. Die Erkenntnis war so aufregend, dass Richarda erst einschlief, als der Morgen graute.

„Wach auf, Richarda. Dein Bruder ist da!“

Richarda hatte das Gefühl, gerade erst eingeschlafen zu sein. Schlaftrunken rieb sie sich die Augen. „Mein Bruder?“, fragte sie ungläubig. In der Tat, Gero stand neben ihrem Bett und blickte lachend auf sie herab.

„Los, steh schon auf, du Schlafmütze.“

Bruder und Schwester umarmten einander, immer wieder küsste Gero sie auf die Stirn. Die Klausnerin stand neben ihnen, Wehmut stand ihr ins Gesicht geschrieben.

„Kleine Schwester, du hättest tot sein können“, sagte Gero. „Warum bist du nicht in meiner Nähe geblieben?“

„Wegen Oda. Ich hatte Angst um sie.“

„Tja, statt Oda hat es dann dich erwischt.“

„Aber ich lebe. Und Oda lebt auch. Schickt dich die Mutter?“

„Eigentlich wollte sie selbst kommen, um nach dir zu sehen, aber Vater ließ sie nicht gehen. Sie sorgt sich Tag und Nacht um dich.“

Die Klausnerin sagte: „Einen letzten frischen Wickel noch, dann kannst du deine Schwester mit nach Hause nehmen.“

Gero sah ihr dabei zu, wie sie Richardas Arm verband. Dann kam die Stunde des Abschieds.

„Magistra, wann darf ich Euch wieder besuchen?“, fragte Richarda flehentlich.

„Wenn deine Pflichten es zulassen, mein Kind.“ Sie beugte sich zu ihr herab. „Gott sei mit dir“, flüsterte sie. „Soweit es mir möglich ist, werde ich an deiner Seite sein, wenn du einst herrschen wirst.“

Erneut diese merkwürdige Andeutung. Richarda konnte sich keinen Reim darauf machen.

„Geht jetzt!“ Die Klausnerin machte keine Anstalten, sie zur Tür zu begleiten. Vermutlich litt auch sie Abschiedsschmerz, den sie sich nicht anmerken lassen wollte.

Tränen rannen Richarda übers Gesicht, als sie die Klause an Geros Hand verließ. Josef, der draußen wartete, sprang freudig an ihr hoch. Es war recht kühl, denn noch hatte sich der Morgendunst nicht verzogen.

„Was hat das Schleiergespenst dir vorhin ins Ohr geflüstert?“, fragte Gero unterwegs.

„Sie ist kein Schleiergespenst!“ So empört war Richarda, dass sie seine Hand abrupt losließ. „Sie ist eine fromme Frau. Bestimmt wird sie eines Tages zur Heiligen erklärt.“

„Oh, verzeih. Also, was hat sie dir zugeflüstert, die ... Wie hast du sie genannt: *Magistra*?“

„Sie sagte, ich müsse auf meinen Arm aufpassen.“

Gero blinzelte sie zweifelnd an, schwieg aber.

„Sie hat mir viel über Gott erzählt“, fuhr Richarda schwärmerisch fort.

„Vier Tage lang?“

„Von mir aus hätte es noch länger sein können. Und glaube mir, Gression wäre nie untergegangen, wenn die Menschen an unseren Herrgott geglaubt hätten.“

Gero grinste. „Nur lässt sich das leider nicht mehr beweisen.“

Richarda wollte nicht mit ihm streiten, zumal sie seine Nähe sehr genoss. Versöhnlich griff sie wieder nach seiner Hand.

Als der Rymelsberg in Sichtnähe kam, wurde Richarda bewusst, dass es wenig gab, was sie nach Hause zog. Warum konnte sie nicht für immer bei der Klausnerin bleiben? Es reichte doch vollkommen, wenn sie ihrer Familie dann und wann einen Besuch abstattete. Gewiss, Gero würde ihr besonders fehlen, aber alles Glück hatte eben seinen Preis. Das wusste sie von ihrem Großvater Ortwin.

Rothaid schluchzte freudig, als sie Richarda wieder in die Arme schloss. Der Großvater war kaum weniger gerührt, Gunda indessen, die an Mutters Rockzipfel hing, starrte sie nur missmutig an, offensichtlich war sie eifersüchtig. Der Vater befand sich auf dem Feld, ihn hatte sie am wenigsten vermisst, fiel Richarda ein, und sie schämte sich im Stillen dafür. Denn es war ein Gebot Gottes, die

Eltern zu ehren. Die Klausnerin hatte ihr alle Gebote beigebracht, es waren derer zehn.

Richarda blickte sich um. Eine Hütte aus Lehm und Flechtwerk, kein Bildnis auf dem Fußboden, nirgends eine Ecke, die zum Gebet einlud.

Es ließ sich nicht ändern, sie war wieder daheim.

11.

Oktober 990 A.D.

Tassilo hasste es, wenn sein Vater sich betrank. Leider geschah das in letzter Zeit häufig. Schon früh am Morgen griff er zum Weinschlauch und trank, bis man ihn mittags in einer Ecke fand, wo er bis zum Abend seinen Rausch ausschlief. An solchen Tagen blieb es dem Verwalter vorbehalten, sich um des Gaugrafen Amtsgeschäfte zu kümmern, denn Tassilo war mit seinen acht Jahren noch zu jung dafür.

Der Vater hatte ihm verboten, allein auszureiten, obwohl er doch ein hervorragender Reiter war: Noch nie war er vom Rücken seines Ponys gefallen. Gleichwohl hatten die Reitknechte den Befehl erhalten, ihn zu begleiten, wenn er den Wunsch nach einem Ausritt verspürte.

An jenem Herbsttag – das verbliebene Laub der Bäume schimmerte in allen Farben – war es wieder einmal soweit: Tassilo wünschte sich nichts sehnlicher, als der finsteren Hügelburg und der Gegenwart des bezechten Vaters zu entkommen. Da draußen wartete die Welt auf ihn. Allerdings verspürte er wenig Lust auf einen Aufpasser. Er würde den Reitknechten, die ihm ohnehin zu viel schwatzten, ein Schnippchen schlagen müssen. Bis zum Abend, noch bevor der Vater wieder bei klarem Verstand war, wäre er heimgekehrt.

Er ging zum Stall, wo der Pferdeknecht Kuno Dienst tat. Kuno war ein sehr einfältiger und fauler Weiberheld, mit ihm würde er leichtes Spiel haben. Schlummernd lag er auf einem Strohhaufen. Tassilo rüttelte ihn.

„Was ist denn?“, fragte der Knecht erwachend.

„Die Hilde, sie will dich sehen“, sagte Tassilo.

„Jetzt? Hat sie denn nichts zu tun?“

Tassilo hob nur die Schultern. Kuno stand auf, klopfte sich die Halme vom Wams und grinste breit. „Tja, die lüsterne Hilde – aber wenn sie’s unbedingt braucht, will ich sie nicht enttäuschen.“

„Du findest sie in der Aue am Fluss.“

„Dann will ich das hübsche Mägdelein nicht warten lassen. Bist ein guter Junge."

Kuno, nunmehr hellwach, strich ihm über den Kopf und huschte mit erstaunlicher Flinkheit davon. Bis zur Flussaue war es ein Stückchen zu gehen, Tassilo würde Zeit genug haben, sich aus dem Staub zu machen. Während er sein Pony sattelte, dachte er darüber nach, warum die Männer – sein Vater und Kuno waren Paradebeispiele – sich so viel aus den Weibern machten. Sie trieben Sachen miteinander, für die er kein Verständnis hatte. Was fanden sie bloß an den innigen Umarmungen, zumal man hierfür lästigerweise auch noch manches Kleidungsstück ablegen musste? Vielleicht war Vater auch nur deshalb so versessen auf solche Dinge, weil er kein Weib mehr hatte. Tassilo war sehr traurig darüber, dass er ohne Mutter war, denn sie war unmittelbar nach seiner Geburt gestorben.

Auf der anderen Seite konnte er das Verlangen der Männer nach dem anderen Geschlecht schon verstehen: Seitdem er vor etwa zwei Jahren dem Bauernmädchen namens Richarda begegnet war, ging sie ihm nicht mehr aus dem Kopf. Sie war nur die Tochter eines Leibeigenen, aber das war ihm einerlei. Oft sah er ihr sommersprossiges, von kastanienbraunem Haar umrandetes Gesicht, ihre Stupsnase und ihre klaren blauen Augen vor sich. Noch einmal hatte er sie später während eines Ausritts gesehen. Mit ihrer Mutter hatte Richarda Beeren im Wald gesammelt; vermutlich hatte sie ihn nicht einmal wiedererkannt. Er aber würde sie immer und überall erkennen. Was gäbe er dafür, mit Richarda Hand in Hand durch den Wald zu spazieren! Das Mädchen hatte ihn damals fasziniert, allein ihre Nähe hatte ihn bezaubert. Inständig hoffte er, ihr heute ein weiteres Mal zu begegnen, weder Kuno noch sonstwer würde ihn daran hindern können, sich mit dem Mädchen zu unterhalten.

Freilich zählten Unterhaltungen nicht zu Tassilos Stärken. Er sprach nicht gerne und niemals viel, anders als sein redseliger Vater. Doch ihm war klar, dass er, wenn er Richarda noch einmal traf, den Mund aufmachen musste. Was sollte sie sonst von ihm denken?

Kuno war nicht zugegen, und auch niemand sonst hielt ihn auf, als er bald darauf auf seinem bunt gescheckten Pony der Burg des

Vater den Rücken kehrte. Die Gegend war ihm vertraut, oft genug hatte er den Vater auf seinen Visitationen begleitet, er würde sich nicht verirren. Südwärts führte ihn der Weg, über Wiesen und durch einen freundlichen, hügellosen Wald. Als dieser sich lichtete – mehr als eine Stunde war er schon unterwegs, und niemand von den Burgleuten war ihm gefolgt -, wurde ihm plötzlich ganz warm ums Herz. Der Rymelsberg, Richardas Heimat, war Teil eines weiteren Waldsaumes, der sich eine Meile vor ihm erstreckte und zugleich dem flachen Gelände eine natürliche Grenze setzte. Unter der milden Herbstsonne leuchtete der Wald dahinter umso bunter.

Und wenn er dem Zufall auf die Sprünge half? Was sprach dagegen, das Anwesen des Bauern aufzusuchen und nach Richarda zu fragen? Immerhin war er des Gaugrafen Sohn, niemand würde es wagen, ihn zu vertreiben. Selbst der Bauer nicht, Richardas Vater, der sich damals so unterwürfig gegeben hatte, obwohl ihm die Niedertracht ins Gesicht geschrieben stand. Arme Richarda!

Tassilo gab sich einen Ruck und ritt dann geradewegs auf das Gehöft zu. Schon von Weitem sah er den Bauern auf seinem brachen Acker, den er mit einer Egge aus Holz bearbeitete. Seine Frau – Vater hatte sie begehrt, daran erinnerte er sich – las die aufgewühlten Steinbrocken auf. Von den Kindern war keins zu sehen. Tassilo stieg von seinem Pony und ließ es grasen. Nun schritt er auf den Bauern zu, der ihn längst erblickt hatte und ihm misstrauisch entgegensah. Als er ihn offenbar als den Sohn des Gaugrafen erkannte, lächelte er, doch seine listigen Augen blieben wachsam. Anders die Frau, die ihm freundlich zunickte.

„Ich nehme an, dein Vater schickt dich“, begrüßte ihn der Bauer, „du kannst ihm sagen, dass ich meine Abgaben pünktlich leisten werde. Es war eine gute Ernte in diesem Jahr ... Nun ja, sagen wir, sie war nicht so schlimm wie erwartet. Da hatten wir nach dem Kometen, der im vergangenen Jahr am Himmel zu sehen war, Schlimmeres erwartet. Allesamt Narren, die von einem schlimmen Omen sprachen.“

Tassilo wusste darauf nichts zu antworten und sah sich die Umgebung an.

„Ich glaube, ihn hat nicht sein Vater geschickt“, hörte er die Bäuerin leise sprechen. Laut sagte sie: „Bist du durstig, Junge? Ein prächtiges Pony hast du da.“

Tassilo betrachtete sein Reittier, als habe er vergessen, dass er damit hergekommen war. Die Bäuerin stellte den Korb mit den Steinen ab. „Komm“, forderte sie ihn auf, „gehen wir hinein, ich will dir einen Becher Molke geben.“

Willig folgte er ihr und war froh, dass der Bauer auf dem Acker zurückblieb. Vielleicht war Richarda ja in der Hütte. Er hatte sich schon zurechtgelegt, wie er sie begrüßen würde: *Weil du so ein nettes Mädchen bist, Richarda, würde ich gerne einen Spaziergang mit dir machen!* Tassilo hatte lange nachgedacht, dieser Spruch schien ihm geeignet zu sein, weil er genau das ausdrückte, was er dachte und sich von Herzen wünschte. Er hoffte, dass er die Gelegenheit bekam, es ihr unter vier Augen zu sagen.

Aber Richarda war nicht in der Hütte, ebenso wenig wie ihre Geschwister. Nur der alte blinde Mann, der ihnen die Sage von Gression erzählt hatte, war anwesend, außerdem zwei Hühner, die träge unterm Tisch hockten, sowie die Kuh hinter dem Bretterverschlag.

Zusammengekrümmt lag der Großvater auf seinem Bett und wirkte noch hinfälliger als damals. Dennoch schien er ihn wahrzunehmen, denn er wandte ihm sein faltiges Gesicht zu. Die Bäuerin nahm einen Krug vom Wandregal, stellte ihn auf den Tisch.

„Ich bin nicht durstig“, verkündete Tassilo. Ihm wurde bewusst, dass es die ersten Worte waren, die er zu den Bauersleuten sprach.

„Vielleicht willst du lieber etwas essen? Ich habe Käse ...“

Er schüttelte den Kopf.

„Rothaid, was ist los mit dir?“, rief der Großvater mit schwacher Stimme, „merkst du denn nicht, dass der Junge nur *ihretwegen* gekommen ist?“

„Ihretwegen?“, fragte die Bäuerin verständnislos.

„Er will Richarda sehen.“

„Ach?“

Tassilo fühlte deutlich, wie er puterrot anlief und starrte auf seine Füße.

„Tja“, machte die Bäuerin, „Richarda und ihre Geschwister sind in den Wald gegangen.“

„Was ... macht sie dort?“, fragte Tassilo, obwohl er am liebsten abgestritten hätte, wegen des Mädchens hergekommen zu sein.

Es war der Großvater, der Antwort gab. „Sie suchen nach den Ruinen Gressions. Ach, hätte ich euch Kindern diesen Blödsinn doch nie erzählt.“

„Ich gehe jetzt wieder“, verkündete Tassilo.

Die Bäuerin begleitete ihn hinaus. „Es wäre mir lieb, wenn du meine Tochter in Ruhe lässt, Junge. Dein Vater wird es nicht gutheißen, wenn du dich mit Bauernkindern triffst.“

Ihre Worte klangen ängstlich. Dennoch bemühte sie sich, ihm ernst in die Augen zu blicken. Tassilo dachte bei sich, dass der Vater sich sogar mit Bettelweibern abgeben würde, solange sie nur jung und hübsch waren.

Bald saß er wieder auf seinem Pony. Der Bauer auf dem Feld wischte sich den Schweiß von der Stirn und sah zu ihm herüber. Tassilo beachtete ihn nicht weiter.

Wohin? Heimwärts? Dann wäre es nur ein sterbenslangweiliger Ausflug gewesen, den er gemacht hatte. Im Wald nach Richarda suchen? Doch die Wälder jenseits des Rymelsberges waren ihm wenig geläufig, möglicherweise würde er sich verirren. Außerdem war Richarda nicht allein unterwegs, ihr Bruder begleitete sie, und mit dem Burschen war nicht zu spaßen. Tassilo wünschte sich, er wäre größer und stärker als Richardas Bruder. Außerdem erträumte er sich, ein Kriegsheld zu sein, den jedermann bewunderte. So wie sein Großvater, der einst mit dem Kaiser Otto gegen die wilden Ungarn gekämpft hatte. Der Großvater war schon lange tot, doch seine Taten waren legendär. Ob er aber Richarda mit den Kriegsabenteuern des Großvaters zu beeindrucken vermochte, war zweifelhaft, denn Richarda war von sanftem Gemüt. Nein, ein Spaziergang mit ihr, Hand in Hand, das musste vorläufig reichen. Wenn nicht heute, dann an einem anderen Tag.

Er beschloss, nach Hause zurückzukehren.

Eine Weile war er schon geritten, als er auf zwei Bauernknechte aufmerksam wurde, die am Wegrand standen und entgeistert zum Himmel blinzelten. Er folgte ihrem Blick und staunte: Die Sonnenscheibe war nicht länger rund, ein schwarzer Schatten bedeckte ihren Rand.

12.

Mit Mühe hatten die Kinder Richarda an diesem Tag überreden können, sich ihnen anzuschließen. Wigbert und Gero hatten zu einem Streifzug geblasen, wollten endlich klären, wie groß das sagenhafte Gression einst gewesen war. Gab es auch jenseits des Waldes noch Ruinen? Bislang hatten sie immer nur in einer Richtung gesucht und waren dabei auf manch alte Trümmer gestoßen. Aber eine wirkliche Ahnung von der Größe der Stadt hatten sie nicht. Wenn es stimmte, dass man einst viele Tage benötigt hatte, um sie zu durchqueren, musste ihre Ausdehnung enorm gewesen sein.

Viel lieber hätte Richarda der Klausnerin einen Besuch abgestattet – das machte sie inzwischen so oft es ihr möglich war -, aber schließlich gab sie dem Drängen Odas und der Anderen nach und begleitete sie auf deren Ausflug. Keines der Kinder ahnte, dass ihnen der aufregendste Tag ihrer Kindheit bevorstand.

Die Bande war vollzählig, auch Adam, Eva und Gunda waren mit von der Partie, wobei sich Gunda, die jüngste von allen, einmal mehr als Quälgeist entpuppte. Immerzu wollte sie heim zur Mutter, und mit ihrem Geheule ging sie vor allem den Burschen gehörig auf die Nerven. Da sie aber noch zu klein war, um sie kurzerhand nach Hause zu schicken, war man genötigt, sie zu ertragen.

Wigbert erzählte von einem nächtlichen Ausflug, den er jüngst angeblich unternommen haben wollte. Im Wald, unweit der Klause des Schleiergespenstes, habe er gegen Mitternacht lauschend sein Ohr an den Boden gehalten. In der Tiefe habe er dumpfes Glockengeläut vernommen.

„Welche Glocken?“, fragte Gero skeptisch. „Die Menschen in Gression waren Heiden und hatten keine Kirchen.“

Wigbert winkte ab. „Was weiß ich denn? Vielleicht hatten ja auch die Heidentempel Glocken. Jedenfalls habe ich es läuten gehört.“

Niemand wollte ihm das so recht glauben, aber man ließ ihn plaudern.

Einige zerbrochene rote Ziegel, die sie unterwegs aus einem Acker buddelten, bestärkten Wigbert und Gero in der Ansicht, dass sie sich immer noch auf dem Gebiet der versunkenen Stadt befanden.

In der Nähe von Aeccheze fiel es ihnen erstmals auf, nachdem Josef nicht aufhörte, mit aufgestellten Ohren in den Himmel zu starren: Die Sonne, die an diesem Frühherbsttag fast sommerlich geschienen hatte, begann sich zu verdunkeln, durch ihren Rand fraß sich ein schwarzer Schatten. Oda klammerte sich angstvoll an Richardas Arm, Adam und Eva blinzelten verwirrt, Gunda hörte auf zu flennen und Gero und Wigbert stemmten empört die Arme in die Hüften, als wolle sie jemand zum Narren halten.

„Ihr müsst keine Angst haben“, sagte Wigbert, obwohl er nicht begründete, weshalb er sich dessen so sicher war.

„Ein Loch verschluckt die Sonne“, meinte Gero düster. „Vielleicht ist das ja das Ende der Welt.“

„Unsinn“, widersprach Richarda, die Oda in den Arm genommen hatte. Auch Gunda klammerte sich fest an ihre Schwester.

Gero rieb sich die Nase. „Und wenn es doch so ist?“

„Niemand kennt den Tag noch die Stunde. Die Welt wird bestimmt noch nicht untergehen.“

„Sagt das Schleiergespenst?“, fragte Wigbert.

„Sie heißt Judith, merk dir das. Ja, sie hat gesagt, dass Gott die Menschheit noch eine Weile bestehen lassen werde.“

Das schien alle zu beruhigen, denn wenn die Klausnerin das gesagt hatte, dann war es wie eine Prophezeiung. Dennoch blieben Zweifel. Flüsternd sprach Gero sie aus. „Aber der Komet im vergangenen Jahr – und die Offenbarung des Johannes ...“

Wigbert nickte heftig und fiel ihm ins Wort. „Ein Wanderprediger sagte, dass Gott den Teufel nach tausend Jahren freilassen werde. In einigen Jahren dürfte es soweit sein.“

„Aber heute noch nicht“, beharrte Richarda. „Gott hat mit der Menschheit noch etwas vor.“

„Richarda, wenn wir sterben müssen, will ich bei dir sein“, schniefte Oda.

„Ich sagte doch, uns wird nichts geschehen!“ Gewiss hätte die Klausnerin doch eine Ahnung, vielleicht sogar eine Vision gehabt, wenn das Weltenende tatsächlich unmittelbar bevorstand. Nein, Richarda hatte keine Furcht.

„Was tun wir jetzt?“, fragte Gero ratlos. „Der Schatten wird immer größer, seht ihr?“

„Dunkel, dunkel“, nuschelte Adam.

„Reg dich ab, Hurenjunge“, bedeutete ihm Wigbert. „Dunkler als die Nacht wird's wohl nicht werden.“ Was jedoch immer noch keine Erklärung für diese Merkwürdigkeit am Himmel war.

„Besser, wir laufen heim, bevor wir nichts mehr sehen können“, schlug Gero vor.

„Feigling“, sagte Wigbert abfällig.

„Ich bin nicht feige. Ich will nur, dass uns nichts zustößt.“

Eva deutete mit dem Finger nach vorn und gab ein paar aufgeregte Laute von sich. Jetzt sahen auch die Anderen den Reiter, der sich ihnen gemächlich näherte, ein Knabe auf einem bunt gescheckten Pony. Gero schaute genauer hin. „Sieh mal einer an, der Sohn des Gaugrafen“, erklärte er. „Ein seltsamer Vogel, der kaum das Maul aufkriegt.“

„Müssen wir nett zu ihm sein?“, fragte Wigbert. Dass ein Bursche, jünger noch als er, ein Pony reiten konnte und durfte, machte ihn sichtlich neidisch.

„Besser wär's“, riet ihm Gero. „Sonst lässt sein Vater es an meiner Familie aus.“

Der Reiter zügelte sein Pony, als er die Schar erreichte. Josef bellte ihn an. Die Aufmerksamkeit des Ankömmlings schien allein Richarda zu gelten, die er unverwandt anstarrte.

„Was gibt‘s denn da zu glotzen?“, fragte Gero ihn barsch, seine eigene Empfehlung missachtend. „Hat meine Schwester etwa Beulen im Gesicht?“

„Es gibt keinen Grund, unhöflich zu sein, Gero“, tadelte Richarda den Bruder, schenkte ihm aber gleichwohl ein nachsichtiges Lächeln.

„Du heißt Tassilo, ich erinnere mich“, sagte sie zu dem Jungen.

Er nickte. „Richarda“, sagte er leise, aber alle hörten es.

Wigbert lachte rau. „Er ist wohl in dich verknallt, Richarda."

Tassilo sah ihn ungnädig an, was bewies, dass er nicht allein Richarda wahrnahm.

„Oh, vergib mir, Herr Gaugraf. Ich wollte nicht respektlos sein." Obwohl Wigberts Bemerkung spöttisch gemeint war und seine Verbeugung vor dem Reiter kaum weniger, war ihm anzumerken, dass er, Richarda gehorchend, Streit vermeiden wollte. „Was hältst du von der Sonne, Herr Gaugraf?", fragte er. „Denkst du, dass wir uns Sorgen machen müssen? Wird sie gleich erlöschen?"

Tassilo beachtete ihn nicht weiter und stieg von seinem Pony.

„Was hast du vor?", fragte Gero misstrauisch.

„Die Finsternis abwarten", lautete Tassilos Antwort.

Richarda war bemüht, die Spannungen zwischen den Burschen abzubauen. „Ja, warum eigentlich nicht? Bleiben wir doch hier und warten ab, was geschehen wird. Tassilo hat recht, die Finsternis wird sicher vorübergehen. Wir könnten ein gemeinsames Gebet sprechen."

Die halbe Sonnenscheibe war bereits durch den Schatten verdeckt. Die Kinder setzten sich an den Wegrand und ließen das Gestirn nicht mehr aus den Augen. Richarda sprach laut ein Paternoster, aber nur Oda betete mit ihr.

Richarda saß flankiert von Oda und Tassilo im Gras. Gero hatte es nicht verhindern können, dass der Sohn des Gaugrafen neben ihr Platz genommen hatte. Nachdem sie das Gebet beendet hatte, hörte Richarda Tassilos flüsternde Stimme, spürte seinen Atem an ihrem Ohr.

„Weil du so ein nettes Mädchen bist, Richarda, würde ich gerne einen Spaziergang mit dir machen."

„Was, jetzt?", entfuhr es ihr lauter als beabsichtigt. Gero linste argwöhnisch herüber. Leiser fuhr Richarda fort: „Ein anderes Mal, Tassilo. Aber heute ... Nun, du siehst ja selbst, dass der Herrgott unsere Aufmerksamkeit auf etwas anderes lenken möchte."

„Ein anderes Mal also. Versprichst du mir das?"

Sanft lächelte sie ihm zu. „Ich verspreche es, Tassilo."

„Fällt euch nichts auf?", fragte Wigbert mit einem Mal.

Gero stellte die Gegenfrage. „Was sollte uns denn auffallen?"

„Die Tiere – nirgends sind mehr Vögel oder Hasen oder sonstwelche Viecher zu sehen. Josef rührt sich kaum. Und das Pony unseres geschwätzigen Gaugrafen steht da wie versteinert."

Das war auch Richarda nicht entgangen. „Vielleicht haben Tiere größere Ehrfurcht vor der Schöpfung als wir Menschen."

Wigbert runzelte zweifelnd die Stirn. „Josef versteht von der Schöpfung ungefähr so viel wie ein Fisch vom Fliegen."

„So? Und woher willst du das wissen, du Neunmalkluger? Du magst der Älteste unter uns sein, aber deshalb bist du noch lange kein Gelehrter, Wigbert." Richardas blaue Augen schossen einen Blitz auf ihn ab, sodass er den Kopf senkte und fast beschämt wirkte. Normalerweise vermied er es, Richarda zu reizen, denn ihr Wohlwollen war ihm durchaus wichtig.

„Schon wieder Reiter", sagte Gero, in die Ferne deutend. „Dort hinten, wo die Heerstraße verläuft. Du lieber Gott, das müssen mindestens fünfzig sein."

Wigbert kratzte sich grinsend den Kopf. „Ich will nicht schon wieder unken, aber der Wanderprediger sprach von den Reitern der Apokalypse." Wieder traf ihn Richardas warnender Blick. „Schon gut, schon gut. Sollte nur ein Scherz sein."

Die Reiter waren zu weit entfernt, um Einzelheiten zu erkennen, zudem versperrte ihnen das Gebüsch am Wegrand der Heerstraße die Sicht. Handelte es sich um ein Heer? Von kriegerischen Händeln in der Gegend war den Kindern nichts bekannt. Was allerdings nichts bedeuten musste.

„Die Kerle würde ich mir gerne mal aus der Nähe anschauen", verkündete Wigbert großspurig.

Auch Tassilo wirkte sehr interessiert an dem Geschehen auf der Heerstraße. Die Reiter hatten haltgemacht.

„Was ist? Gehen wir hin?" fragte Wigbert voller Abenteuerlust.

„Bist du verrückt?", entgegnete Oda.

„Ich komme mit dir!", versicherte ihm Gero. Eindringlich wandte er sich an seine Schwester. „Hör zu, du bleibst hier und rührst dich nicht von der Stelle. Ich will nicht, dass du dich in Gefahr begibst, verstanden? Die Anderen bleiben bei dir, gib gut auf sie acht."

„Wir gehen alle", erwiderte Richarda kopfschüttelnd.

„Kommt nicht in Frage."

„Und ob. Wir gehen mit."

„Aber ... was ist, wenn sie Böses im Schilde führen?"

„Dann würde es dir und Wigbert auch ohne uns schlecht ergehen, oder meinst du nicht? Ich glaube aber, dass von den Reitern keine Gefahr ausgeht."

„Und was bringt dich zu dieser Überzeugung?"

„Ich spüre es!" So entschieden sprach sie es aus, dass weder Gero noch Wigbert weitere Einwände wagten. Richarda stand auf und machte sich auf den Weg, Gunda und Oda an den Händen haltend. Wigbert, der sich seiner Führerschaft beraubt sah, überholte sie rasch und setzte sich an die Spitze. Grinsend sah er über seine Schulter.

„Was, du auch?" Die Frage galt Tassilo, der sich der Gruppe angeschlossen hatte, das Pony am Zügel hinter sich herführend.

„Hast du denn keine Angst?", stichelte Gero.

„Warum sollte ich? Mein Großvater kämpfte in der großen Ungarnschlacht und erwarb reichlich Ruhm. Sein Blut fließt in meinen Adern."

Alle blickten ihn verdutzt an. Eine solch erschöpfende Antwort hatte niemand von ihm erwartet.

„Mein Großvater kämpfte in der großen Ungarnschlacht", äffte Wigbert ihn nach, beließ es aber dabei.

Noch war es taghell, aber der Schatten vor der Sonne wuchs.

*

Ihr Staunen war groß, als sie die Heerstraße erreichten. Bei den Reitern handelte es sich um echte Ritter. Sie trugen Kettenhemden, bunte Wappenröcke, Helme und Schwerter. Außerdem erblickten die Kinder zahlreiche Fuhr- und Reisewagen. Knechte, Mägde und Handwerker huschten umher, und allen war gemeinsam, dass sie fortwährend zur Sonne sahen. Manche wirkten nervös, andere gelassen, wieder andere sprachen Gebete.

Auf einer Weide am Rand der Straße erblickten sie eine prächtig gewandete Frau, die das Schauspiel am Himmel interessiert verfolgte. Ein etwa zehnjähriger Knabe stand bei ihr. Auch er war edel gekleidet, sein gelocktes Haar glänzte rötlich im verbleibenden Sonnenlicht. Zwei Ritter und eine weitere Frau, vermutlich die Zofe der edlen Schönheit, stellten ihre Begleitung dar.

Die Kinder waren eine Weile sprachlos vor Verwunderung. Zweifellos war hier eine Fürstin unterwegs, begleitet von einem endlosen Tross. Richarda verspürte das Bedürfnis, die edle Frau aus der Nähe anzusehen. Also schritt sie voran, und die Anderen folgten ihr wortlos. Zunächst achtete niemand auf die Kinder, doch als sie die Weide erreichten, trat einer der beiden Ritter ihnen entgegen.

„Verschwindet!“, sagte er grimmig. „Ihr habt hier nichts zu suchen.“

„Aber es sind doch bloß ein paar Kinder“, sagte die vornehme Frau mit sanfter Stimme, die ein wenig fremdländisch klang. „Lass sie nur.“

Der Ritter trat beiseite, jetzt lächelte er sogar. Gero, Wigbert und Tassilo starrten fasziniert auf das Schwert an seiner Seite, die Anderen aber hatten nur Augen für die Fürstin.

Sie trug eine blaue Robe, darüber ein goldgesäumtes Surkot. Eine mit Brokat und Perlen verzierte Haube sowie ein kurzer Schleier umrahmten ihr Gesicht. Richarda hielt es für ausgeschlossen, dass es auf der Welt eine noch schönere Frau gab. Daran änderten auch die kleinen Sorgenfalten nichts, die sie auf ihrer Stirn zu sehen glaubte.

Ergriffen blieben sie wenige Schritte vor ihr stehen. Der Junge an ihrer Seite musterte sie aufmerksam. Er wirkte weder abweisend noch besonders freundlich.

„Seid Ihr die Kaiserin?“, fragte Richarda, wie aus einer Eingebung heraus.

Die Frau schmunzelte. „Leugnen wäre wohl zwecklos. Und wer seid ihr, Kinder?“

Richarda klopfte das Herz bis zum Hals: Vor ihr stand die Kaiserin Theophanu!

Der Großvater hatte ihnen manche Geschichte über sie erzählt. Aus dem fernen Byzanz war Theophanu einst gekommen, um mit dem Kaisersohn vermählt zu werden. Inzwischen war sie Witwe und regierte dennoch. Manche hassten, Andere aber liebten sie. „Wäre sie ein Mann“, so hatte der Großvater behauptet, „dann hätte sie weniger Feinde.“

Richarda erinnerte sich, dass die Kaiserin eine Frage gestellt hatte, also nannte sie ihrer aller Namen. Während sie sprach, blieb der Blick der Kaiserin auf ihr ruhen.

„Zunächst glaubte ich, wir seien uns schon einmal begegnet, Richarda“, sagte die Kaiserin versonnen, „doch nein, das Mädchen müsste heute älter sein. Außerdem hieß sie Jutta.“

Das waren rätselhafte Worte, über die Richarda später noch lange nachsinnen würde. Theophanu deutete mit ihrem Kinn zum Himmel.

„Hoffentlich habt ihr keine Angst wegen der Finsternis, Kinder“, fuhr sie fort. „Ein Gelehrter sagte mir, dass sich jedes Zeitalter einmal der Mond vor die Sonne schiebe. Heute dürfen wir Zeugen dieses außergewöhnlichen Ereignisses werden. Zu befürchten haben wir nichts.“

„Euer Wort in Gottes Ohr“, raunte die Zofe.

Richarda war überwältigt. Was für ein Tag! Könnte doch die Klausnerin an ihrer Seite sein.

Inzwischen war die Sonne nur noch eine flache Sichel. Es wurde dämmriger, die Welt schien tief Atem zu holen.

„Gleich wird sie verschwinden“, sagte der Sohn der Kaiserin, der neben Richarda erschien.

„Und dann wird sie wieder zu einem Rund anwachsen“, entgegnete sie.

„Ja, genauso wird es sein.“

Alle schauten nun schweigend zum Himmel.

„Kennst du meinen Namen?“, flüsterte der Sohn des Kaisers nach einer Weile.

Richarda schüttelte den Kopf.

„Du kennst meinen Namen nicht? Ich bin der Kaiser!“

„Verzeih, aber ich bin nur ein Bauernkind.“

In diesem Augenblick verschwand die Sonne vollständig. Abrupte Dunkelheit senkte sich über das Land. Ein Raunen ging durch die Menschen, einige Pferde schnaubten nervös, Gunda und Oda begannen zu schluchzen. Es wurde deutlich kühler, und am Himmel zeigten sich Sterne. Aus der Ferne war ein wütendes Grollen zu hören.

„Heiliger Pantaleon, steh uns bei“, murmelte die Zofe.

„Sei nicht so schreckhaft, Eutropia“, sagte die Kaiserin. „Das ist nur Donner.“

„Gewitter entstehen durch Abkühlung, Eutropia“, warf der Sohn der Kaiserin ein. Seine Stimme klang nicht im Geringsten verängstigt. Wie ein Lehrer sprach er, obgleich er doch noch ein Kind war.

Wie viel Zeit verging? Vermutlich hätte man drei, vier oder gar fünf Vaterunser beten können, bevor der Schatten zu weichen begann. Ein heller Blitz beendete die Finsternis, die Welt wurde von der Sonnensichel wieder in Licht getaucht. Der Schatten würde allmählich verschwinden, ganz so, wie er über das Gestirn hergefallen war.

Eine Weile noch sahen die Menschen der Sonne beim Wiedererwachen zu. Richarda aber musterte das Profil der Kaiserin Theophanu. Großvater hatte gesagt, dass sie ihr Kaisertum von Gott erhalten habe. Auf dieser Frau lag also der Segen des Himmels.

„Wenn du sie weiter so anstarrst“, hörte sie den jungen Kaiser flüstern, „wird du sie noch mit deinem Blick durchbohren.“

Richarda fühlte sich ertappt. „Oh, ich wollte nicht ...“

„Schon gut“, wiegelte der Knabe ab. „Meine Mutter ist daran gewöhnt, dass sie immerzu angestarrt wird. Das Schicksal einer schönen Fremden! Übrigens heiße ich Otto, wie mein Vater und mein Großvater. Wirst du dir den Namen jetzt merken, Richarda?“

„Ja, das werde ich. Wenn du doch der Kaiser bist.“

Die Kaiserin löste sich vom Anblick des Naturschauspiels. „Wohlan“, sagte sie zu ihrer Zofe, „hatten wir jemals eine solch aufregende Rast, Eutropia?“

„Vermutlich nicht, Herrin. Aber jetzt solltet Ihr zum Aufbruch blasen lassen, damit wir Aachen noch vor der Nacht erreichen.“

„Einverstanden.“ Sie gab den Rittern Anweisungen, bevor sie sich wieder den Kindern zuwandte.

„Nun, mein Sohn, die kleine Richarda hat es dir wohl angetan.“

„Ich glaube, ich werde sie wiedersehen, Mutter.“

„So?“ Abermals spürte Richarda ihren forschenden Blick. „Ja, das wäre denkbar“, sprach sie wie zu sich selbst. Dann, lauter: „Gehabt euch wohl, ihr Kinder. Und du, Richarda, wende dich niemals gegen das Schicksal, das dir bestimmt ist. Eutropia, sorg dafür, dass man den Kindern Naschwerk bringt, sei so gut.“ Mit diesen Worten schritt sie davon.

„Wieso sagst du das?“, fragte Richarda den jungen Kaiser, der immer noch bei ihr stand. „Ich meine, dass wir uns wiedersehen werden.“

„Ich bin kein Hellseher, Richarda, aber manche Dinge spüre ich in mir.“ Er sprach sehr leise und blickte sie ernst an, so wie er überhaupt ein ernster Knabe zu sein schien.

„Mir geht es ebenso, Otto“, flüsterte sie.

„Siehst du?“ Zum Gruß hob er eine Hand und folgte seiner Mutter.

„Eitler Pfau“, zischte Gero.

„Er ist der Kaiser“, sagte Richarda.

Offenbar war Gero eifersüchtig. Aber auch ihn hatte das Erlebnis so sehr berührt, dass er nicht weiter vom Leder zog. Sie beobachteten, wie die Reisenden zum Aufbruch rüsteten. Die Ritter stiegen auf ihre Pferde, Knechte halfen ihnen dabei. Theophanu und ihr Sohn waren in einem Reisewagen verschwunden, dessen Fensteröffnungen mit rotem Stoff verhangen waren.

„Tja, Herr Gaugraf“, näselte Wigbert, „von solchem Pomp kann dein alter Herr nur träumen, was?“

Richarda stemmte die Arme in die Hüften. „Warum lässt du ihn nicht in Ruhe, Wigbert?“

„Danke, dass du mich verteidigst“, sagte Tassilo gepresst. „Aber das musst du nicht tun. Ich kann das selbst.“

Wigbert grinste. „Wir sind schon sehr gespannt. Nicht wahr, Gero?“

Ein herbeieilender Page verhinderte einen Streit. In seinen Händen hielt er einen Korb, den er Richarda reichte. „Das schickt euch die Kaiserin“, erklärte er und huschte wieder davon.

Die Kinder linsten in den Korb. Zuckerstangen, Nüsse, kandierte Früchte, Honigkuchen – es verschlug ihnen fast den Atem. Noch nie im Leben hatten sie so viele Köstlichkeiten auf einen Haufen gesehen.

Nachdem der kaiserliche Reisezug samt Tross endlich vorübergezogen war, setzten die Kinder sich ins Gras und teilten einträchtig die Süßigkeiten unter sich auf. Selbst Tassilo musste sich keine Schmähungen mehr anhören. Später, als sie heimkehrten, wäre Richarda am liebsten noch zu der Klausnerin in den Wald gelaufen, um ihr alles zu berichten, was sie erlebt hatte.

*

Wenige Tage später, als sich die Gelegenheit bot, holte Richarda dies nach. Sie saßen unter einer Pappel am Rand des Omerbaches. Aufmerksam lauschte die Klausnerin dem Bericht ihres aufgeregten Lieblings. Die Sonnenfinsternis allein wäre schon ein ergiebiges Gesprächsthema gewesen. Dass Richarda und ihre Gefährten darüber hinaus der berühmten Kaiserin Theophanu und dem jungen Kaiser Otto begegnet waren, war unfasslich; selbst der Großvater hätte eine solche Geschichte schwerlich erfinden können. Zu guter Letzt berichtete sie noch von den seltsamen Andeutungen, die die Kaiserin und auch ihr Sohn gemacht hatten.

„Magistra, was meinte sie damit, als sie sagte, ich dürfe mich nicht gegen mein Schicksal wehren?“, fragte Richarda flehentlich.

Die Klausnerin überlegte nicht lange. „Theophanu ist eine Herrscherin, Richarda. Sie ist klug wie keine andere Frau. Sie kann Menschen erkennen, die wie sie zur Herrschaft berufen sind."

„Aber das bin ich doch gar nicht."

„Kannst du das wissen?"

Richarda mochte es nicht, wenn die Klausnerin solcherlei Andeutungen machte. Eine Herrscherin sein, das wollte sie wirklich nicht. Wozu auch? Ihre Eltern waren Bauern, und alle Menschen, die sie liebte, hatten mit den Herrschenden nicht das Geringste gemein.

Die Klausnerin spürte ihre Verwirrung. „Zeit für die Vesper", erklärte sie. „Möchtest du mit mir beten, Kind?"

„Ja, das möchte ich", lautete Richardas erleichterte Antwort.

13.

Der Sommer des darauffolgenden Jahres ...
Ein Wandermönch namens Magnus war es, der die Botschaft zum Rymelsberg brachte: Theophanu, die Kaiserin des Reiches, sei vor Wochen in ihrer Pfalz zu Nimwegen verschieden. Adelheid, die Witwe Ottos des Großen, habe für ihren unmündigen Enkelsohn die Regentschaft übernommen.

Der Mönch, den die Mutter zur Einkehr lud, war Richarda unheimlich. Untersetzt und rotbärtig war er, seine Lider bedeckten die blutunterlaufenen Augen nur halb, sodass er irgendwie verschlagen wirkte. Gewiss, für sein Äußeres konnte er nichts, aber auch die Art und Weise, wie er sie ansah, flößte Richarda Furcht ein. Nie wäre sie auf den Gedanken gekommen, ihn über Dinge des Glaubens zu befragen.

Gleichwohl, die Nachricht, die er brachte, machte Richarda traurig, und sie vergoss bittere Tränen. Die Kaiserin war noch so jung gewesen, weshalb befahl der Herrgott sie zu sich?

Richarda beschloss, ihre Trauer mit denen zu teilen, die wie sie die Kaiserin mit eigenen Augen gesehen hatten. Also beauftrage sie Gero, die Bande zusammenzutrommeln. An der Stelle, wo sie damals jenes einzigartige Erlebnis gehabt hatten, wollte sie gemeinsam mit den Freunden der Theophanu gedenken.

An einem Nachmittag im August zogen sie dorthin. Anfangs hatte Wigbert schlechte Laune, da der Ausflug über seinen Kopf hinweg geplant worden war. Unterwegs sorgte Richarda dafür, dass er sich beruhigte, indem sie einige nette und lobende Worte zu ihm sprach.

Nachdem sie die Stelle erreicht hatten, setzten sie sich ins Gras. Bis auf den Sohn des Gaugrafen, der damals nur zufällig zu ihnen gestoßen war, waren sie vollzählig. Die Sonne, die an jenem denkwürdigen Tag die Menschen in Unruhe versetzt hatte, schien mit üppiger Kraft auf sie herab, sodass die Erinnerung an die Finsternis beinahe absurd anmutete. Der Duft verblühter Pflanzen lag schwer in der Luft.

„So, da sitzen wir also“, sagte Wigbert, „und was jetzt? Warten wir auf die nächste Finsternis?“

Alle sahen Richarda an.

„Wie ihr wisst, ist die Kaiserin tot“, erklärte sie ernst, „und ich dachte, wir könnten hier gemeinsam ihrer gedenken.“

„Müssen wir dafür wieder beten?“, fragte Wigbert.

„Schaden würde es dir jedenfalls nicht, Wigbert.“

Gunda schrie auf, weil irgendein Insekt sie gestochen hatte. „Fang bloß nicht wieder an zu flennen“, mahnte Gero sie streng.

Wigbert rollte mit den Augen. „Schon jetzt bedaure ich den Kerl, der Gunda eines Tages heiraten muss“, sagte er.

Oda jammerte, weil sie einen Riss in ihrem Kleidchen entdeckt hatte, und Adam summte ein unmelodisches Lied vor sich hin. Gero und Wigbert begannen ein Gespräch über Wiedergänger, von denen der Wandermönch Magnus berichtet und deshalb für Unbehagen unter seinen Zuhörern gesorgt hatte. Eva indessen hatte Freude daran gefunden, ein Stöckchen zu werfen, das Josef unermüdlich apportierte.

„Hört auf damit!“, rief Richarda mit einem Mal so laut, dass alle auf der Stelle schwiegen und sie erwartungsvoll anschauten.

Richarda atmete dreimal tief. Waren sie denn überhaupt nicht ergriffen? Berührte der Tod der Kaiserin nur sie allein? Wie konnte man sich an diesem Ort, der die Kaiserin getragen hatte, mit Belanglosigkeiten abgeben?

„Hört mir zu“, sagte sie. „Kaiserin Theophanu war eine einzigartige Frau. Habt ihr nicht gespürt, welche Kraft von ihr ausging? Ich glaube, sie wollte uns etwas mitteilen.“

„So? Und was?“, fragte Wigbert skeptisch.

„Sie wollte, dass wir ... Ja, dass wir heilig sind.“

„Heilig? Wieso glaubst du das?“ Gero sprach sehr behutsam, auf keinen Fall wollte er den Eindruck erwecken, er nehme die jüngere Schwester nicht ernst.

„Ich weiß es nicht“, gab Richarda zu. „Ich weiß nur, dass sie in uns etwas Besonderes sah. Ja, das spürte ich damals ganz deutlich.“

Alle sahen sich schweigend an. Niemand widersprach, auch Wigbert nicht, der für Gefühlsduseleien normalerweise nicht empfänglich war.

„Kommt, wir wollen uns gegenseitig etwas versprechen", forderte Richarda sie auf. Sie erhoben sich, bildeten einen Kreis, reichten einander die Hände. Feierlich sagte Richarda: „Wir wollen immer zueinander halten und gute Menschen sein. Wir wollen dem lieben Gott gefallen und gute Werke tun. Nichts soll uns trennen können, nie wieder wollen wir streiten. Die Kaiserin ist tot, bestimmt sieht sie gerade vom Himmel auf uns herab. Die Welt darf nicht schlecht werden. Wollen wir alle dabei helfen?"

Alle nickten ernst, sogar Wigbert. Selbst ihm, dem Ältesten, war es nun unmöglich, sich dem Bann der Sechsjährigen zu entziehen.

„Für eine wunderbare Welt!", rief Richarda mit glänzenden Augen.

„Für eine wunderbare Welt!", antworteten die Anderen wie verzaubert.

Überrascht von ihrer flammenden Rede fragte sich Richarda, was wohl die Klausnerin dazu gesagt hätte.

Die Kinder sahen weder eine Kaiserin, noch Ritter, noch eine sich verdunkelnde Sonne, auch schenkte ihnen niemand köstliche Süßigkeiten. Dennoch würden sie auch diesen Tag nie vergessen. Sie hatten einen feierlichen Bund geschlossen.

Teil II.

Jugend

13.

Im fünften Jahrhundert A.D.: Gressiona

In ihrem Versteck unter dem Badehaus hatte Ricarda jegliches Zeitgefühl verloren. Wie viele Stunden mochten vergangen sein? Die Hunnen wüteten noch immer, und der sintflutartige Regen würde vermutlich nie mehr aufhören.

Jupiter hatte versagt, so viel stand fest, und er würde keine strafenden Blitze auf die Hunnen schleudern, um sie zu vernichten.

Plötzlich ein Schrei, der sich von dem Geheul der Hunnen unterschied. Agnes schluchzte und hielt sich die Ohren zu. Offenbar hatten die Hunnen einen der Sklaven aus seinem Versteck gezerrt. Ricarda wollte sich nicht vorstellen, was sie mit ihm anfingen, doch das grausige Geschrei des Gefolterten machte es ihr unmöglich, an irgendetwas anderes zu denken. Die Todesqualen des Ärmsten nahmen kein Ende, sodass Ricarda es ihrer Sklavin gleichtat und sich fest die Ohren zuhielt.

Nach einer Weile wagte Ricarda die Hände wieder wegzunehmen. Der Gefolterte hatte es überstanden, denn nur noch die Hunnen schrien. Agnes hielt sich immer noch die Ohren zu, die Augen fest verschlossen. Sie hatte begonnen, ein christliches Gebet zu sprechen.

„Vater unser, der Du bist im Himmel,
geheiliget werde Dein Name ...“

Hätte sie damals auf ihre Sklavin hören sollen? Agnes hatte nie einen Hehl aus ihrem Argwohn gegen Grannus und dieses alberne Königreich gemacht, hatte sich nicht anstecken lassen von der Begeisterung, die seinerzeit geherrscht hatte. Für sie war der Aufbruch in die neue Zeit nur ein böser Zauber gewesen.

„... und führe uns nicht in Versuchung,
sondern erlöse uns von dem Übel.“

Ricarda streichelte ihr sanft den Arm. Agnes – ihrer Angst zum Trotz war sie todmüde – ließ sich langsam in Ricardas Schoß sinken. Ricarda fuhr ihr mit beiden Händen durch die langen blonden Haare.

„Schlaf ein wenig, Agnes. Und wenn du aufwachst, ist alles vorüber.“ *So oder so*, fügte sie in Gedanken hinzu.

Agnes widersprach nicht. Tatsächlich war sie bald eingeschlafen. Auch Ricarda schloss die Augen. Erneut wanderten ihre Gedanken zurück. Dieser schicksalhafte Tag vor sieben Jahren – würde sie ihn ungeschehen machen, wenn sie die Macht dazu hätte? Nicht zum ersten Mal stellte sie sich diese Frage. Würde sie alles wieder genauso machen? Hätte sie mit ihrem Geliebten Gressiona verlassen sollen?

Am Morgen hatten sie sich geliebt. Dann war das Unheil über sie hereingebrochen. Zuerst dieser unsägliche Glatzkopf. Und dann ... - was wäre geschehen, wenn die Hunnen nicht wie Spukgestalten aus dem Nichts aufgetaucht wären? Hätte sie ihrem Königtum entsagt? Oder war sie letztlich ein Spielball der Götter? War der Überfall der Hunnen die Strafe für ihre verlorene Jungfräulichkeit?

Daran wollte sie nicht glauben. Sie hatte nie danach gestrebt, Gressionas Königin zu sein. Schon immer hatten die Männer sie umflattert wie die Motten das Licht, aber nie hatte sie auch nur für einen von ihnen Liebe empfunden, bis sie Lucius begegnete. Es war eine reine, wahrhaftige Liebe gewesen. Welcher Gott hätte wohl etwas dagegen haben sollen?

Vermutlich nicht einmal Agnes‘ Christengott.

*

Sie stand auf dem Porticus, und die Menge jubelte ihr zu. Der purpurne Umhang, den Grannus ihr übergelegt hatte, flatterte unter einem Windstoß. Das Medaillon drückte auf ihrer Brust. Huldvoll hob sie beide Hände und winkte in die Menge. Zwei Sklaven führten einen Ochsen vor den Tempel. Grannus stieg die Stufen hinab, um das Tier dem Jupiter zu opfern. Man reichte ihm ein Schlachtmesser. Dann floss Blut, und der Ochse begann angstvoll zu brüllen. Applaus brandete auf. Ricarda hatte einem solch archaischen Ritual noch nie beigewohnt und war verwundert, wie würdelos die Zeremonie ablief. Wie verloren kam sie sich plötzlich vor, umjubelt zwar, aber mutterseelenallein. Und doch: Sie war Zeugin, mehr noch, sie war Teil einer neuen Zeit. Ihre Eltern kamen ihr in den Sinn, sie hätten den Rummel nicht gutgeheißen. Trotz des Reichtums und ihres hohen Ansehens waren sie genügsame Menschen geblieben.

Blutflecken besudelten das Gewand des Pontifex. „Komm, meine Königin!“, sagte er. Noch einmal winkte sie dem Volk von Gressiona zu – ihrem Volk! -, dann folgte sie Grannus in den Tempel. Zu ihrer Erleichterung wartete Agnes hier noch immer, aber Grannus verbot der Sklavin mit einer harschen Handbewegung, sich ihrer Herrin zu nähern.

„Gut gemacht fürs Erste“, flüsterte er Ricarda zu. „Und ich zweifle nicht daran, dass du auch weiterhin eine gute Königin sein wirst.“

„Dennoch werde ich das Gefühl nicht los, dass du gerade im Begriff bist, mir Auflagen zu machen, Grannus.“

„Ich wäre enttäuscht, hättest du es nicht bemerkt, meine Königin.“

„Nun, ich höre dir aufmerksam zu.“

„Halte dich fortan von den Männern fern. Eine jungfräuliche Königin musst du sein und bleiben. Dein Nimbus würde sonst zerstört.“

Verblüfft sah sie ihn an.

„Alles hat seinen Preis“, erklärte er unberührt.

„Und welche Opfer werden einer Königin darüber hinaus abverlangt, Pontifex?“

„Die Zeit wird es zeigen, mach dir keine Sorgen. Ich bin immer für dich da.“

„Eins musst du mir aber noch verraten: Hast du wirklich von einem gewaltigen Adler geträumt?“

Ein Grinsen. „Zweifelst du etwa an dem Wort eines Priesters?“

Zur Antwort zuckte sie mit den Schultern, was Grannus ihr nicht übel zu nehmen schien. „Es gibt viel zu tun“, erklärte er. „Fangen wir heute schon damit an. Gressiona braucht eine Armee. Ich werde mich selbst darum kümmern."

„Wäre das nicht eher die Aufgabe des Herrschers?"

„Du bist Ricarda von Gressiona, die königliche Jungfrau. Hörtest du jemals von einer Augusta, die mit ihrem Heer ins Feld gezogen wäre?"

„Für einen Priester wäre es eine nicht weniger ungewöhnliche Aufgabe."

„Weise, wie du zweifelsohne bist, hast du erkannt, dass wir künftig auf Hilfe angewiesen sein werden."

„Hat das mit den Soldaten zu tun, die da draußen lagern?"

Er klatschte dreimal laut in die Hände, worauf durch einen Tempeldiener die hintere Tür geöffnet wurde. Herein trat der junge Offizier, dessen Lächeln Ricarda vorhin keineswegs kalt gelassen hatte. Er blieb vor ihr stehen und verbeugte sich leicht.

„Meine Königin!"

Ricardas Lachen hallte durch den Tempel. „Verzeih, aber ich bin noch nicht daran gewöhnt, dass man mich so anspricht."

Grannus verzog säuerlich das Gesicht. „Lucius Volcatius Silvanus", stellte er den Ankömmling vor. „Die Ahnen seiner Familie waren noch echte römische Patrizier. Er ist einer der letzten Römer, wenn man so will. Ein Mann mit großer feldherrischer Begabung."

„Hat der Kaiser dich strafversetzt, Lucius Volcatius? Oder was führt dich sonst in diese Gegend am Rand der römischen Welt?"

Wieder war es Grannus, der für den Soldaten sprach. „Hinter ihm und seinen Männern liegen schwere Kämpfe gegen die Stämme der Franken, kaum vier Tagesritte von hier entfernt."

„Wart ihr wenigstens siegreich?", fragte sie den Offizier.

Der schüttelte den Kopf. „Bedauerlicherweise kommen auf einen Römer inzwischen drei Franken, meine Königin. Und auf die Auxiliaren ist kein Verlass. Die Grenzen sind nicht länger zu halten."

„Auch Gressiona droht Gefahr, wenn wir uns nicht wappnen", sagte Grannus. „Lucius und seine Legionäre werden uns beim Aufbau eines Heeres behilflich sein. Gressiona ist nicht arm an jungen und kräftigen Männern. Lucius wird ihnen Drill beibringen."

„Wie beruhigend", spottete Ricarda. „Ein Häuflein Versprengter als Fundament eines Heeres." Aus einem Grund, den sie nicht kannte, machte es ihr Freunde, den fremden Soldaten zu necken.

„Lucius hätte deinen Respekt verdient", entgegnete Grannus zunehmend ungeduldig. „Er ist ein tapferer und hervorragender Soldat."

„Wenn du das sagst, Grannus, wird es wahr sein. Und die Frage nach dem Sold ist sicher schon geklärt, nehme ich an?"

Der junge Offizier räusperte sich und blickte auf ihr Medaillon. „Der große Jupiter wird dir zur Seite stehen." Zweifellos meinte er das spöttisch. Mit weitaus mehr Ernst fügte er hinzu: „Und auch mir solltest du ruhig vertrauen, meine Königin."

„Sollte ich das? Sag mir den Grund, Lucius Volcatius."

„Nun, auch dir schenkt man bedenkenloses Vertrauen. Obwohl niemand mit Sicherheit sagen kann, ob du wirklich eine Jungfrau bist."

Grannus blickte immer finsterer drein, aber Ricarda lachte aus vollem Hals. „Du hast mich überzeugt, Soldat!", rief sie vergnügt. „Wenn du mit dem Schwert so gut umzugehen weißt wie mit Worten, ist mir um Gressiona nicht bange."

„Mit Reden gewinnt man leider kein Gefechte. Deshalb sollte die Schärfe meines Schwertes dir mehr am Herzen liegen." Um seinen Worten Nachdruck zu verleihen, legte er eine Hand auf den Knauf des Kurzschwertes an seiner Seite.

„Nun, das könnte man auch anders sehen."

„Als weise Königin solltest du das aber nicht."

„Weise? Ach ja, der Pontifex bezeichnete mich so. Vielleicht machst du dir lieber ein eigenes Bild von meiner Weisheit."

Er neigte leicht den Kopf. „Das will ich gerne tun, meine Königin."

„Lucius wird auch für deinen persönlichen Schutz sorgen", unterbrach Grannus ihr Geplänkel. „Vielmehr einer seiner Legionäre", fügte er im Befehlston hinzu. „Als Königin brauchst du

Schutz, dein Haus soll ständig bewacht sein. Lucius, du kannst abtreten. Schick der Königin eine Sänfte und lass sie heimwärts eskortieren."

„Mit Freuden würde ich die Eskorte selbst anführen."

„Nein, du bleibst! Ich habe noch einige Angelegenheiten von Wichtigkeit mit dir zu besprechen."

„Wie du wünschst, Pontifex."

Ein letztes Mal sah Lucius Ricarda tief in die Augen. Nachdem er gegangen war, trat Grannus nah an sie heran.

„Es wird nicht immer einfach sein", sagte er eindringlich. „Jedes Reich hat seine Geburtswehen."

„Ein Schicksal, das zumindest seiner jungfräulichen Königin erspart bleiben dürfte."

„Du solltest die Sache ernster angehen. Ab heute trägst du eine große Verantwortung. Die Leute glauben an dich." Er wies zur Tür, vor der die Menschenmenge stand. Noch immer wurde Jubel angestimmt. Ricarda rief sich in Erinnerung, dass dieser Jubel *ihr* galt. Ob sie sich jemals daran gewöhnen würde, eine Königin zu sein? In ungläubiges Gelächter wäre sie ausgebrochen, hätte man ihr am Morgen prophezeit, was heute geschehen war.

„Erwarte morgen meinen Besuch", sagte Grannus. „Es gibt vieles zu besprechen."

„Die Audienz sei dir gewährt. Und jetzt lass meine Sklavin zu mir kommen. Die Bedauernswerte muss von nun an einer Königin dienen."

Agnes fiel ihr in die Arme. „Ach, Herrin", schluchzte sie, wobei offenblieb, ob sie gerührt, verängstigt oder gar entsetzt war über die Geschehnisse, deren Zeugin sie geworden war.

„Was glaubst du, Agnes", sagte Ricarda, „wäre es möglich, dass wir gleich aufwachen und alles nur geträumt haben?"

Agnes wollte sich gar nicht mehr von ihrer Herrin lösen. „Wenn ich doch nur wüsste, ob Gottes Hand über uns ist", schniefte sie.

„Die des Jupiter ist es auf alle Fälle." Ricarda bereute ihre Worte schon im nächsten Augenblick, war ihr doch bewusst, dass sie

Agnes entrüsteten. In der Tat begannen die Augen der Sklavin trotzig zu funkeln.

„Jupiter ist tot!“, verkündete sie so laut, dass auch Grannus es hören musste. Dann wurde ihre Stimme leise und sanft. „Der Soldat – hast du es bemerkt, Herrin?“

Ricarda glaubte zu erröten. „Was meinst du, Agnes?“

„Er ist Christ. Am Griff seines Schwertes sah ich das Christogramm.“

„Ach, wirklich?“

Wie gut, dass Agnes so leicht zu beruhigen war. Dazu reichte schon ein simples Zeichen.

14.

Frühherbst 998 A.D.
Noch nie hatte Richarda einen Menschen sterben sehen. Sie war vierzehn Jahre alt, als Großvater Ortwin beschloss, dass er lange genug auf dieser Welt gelebt habe. Die wenigen Kräfte, die er noch besessen hatte, schwanden von Stunde zu Stunde aus seinem ausgelaugten Körper. Sein Gesicht wurde binnen kürzester Zeit spitz und bleich, der Atem ging stoßweise und rasselnd, eisige Kälte fraß sich durch seine Glieder. Obwohl der Tod mit großen Schritten näher kam, verlor der Großvater nicht das Bewusstsein und nahm die Personen wahr, die an seinem Lager versammelt standen.

Rothaid weinte leise. Sanft hielt Richarda seine erkaltende Hand, und Gunda stieß ab und zu einen heftigen Seufzer aus. Pippin stand mit verschränkten Armen und ausdrucksloser Miene im Hintergrund. Er sprach kein Wort, doch da er den siechen Vater seiner Frau oft genug als nutzlosen Esser bezeichnet hatte, war anzunehmen, dass er Genugtuung empfand.

Gero war nach Aeccheze geschickt worden, um Bartholomäus, den Dorfpriester herbeizuholen. Seit gut einer Stunde wartete man auf die Ankunft des Geistlichen, der dem Sterbenden das letzte Sakrament verabreichen sollte.

Traurig dachte Richarda an die vielen Stunden zurück, in denen sie mit ihren Geschwistern den Geschichten des Großvaters gelauscht hatte. In den vergangenen Jahren waren solcherlei Vergnügen rar geworden – zu schwach war der Großvater gewesen, zu sehr wurden die Heranwachsenden in die Arbeiten des bäuerlichen Alltags mit einbezogen –, aber Richarda würde sich immer mit Freude an seine Geschichten erinnern.

Sie versuchte, Wärme in seine kalten Finger zu reiben.

„Bist ein gutes Mädchen“, hauchte Ortwin, „doch du mühst dich vergeblich. Das Leben, es verglüht in mir ...“

„Aber deine Seele wird ewig leben“, flüsterte Richarda ihm ins Ohr.

„Wenn du das sagst ... Ich glaube dir mehr als den Pfaffen."

Gunda war sichtlich eifersüchtig, da die ältere Schwester des sterbenden Großvaters Aufmerksamkeit besaß. „Die heilige Richarda hat gesprochen", murmelte sie und erntete einen missbilligenden Blick der Mutter.

Pippin gähnte; das Sterben des alten Mannes dauerte ihm viel zu lange und hielt ihn zudem von der Arbeit ab. Seinen Unmut darüber bekam der alte Josef zu spüren, der einen Tritt erhielt, als er in seine Nähe kam. Winselnd verkroch sich der Hund, dessen einst dunkles Fell inzwischen schlohweiß geworden war. Auch Josef war in Pippins Augen nur noch ein nutzloser Fresser, der nicht einmal mehr zum Wachhund taugte, weil er fast taub war.

Immer noch hielt Richarda des Großvaters Hand.

„*Mors et vita duello*
Conflixere mirando:
Dux vitae mortuus
Regnat vivus", sang sie leise.

„Gütiger Jesus, jetzt singt sie auf Lateinisch", knurrte Gunda.

„Wer hat ihr diese Flausen in den Kopf gesetzt?", fragte Pippin unwirsch.

Gunda gab ihm die Antwort. „Die Klausnerin, wer sonst."

„Lasst sie in Ruhe", sagte Ortwin mit schwacher Stimme. „Ihr Gesang ist so tröstlich ..."

„Schade nur, dass man kein Wort davon versteht."

„Sei still, Gunda", mahnte Rothaid.

Gunda zuckte mit den Schultern und schwieg fortan. Auch Pippin sagte nichts mehr, alle lauschten Richardas Gesang. Dass sie eine zauberhafte Stimme besaß, wollte auch die missgünstige Gunda nicht abstreiten.

Der zurückkehrende Gero beendete ihre Andacht. Er war gerannt und völlig außer Atem. Und er war allein.

„Wo ist der Pfaffe?", herrschte der Vater ihn an.

„Er war nicht daheim", keuchte Gero.

„Nicht daheim? Was soll das heißen?"

„Niemand wusste, wo er zu finden ist."

„Verfluchter Mist! Bestimmt liegt der Kerl sturzbesoffen in einer Ecke."

Besorgt sah Rothaid auf ihren sterbenden Vater. „Wir können ihn doch nicht ohne die Tröstungen der Kirche sterben lassen."

„Ich könnte die Klausnerin holen", schlug Richarda vor.

„Nichts da", wehrte Pippin ab. „Die kommt mir nicht ins Haus."

Rothaid maß ihn mit einem verächtlichen Blick. „Du hast offenbar deine Gründe, dass du sie verabscheust, nicht wahr, Pippin? Hat sie dir Schlimmes angetan?"

Die Kinder wirkten überrascht, denn normalerweise mied die Mutter jedes Wort, das ihren Gatten reizen konnte. Noch überraschender aber war, dass der Vater errötend auf seine Füße starrte. Als er antwortete, klangen seine Worte wie die eines Knaben, der sich zu rechtfertigen sucht, obgleich er sich seiner Schuld bewusst ist.

„Sie ist kein Priester, sondern nur ein altes Weib."

„Aber sie ist fromm und wird von den Leuten wie eine Heilige verehrt."

Gero pflichtete seiner Mutter bei; dem ungeliebten Vater zu trotzen war ihm eine Herzensangelegenheit. „Besser eine heilige Klausnerin als ein betrunkener Priester."

„Ihr habt recht, Kinder. Geh, Richarda, und bitte die Klausnerin herzukommen."

„Richarda soll bleiben", krächzte der Sterbende. „Sie darf mich nicht verlassen ..."

„Schon gut, ich laufe zur Klausnerin!", sagte Gero entschlossen.

*

Also machte sich Gero erneut auf den Weg. Der staubtrockene Wald war erfüllt vom schweren Duft verblühender Pflanzen, seit Wochen hatte es nicht geregnet.

Gero rannte, was seine Beine hergaben. Der Wald weckte Erinnerungen an die Kindheit. Wie viele Stunden hatten sie wohl hier verbracht auf der Suche nach den Ruinen von Gression? Eine halbe Ewigkeit schien diese wundervolle Zeit zurückzuliegen. Mit einem Mal verspürte Gero den heftigen Wunsch, wieder ein Kind zu sein.

Dann dachte er an Judith, die er in ihrer Klause anzutreffen hoffte. Früher hatte er, der Flegel, sie ein Schleiergespenst genannt, doch von jenem Tag an, da sie Richardas Leben rettete, genoss sie seine Achtung. Die Klausnerin hatte immerhin dafür gesorgt, dass der Mensch, den er am meisten liebte, wieder gesund wurde. Wie trostlos wäre ihm das Leben ohne seine Schwester erschienen. Richarda war sein Ein und Alles, und allein die Tatsache, dass sie häufig die Nähe der Klausnerin suchte, machte diese zu einer sakrosankten Person, auch wenn er mitunter Eifersucht empfand. Denn am liebsten hätte er Richarda mit niemandem geteilt. Da er jedoch nicht in der Lage war, auf Richardas spirituelle Bedürfnisse einzugehen, billigte er, dass die Klausnerin eine wichtige Rolle in ihrem Leben spielte.

Warum war es einem Mann nicht erlaubt, seine Schwester zu heiraten? Was hatte der sich Herrgott dabei gedacht? Was war eigentlich falsch daran? War es in Wahrheit ein von Menschen gemachtes Gesetz, das die Geschwisterehe unter Strafe stellte?

Noch nie hatte er mit jemandem über seine Empfindungen gesprochen, und er würde sich hüten, dies jemals zu tun. Wenn es ihm nicht erlaubt war, Richarda zu heiraten, so würde er sie wenigstens sein Leben lang wie einen wertvollen Schatz hüten. Und wehe dem, der ihr Leid zufügte.

Zum Glück musste er die Klausnerin nirgendwo suchen. Sie saß auf der Bank vor ihrer Behausung und blickte ihn sorgenvoll an, vielleicht fürchtete sie, Richarda könnte etwas zugestoßen sein. Gero dachte bei sich, dass die Klausnerin immer noch aussah wie vor Jahren. Ihr vom Schleier umrandetes Gesicht wirkte zeitlos jung, die höckerige Nase verlieh ihr Strenge, und dass sie Lebensweisheit in sich trug, stand ohnehin außer Frage.

Gero blieb vor ihr stehen, holte Atem und berichtete von dem sterbenden Großvater. Den Priester habe er in Aeccheze nicht angetroffen, nun sei es der Wunsch der Familie, dass sie, die Klausnerin, dem Großvater in seiner letzten Stunde beistehe.

Die Klausnerin erhob sich. „Gehen wir“, sagte sie.

Sie machten sich auf den Weg.

„Wie sehr liebst du deine Schwester?“, fragte die Klausnerin ihn unterwegs. Die Frage kam unerwartet, und Gero wusste nicht, wohin er schauen, geschweige denn, was er ihr antworten sollte. Als hätte sie in seinen Gedanken gelesen. Aber sie schien auch nicht wirklich auf eine Antwort von ihm zu warten.

„Richarda ist zu Hohem berufen“, sagte sie. „Werde ihr niemals zur Belastung mit deiner Liebe, Junge.“ Dann schwieg sie und verlor kein weiteres Wort mehr darüber.

Das war seltsam. Sie schalt ihn nicht, sprach nicht von sündhafter Liebe, nicht von Strafen oder göttlichem Zorn. Sie ermahnte ihn lediglich, der Berufung Richardas – was immer damit auch gemeint war – nicht im Weg zu stehen.

Die Worte der Klausnerin sollten Gero noch eine Zeitlang beschäftigen.

*

Ein letzter Lebensfunke glomm noch in Ortwin, als Judith eintraf. Richarda, die die Hand des Sterbenden hielt, nickte ihr zu, sie verstanden sich auch ohne Worte: Eine leidende Seele schickte sich an, in die Hände des Schöpfers zurückzukehren.

Judith bedachte die anderen Anwesenden mit kurzen musternden Blicken: Pippin, der wie unbeteiligt im Hintergrund stand und sie vollständig ignorierte, Rothaid, die ihr ein trauriges Lächeln schenkte, sowie Gunda, die offenbar nicht wusste, ob sie ihr mit Freundlichkeit oder Übelwollen begegnen sollte und deshalb auf ihre gefalteten Hände starrte.

Obwohl niemand sprach, schien Ortwin genau zu spüren, dass Judith eingetroffen war. Sein ausgemergeltes, fast schon wie ein

Totenschädel anmutendes Gesicht wandte sich kaum merklich in ihre Richtung. Judith nahm neben Richarda Platz, streichelte Ortwin zärtlich über die knochigen Wangen und begann zu beten. Wie schon vorhin Richardas Gesang, so zeigte auch Judiths Gebet seine Wirkung, die Züge des Todgeweihten entspannten sich und wurden beinahe sanft. Hin und wieder beugte sie sich über ihn und flüsterte ihm Worte ins Ohr, die ihn noch ruhiger machten. Eine Stunde verging auf diese Weise, dann öffnete Ortwin den Mund, um ein paar letzte Worte zu sprechen, doch seiner Kehle entrang sich vor allem ein ersticktes Röcheln.

„Sorge dich nicht, ich will mein Bestes tun", sagte Judith tröstend.

Ortwin machte seinen letzten Atemzug.

Judith sprach ein weiteres Gebet und schlug ein Kreuzzeichen über den Toten. Richarda, Rothaid und Gunda rollten Tränen über die Wangen, und Gero vergrub sein Gesicht, um mit seiner Trauer allein zu sein. Ortwin war ein guter Mensch gewesen, der trotz seines erbärmlichen Zustands selten dem Trübsinn verfallen war, der die Niedertracht des Schwiegersohns tapfer ertragen und in Gegenwart der Enkelkinder nie über sein Schicksal geklagt hatte. Oft, wenn die Nahrung knapp gewesen war, hatte er auf seine karge Ration zugunsten der Kinder verzichtet. Zu der Zeit, da er noch über seine Körperkräfte verfügt hatte, war er voller Schaffenslust und Tatendrang gewesen; umso mehr war ihm anzurechnen, dass er sein viele Jahre währendes Siechtum so beherrscht ertragen hatte. Nun war sein mühseliger Lebensweg beendet.

Judith warf Rothaid einen raschen Blick zu. *War er ein Eingeweihter?,* lautete ihre stumme Frage. Rothaid begriff und nickte knapp. Es wunderte Judith keineswegs, dass Ortwin über Richarda Bescheid gewusst hatte, denn der Scharfsinn eines blinden Menschen konnte beachtlich sein. Zum Glück war es um Pippins Scharfsinn weniger gut bestellt.

„Also gut, es ist vorbei, er hat es überstanden!" Pippin klatschte laut in die Hände. „Es wartet noch Arbeit auf uns. Lange genug haben wir hier tatenlos herumgestanden."

Judith erhob sich, ging geradewegs auf Pippin zu und blieb vor ihm stehen. „Jeder tote Mensch verdient den Respekt der Lebenden, weißt du das nicht, Pippin?“, flüsterte sie. „Jeder, der den Weg allen Fleisches geht, hat uns etwas voraus. Und wenn es bloß ein Säugling wäre, der von uns geht, er ist Gott ganz nahe. Du solltest darüber nachdenken.“

Wütend, doch außerstande, ihr zu antworten, verließ Pippin die Hütte.

Rothaid trat an Judiths Seite und fragte leise: „Mein Vater – was hat er zu Euch gesagt, bevor er starb?“

„Seine Sorge galt Richarda. Auch er wusste, dass sie eine Berufene ist.“

Rothaid schluckte. „Ihr glaubt immer noch daran?“

„Es gibt keinen Grund, etwas anderes zu glauben, Rothaid. Aber fürchte dich nicht. Niemand wird dir Richarda wegnehmen. Dein Sohn beschützt sie sehr gut.“

15.

Hinterher fühlte Gaugraf Gerhard Zorn und Scham. Wenn seine Lust sich ausgetobt hatte und seine Lenden entleert waren, wenn seine Gedanken wieder in die Vergangenheit wanderten und der Rausch der Gegenwart verflog, dann suchte die Wut ihn heim. Wut auf die Welt und sich selbst. Und auf die am ganzen Leib zitternde Bauernmaid, die neben ihm kauerte und ihre Blößen zu bedecken suchte. Es erzürnte ihn, dass sie nicht tat, was er ihr gesagt hatte. Sie war noch ein junges Ding und stellte sich nicht sonderlich geschickt an. Mit Engelszungen hatte ihre Mutter sie überreden müssen, ihm zu Willen zu sein. Hätte er es doch gut sein lassen, er wäre auch anderswo fündig geworden. Bauern, die ihm etwas schuldig waren, gab es schließlich zur Genüge.

„Was ist mit dir?“, fuhr er das Mädchen an und wischte ihr die dunklen Haarsträhnen aus dem Gesicht, hinter denen sie sich zu verstecken schien. „Hast du mir nichts zu sagen?“

Sie gab einen Schluchzer von sich. Hatte die dumme Gans etwa vergessen, was er von ihr zu hören wünschte? Aber was konnte er schon erwarten von dieser Göre, die es bislang allenfalls mit dreckigen Bauernlümmeln getrieben hatte. Am liebsten hätte er ihr eine Ohrfeige nach der anderen verpasst, aber das machte erfahrungsgemäß alles nur noch schlimmer, denn sie würde fürchterlich zu flennen beginnen. Als er schon nicht mehr daran glaubte, dass ihr noch ein Wort zu entlocken war, stammelte sie leise: „Ihr seid ... Ihr seid ...“

„Was bin ich?“,

„Ein großer Held.“

„Sprich lauter!“

„Ihr seid ein großer Held, Herr!“

Er fasste sie unsanft am Kinn. „Warum siehst du mich nicht an?“

Notgedrungen richtete sich ihr angstvoller Blick auf ihn.

„Ist das alles?“

„Nein, Ihr ...“ Das Mädchen kramte in seinem Gedächtnis. „Ihr schlagt jeden Gegner in die Flucht und ..., und keiner kann Euch ... bezwingen."

Der Gaugraf winkte verdrossen ab. Das Mädchen war nicht fähig zu einer Posse, nicht einmal zu einer schlechten. „Ach, sei still, du machst mich noch wahnsinnig. Kleide dich an und verschwinde. Los, mach schon!"

Das ließ sie sich nicht zweimal sagen. Rasch, wenn auch immer noch zitternd, sprang sie aus dem Bett und schlüpfte hastig in ihr Kleid.

„Sag deinem Vater, dass ich ihn zur nächsten Ernte zwei Wochen lang auf meinen Feldern sehen will. So einfach kommt er mir nicht mehr davon."

Er atmete auf, als sie die Kammer verlassen hatte. „Verklemmte Ziege", brummte er. Und trauerte den Zeiten nach, wo der Beischlaf ihm noch wirkliche Freuden bereitet hatte. Seiner Gattin war er immer treu geblieben. Erst nach ihrem Tod, der ihn sehr getroffen hatte, hatte er angefangen, seine fleischlichen Begierden an anderen Frauen zu stillen. Er war mächtig und besaß viele Hörige, etliche litten Not oder waren außerstande, ihre Abgaben zu leisten. Und beileibe nicht alle Weibsbilder waren zahnlos und hässlich. Irgendwann war es für ihn zum Zwang geworden, verzweifelte Mütter oder Mädchen zum Beischlaf zu nötigen. Denn es lenkte ihn ab von der Last, die seit Langem schwer auf seiner Seele lag. Eine Last, von der niemand etwas wissen durfte. Erst recht nicht sein Sohn, der ihn verachten müsste, wenn er erführe, dass er einst wie ein Feigling vom Schlachtfeld geflohen war. Er, Gerhard, Sohn des ruhmreichen Wilhelm, einem der großen Helden der Ungarnschlacht.

Mit der Geschichte des Vaters war er aufgewachsen. Nicht, dass dieser häufig darüber gesprochen hätte, im Gegenteil, er war kein Prahler gewesen. Doch die ganze Welt schien ihn für einen unbesiegbaren Recken zu halten, der die Ungarn reihenweise erschlagen und den Sieg für König Otto gerettet hatte. Was natürlich eine maßlose Übertreibung war. Selbst als Kind hatte Gerhard geahnt, dass die Menschen dazu neigten, ihre Erzählungen auszuschmücken. Gleichwohl war es seit jeher sein Wunsch gewesen, dem Vater nachzueifern. Ja, auch er wollte ein Held sein, ein großer Heerführer, vor dem sich jeder Feind fürchtete.

Zwei Jahre vor Gerhards Geburt fand nahe Augsburg die alles entscheidende Schlacht gegen die heidnischen Horden der Magyaren statt, die das Reich mit ihren Raubzügen schon seit Langem wie eine Plage heimgesucht und ganze Regionen verheert hatten. König Otto – man nannte ihn seit jener Schlacht ‚den Großen' – war es gelungen, ein riesiges Heer zu mobilisieren und den verhassten Ungarn vor dem belagerten Augsburg entgegenzutreten. Truppen aus allen Teilen des Reiches zogen herbei. Am 10. August des Jahres 955, dem Tag des heiligen Laurentius, fiel die Entscheidung.

Zunächst hatte es an diesem sommerheißen Tag nicht nach einem Sieg des Reichsheeres ausgesehen. Große Verwirrung stifteten die Ungarn, als berittene Scharen über Nachhut und Tross des königlichen Heeres herfielen, was bewies, dass sie einer offenen Feldschlacht aus dem Weg gehen wollten. Schwaben und Böhmen ergriffen die Flucht. Herzog Konrad der Rote von Lothringen, bekannt für seine Tapferkeit, sorgte durch sein Eingreifen für die Wende, er befreite den Tross und hob den Mut des gesamten Heeres. Er selbst fiel im Kampf, ein Pfeil der Ungarn traf ihn im Hals, als er infolge der Hitze seinen Helm lüftete. Konrads Tod erschütterte seine Männer, und schon drohte der eben erst errungene Erfolg wieder zu kippen. Da war es Wilhelm, der junge Gaugraf von Jülich, der sich zum Führer aufschwang und die zweifelnden Männer zu neuen Taten anspornte. Todesmutig gab er ihnen ein Vorbild, ritt durch die Reihen der Ungarn, erschlug deren Dutzende, und wie durch ein Wunder schwirrten alle Pfeile an ihm vorbei oder prallten auf seinen Rundschild.

Während Wilhelm zum Helden wurde, gelang es dem König, nachdem die Kunde von der Rettung des Trosses ihn erreicht hatte, die feindlichen Reihen zu durchbrechen. König Otto trug die heilige Lanze bei sich, das Michaelsbanner wehte über den Köpfen seiner Männer. Beflügelt vom himmlischen Beistand und den Erfolgsmeldungen der Botenreiter wurden die Ungarn geschlagen, am Ende des Tages lagen sie wie tot auf dem Schlachtfeld oder waren flüchtig. Auch viele Krieger aus Ottos Heer ließen ihr Leben, geboren wurde an diesem Tag jedoch mancher Held für die Ewigkeit.

Wilhelm von Jülich als Heros! Mit diesem Bild war Gerhard aufgewachsen.

Sein Vater hatte ihn selbst im Schwertkampf unterrichtet. Hatte ihm beigebracht, wie man sich im Kampf bewegt, wie man seinen Gegner verwirrt, welche Finten es anzuwenden galt, wenn die Lage aussichtslos erschien. Dabei hatte er selten über seine eigenen kriegerischen Taten gesprochen. Wenn Gerhard nachgefragt hatte, hatte er sich mit knappen Antworten begnügt. Nein, ein Prahler war der wortkarge Mann weiß Gott nicht gewesen. Die Lobreden der Anderen hatten nie seinen Stolz geweckt. Weil diese Bescheidenheit sich herumsprach, unterließ man es schließlich, mit ihm über seine Kriegstaten zu sprechen. Was andererseits zur Folge hatte, dass sein Nimbus noch strahlender wurde. Gerhard fragte sich manches Mal, weshalb sich der Vater so ungern feiern ließ. Er selbst lechzte von Kindheit an nach Ruhm. Sehnsüchtig wartete er auf Gelegenheiten, sich zu profilieren.

Die erste Gelegenheit kam, als er neunzehn Jahre alt war. Eine Horde von Räubern machte die Wälder und Dörfer um Jülich unsicher, zog plündernd und mordend umher. Gaugraf Wilhelm beschloss, gegen die Unholde vorzugehen. Mit militärischer Macht wollte er das Übel an Stumpf und Stiel ausrotten, wie man es siebzehn Jahre zuvor im ungleich größeren Maßstab mit den verfluchten Ungarn gehandhabt hatte. Für einen Heerführer wie Wilhelm geradezu ein Kinderspiel. Gerhard überredete seinen Vater, ihm das alleinige Kommando der Säuberung zu übertragen. Nur zögernd stimmte Wilhelm zu, als habe er das Unheil geahnt, das über seinen Sohn hereinbrechen sollte.

Gerhards Mitstreiter waren ein gutes Dutzend kampferprobter Reiter, Gefolgsleute und Getreue des Gaugrafen, einige von ihnen schwer gepanzert. Misstrauen lag in ihren Blicken, als der junge Anführer sie vor der Hügelburg an der Seite des Vaters empfing.

Wilhelm, kein Meister des Wortes, sprach einige Sätze zu den Männern, empfahl ihnen, sich der Führerschaft des Sohnes zu fügen. Wohlgemerkt, er empfahl es, mit keinem Wort stellte er es als seinen Befehl hin. Auch die Tatsache, dass er den Trupp selbst nicht begleiten wollte, sorgte für allgemeines Stirnrunzeln. Gerhard war deshalb umso entschlossener, es diesen Ignoranten zu zeigen.

Im Wald bei Barmen waren die Räuber zuletzt gesichtet worden, dorthin ließ er seine Reiter ausschwärmen. In die Zange nehmen wollte er die Unholde, man würde leichtes Spiel mit ihnen haben, denn ihre Bewaffnung bestand bestenfalls aus Knüppeln und Messern, und ihr Kampfgeist war der von hinterhältigen Meuchlern. Er teilte die Reiter in drei Einheiten auf, um den Wald aus verschiedenen Richtungen zu durchkämmen - das sollte ausreichen, die Räuber dorthin zu treiben, wo man sie allesamt wie räudige Hunde erschlagen konnte. Einer der Männer schlug vor, zuerst zwei Kundschafter auszusenden, was Gerhard zurückwies.

„Sind wir denn Waschweiber?", rief er ungeduldig. „Wenn die Kerle uns sehen, wird ihnen das Herz in die Hose rutschen. Warum mehr Zeit vergeuden als nötig?"

Also preschten sie los. Und für Gerhard nahm das Unheil seinen Lauf. Im Dickicht erblickte er zwei lauernde Gestalten. Begierig, den beiden eigenhändig den Garaus zu machen, setzte er sich unbemerkt von seinen Männern ab. Ein über den Weg gespanntes Seil ließ sein Pferd straucheln, und ehe er sich versah, fand er sich im Dreck wieder. Er rappelte sich auf und zog sein Schwert. Sein nächster Fehler bestand darin, den flüchtenden Gestalten durch das Unterholz nachzusetzen. Es war wie ein Rauschzustand, er konnte es kaum erwarten, die Räuber einen Kopf kürzer zu machen, sie sollten seine ersten getöteten Feinde sein. Lange genug hatte er auf diesen Augenblick gewartet. Endlich konnte er damit beginnen, in die Fußstapfen seines Vaters zu treten.

Immer näher kam er den Halunken. Als er sie fast eingeholt hatte, sah er sich urplötzlich von unzähligen Gesetzlosen, die wie aus dem Nichts auftauchten, umringt: Sie hatten ihn in eine Falle gelockt. Einige hatten Dolche in ihren Händen, andere rostige

Schwerter oder Lanzen, einer hielt sogar einen gespannten Bogen auf ihn gerichtet. Jetzt erst merkte Gerhard, wie sehr er nach Atem rang, doch an Ausruhen war kein Denken, stattdessen galt es nun, die eigene Haut zu retten. Wie narrenhaft er sich doch verhalten hatte. Noch bevor er eine Verteidigungsstrategie gegen diese Übermacht ersinnen konnte, fiel ein Netz vom Himmel, vielmehr aus einer Baumkrone. Im nächsten Moment hatte er sich hoffnungslos darin verfangen.

Die Gesetzlosen lachten. Rasch war Gerhard überwältigt, entwaffnet und gefesselt. Hätte ihm eine größere Schmach widerfahren können?

„Ist das nicht der Sohn des Gaugrafen?“, rief einer der Kerle aufgeregt.

„Mein Vater wird euch alle hängen!“, sagte Gerhard mit wütender Verzweiflung.

Ein gedrungener Mann mit gefühllosen Augen unter schweren Lidern trat vor ihn hin, offenbar der Anführer der elenden Bande. „Sieh mal einer an, was für ein Fang!“, sagte er, und als Gerhard ihn wüst beschimpfte, schlug er ihm mit der flachen Hand ansatzlos ins Gesicht. „Verbindet ihm die Augen, und dann fort mit ihm!“, sagte er zu den Männern.

Sie trieben ihn eine gefühlte Ewigkeit durchs Unterholz. Da er blind war, stürzte er mehrmals zu Boden, dann traten sie ihm heftig in die Rippen und herrschten ihn an, wieder auf die Beine zu kommen. Am Ende stießen sie ihn, ohne ihm Fesseln und Augenbinde abzunehmen, in ein tiefes Erdloch, wo brackiges Wasser ihm bis zu den Knien reichte und einen üblen Geruch verbreitete. Zwei volle Tage verbrachte er hier, hungernd und frierend, jedes einzelne Glied seines Körpers schmerzte unerträglich.

Es waren die schrecklichsten Tage seines Lebens. Schlimmer als jeder Schmerz aber war die Erkenntnis, kläglich versagt zu haben. Schon bald sah er davon ab, den Halunken zu drohen, die ihn ohnehin nur verhöhnten, sofern sie überhaupt auf sein Rufen reagierten. Jegliches Zeitgefühl verließ ihn. Warum eilte niemand herbei, um ihn aus den Händen dieses Abschaums zu befreien? Wo blieben seine Männer? Waren auch sie in Gefangenschaft geraten? Doch das war wenig wahrscheinlich, niemals hätten kampferprobte Recken sich von diesen Bastarden übertölpeln lassen. Und sein Vater, warum ließ er ihn hier schmachten, warum kam er nicht zu Hilfe? Schämte er sich ob der Torheit des Sohnes?

Gerhard begann abgrundtief zu hassen. Ein Hass, der der ganzen Welt galt und sich selbst. Der Hass sorgte dafür, dass er nicht in Lethargie verfiel.

Kampflärm und Hundegebell ließen ihn eines Morgens aufhorchen. Endlich, die Rettung nahte! Sein Vater – Gerhard hörte deutlich, wie er Befehle schrie – war mit einem berittenen Trupp erschienen, um dem Spuk ein jähes Ende zu bereiten. Binnen weniger Minuten war es vorüber, jemand stieg zu ihm ins Erdloch, befreite ihn von seinen Fesseln, nahm ihm die Augenbinde ab. Gerhard konnte sich kaum auf den Beinen halten, und das Licht des Tages blendete ihn so arg, dass er eine Weile brauchte, um sich wieder daran zu gewöhnen.

Als er bald darauf seinem Vater gegenüberstand, wusste er nicht, was er sagen sollte. Der Gaugraf schwieg ebenfalls, seine Augen waren ausdruckslos, was den Sohn mehr schmerzte, als hätte er ihn mit Vorwürfen empfangen.

Gerhard ließ seinen Blick über das Lager schweifen. Zwei der Gesetzlosen lagen tot im Dreck, die Anderen saßen gefesselt und blutbesudelt im Halbkreis, keiner von ihnen schwang mehr große Reden. Abermals fühlte Gerhard Hass in sich aufsteigen. Er entdeckte den Anführer der Bande, jenen gedrungenen Kerl, der ihn geohrfeigt hatte, und schritt langsam auf ihn zu. Von einem der Männer, der die Gefangenen bewachte, ließ er sich ein Schwert reichen und trennte dem Räuberhauptmann mit drei Hieben den Kopf ab. Dann ließ er sich ein Pferd bringen und ritt unter den verdutzten Blicken seiner Befreier fort.

Als der elende Wald hinter ihm lag und die Felder sich vor ihm erstreckten, sah er am Wegrand eine junge Frau, die zurückwich, um ihn passieren zu lassen. Gerhard aber zügelte seinen Gaul und blieb vor ihr stehen. Eindringlich musterte er sie; keck erwiderte sie seinen Blick. Sie trug ein verschmutztes Kleid aus alten Leinen, aber sie war hübsch, ihr blondes Haar unbedeckt. Eine Dirne auf dem Weg nach Jülich? Gerhard war immer noch voller Zorn, doch bei ihrem Anblick überkam ihn zugleich ein selten erlebtes Gefühl der Wollust. Gewiss, seine Unschuld hatte er längst schon verloren, willige Mägde hatten ihm beigelegen. Die Dirne aber weckte ein derart großes Verlangen in seinen Lenden, dass er seinen Groll vergaß. Trotz seines verdreckten Äußeren vermutete sie in ihm eine Person höheren Standes; auch sein Begehren blieb ihr nicht verborgen, und sie steigerte es, indem sie sich in Positur warf.

Was ihm ihre Dienste wert seien, fragte sie ihn unumwunden.

Aber Gerhard verhandelte nicht. Er stieg vom Pferd, zerrte die Frau gewaltsam hinter ein Gebüsch, riss ihr das Kleid herunter und nahm sie mit Gewalt.

Nachdem er seine Lust befriedigt hatte, würdigte er sie keines Blickes mehr und ging zu seinem Pferd.

„Und mein Lohn?“, schrie die verstörte Dirne ihm nach.

„Wer es mit Helden treibt, hat schon seinen Lohn empfangen“, entgegnete er.

Die nächsten Tage durfte ihn niemand ansprechen, auch er selbst ging jedem aus dem Weg. Seine größte Sorge war, dass die Menschen von seinem Versagen erfuhren: Wie konnte man jemandem Respekt zollen, der sich wie ein Tölpel von ein paar Strauchdieben hatte gefangen nehmen lassen?

Er überwand sich und ging zum Vater.

„Vater, sorg dafür, dass niemand von meinem Missgeschick erfährt.“

Wilhelm musterte ihn. Beinahe erschien es Gerhard, der Vater empfinde Mitleid mit ihm. Was freilich demütigender war, als hätte er ihn mit Schimpftirade bedacht. „Die Räuber werden hängen, aus ihrem Mund erfährt niemand etwas“, sagte er, „und auch die Männer werden schweigen, ich habe es ihnen befohlen.“

Das beruhigte Gerhard. „Gut. Wenn einer der Männer deinen Befehl missachtet, dann töte ich ihn. Sag ihnen das.“ Er machte kehrt, doch der Vater packte ihn an der Schulter und zwang ihn, ihm tief in die Augen zu sehen.

„Was geschehen ist, ist geschehen, mein Junge. Sei nicht verbittert. Das Leben wird dir noch Gelegenheit zur Bewährung geben.“

Jahre waren seitdem vergangen. Gerhard dachte oft an die Verheißung des Vaters. Doch eine Gelegenheit, sich zu bewähren, war nie gekommen. Frieden, vor allem, wenn er lange währte, war etwas Unerfreuliches, denn er verhieß Eintönigkeit und Langeweile. Immerhin, bis auf die wenigen Eingeweihten hatte niemand von seinem lächerlichen Versagen je erfahren. Vater war seit Langem tot, er selbst war nun Gaugraf und hatte einen Sohn, Tassilo, der in der Blüte seiner Jugend gleichfalls nach Heldentum strebte.

Dem niemals zu Ohren kommen durfte, was seinem Vater einst schmählich widerfahren war.

16.

„Ich will nicht, dass du mich auf diese Weise verehrst“, sagte die Klausnerin zu Richarda, die vor ihrer Türe stand. Es war nicht das erste Mal, dass sie so sprach, aber Richarda konnte nicht anders, als in der Älteren eine verehrungswürdige Frau zu sehen, eine Heilige gar. So sahen sie ja auch die meisten Menschen der Gegend.

„Du darfst dich nicht vor mir verneigen. Es schmerzt mich, wenn du das tust.“

„Wenigstens zur Begrüßung könntet Ihr mir eine Verneigung gestatten“, erwiderte Richarda zaghaft.

„Eines Tages wirst du es sein, vor der sich die Leute verneigen.“

Wie stets, wenn die Klausnerin kryptische Behauptungen dieser Art aufstellte, wechselte Richarda irritiert das Thema. „Nun ja, ich bin gekommen, um Euch beim Kräutersammeln zu helfen. Damit Ihr Euren armen Rücken schonen könnt.“

„Gutes Kind. Ich brauche neues Wunderkraut.“

„Wunderkraut?“

Die Klausnerin schmunzelte. „So nenne ich den Beinwurz. Weil er die verschiedensten Leiden heilt oder lindert.“

Bald darauf flanierten sie den Bachlauf entlang. Es war ein kühler Herbstnachmittag, ein bedeckter Himmel stand über dem bunt schimmernden Wald. Sie machten sich auf die Suche nach den Beinwurzstauden. Der Duft der Blätter weckte Erinnerungen in Richarda: Einst hatte die Klausnerin ihren Knochenbruch mit einem Breiumschlag dieses Heilkrauts versorgt. Trotz des Unglücks und der durchgestandenen Schmerzen erinnerte sich Richarda gerne an diese Zeit. Jene Tage waren für sie der Beginn eines neuen Lebensabschnitts gewesen, der Eintritt in eine geistige Welt, die ihr Herz mit Freude erfüllte. Die Klausnerin war ihr zum Vorbild geworden, Richarda verspürte seitdem den Wunsch, zu sein wie sie. Heute aber war ihr Idol recht wortkarg.

Während sie die Wurzeln des Krauts aus der feuchten Erde gruben, brach die Klausnerin ihr Schweigen.

„Ich bin keine Heilige, Richarda. Schon oft habe ich dir das zu erklären versucht, und ich meinte es bitterernst. Ich will nicht, dass du ein solches Bild von mir hast. Ich bin ein sündiger Mensch, der die Wahrheit verbog oder verschwieg, wenn es mir gerade ratsam erschien. Ja, ich habe Menschen belogen. Als ich noch Nonne war, hielt ich mich nicht an das Gehorsamsgelübde. In die Einsamkeit floh ich, um niemandem mehr untertan zu sein. Hochmut und Dünkel leiteten mich, menschliche Eitelkeit erfüllt mein Wesen bis heute. Es ist sündhaft, die Mitmenschen zu meiden, nur um näher als sie bei Gott zu sein. Ich bin eine Sünderin, Richarda. Ich will, dass du dir das immer vor Augen hältst."

Richarda schüttelte konsterniert den Kopf. „Aber all die Kranken, die Ihr geheilt habt ..."

„Sie wurden gesund, weil sie an ihre Heilung glaubten, mein Kind. Und weil meine Kräuter ihnen halfen. Vor allem aber heilten sie, weil Gott es so wollte. Mein Verdienst daran war stets gering."

Auf weiteren Widerspruch verzichtete Richarda. Die Klausnerin wirkte heute sehr schwermütig. Mochte sie doch sagen, was sie wollte, Richarda würde sie trotzdem tief in ihrem Herzen verehren. Denn sie hatte ihr Gott ganz nahe gebracht. Was konnte daran sündig sein?

Der Weidenkorb, den sie bei sich trugen, war bald gefüllt. „Genug für heute", sagte die Klausnerin, „kehren wir um und lass uns die Vesper beten."

Vor der Klause wartete ein Reiter. Von Weitem erkannten sie einen großen Mann in einer roten Tunika. Er war von seinem Grauschimmel gestiegen und ließ suchend den Blick schweifen. Nachdem er Judith entdeckt hatte, verschränkte er die Arme vor seiner Brust.

„Wer ist das?", fragte Richarda. Sie hatte diesen Mann noch nie zuvor gesehen.

„Mein Bruder", antwortete die Klausnerin mit belegter Stimme.

„Oh! Ich wusste nicht, dass Ihr ..."

„Woher auch? Ich habe es dir nie erzählt. Sein Kommen bedeutet jedenfalls nichts Gutes.“

Mit weiteren Fragen hielt sich Richarda zurück. Die Klausnerin erweckte nicht den Eindruck, als freue sie sich über den Besuch. „Wenn Ihr möchtet, gehe ich heim, Magistra.“

„Nein, bleib! Sei so gut.“

Wenige Schritte vor dem Mann blieben sie stehen. Er bedachte Richarda mit einem kurzen Blick; umso eingehender musterte er seine Schwester. Dic Ähnlichkeit in den Gesichtern der beiden war unverkennbar, fand Richarda. Die Klausnerin mochte einige Jahre jünger sein, aber der Bruder wirkte, obschon längst kein Jüngling mehr, sehnig und voller Lebenskraft. Sein Antlitz war gerötet, doch es war schwer zu sagen, ob dies von Natur aus so war oder ob Zorn oder Anstrengung es gefärbt hatten. Seiner gesamten Erscheinung nach zu urteilen, war er aus ritterlichem Geschlecht, was Richardas Ahnung über die vornehme Herkunft der Klausnerin bestätigte.

Seltsam war, dass niemand das Wort ergriff. Das Schweigen wurde drückend; endlich war es der Mann, der es brach.

„Nun, die Jahre in dieser Wildnis sind nicht spurlos an dir vorübergegangen, Judith. Hoffentlich leidest du keinen Hunger.“

Die Klausnerin blieb gelassen ob dieser wenig liebenswerten Begrüßung. „Wenn ich hungern muss, Konrad, dann ist es Gottes Wille. Mach dir keine Sorgen um mich.“

Er betrachtete eingehend die Klause und rümpfte die Nase. „Du hast deine Klosterzelle gegen diese Ruine eingetauscht?“

„Sicherlich bist du nicht gekommen, um solcherlei Vergleiche anzustellen.“

„Wie wahr. Ich hätte den Weg nicht auf mich genommen, gäbe es nicht einen handfesten Grund dafür. Es war übrigens nicht einfach, dich zu finden.“

„Lass mich dir etwas zur Stärkung reichen, Bruder. Vorausgesetzt, du bist dir nicht zu fein, meine Klause zu betreten.“

Richarda folgte ihr ins Innere. Der Bruder der Klausnerin zögerte einen Moment, dann kehrte auch er ein. Widerwillig setzte er sich auf den Hocker, den seine Schwester ihm anbot. Sie gesellten sich zu ihm. Die Klausnerin reichte Most und Äpfel.

„Was für ein fürstliches Mahl“, sagte der Bruder.

„Wozu bist du gekommen?“, fragte die Klausnerin.

Er drehte den Apfel in seiner Hand. „Unsere Schwester Klara liegt im Sterben!“

Richarda sah ihre Meisterin an, in deren Blick sich tiefe Bestürzung zeigte. „Klara?“

„Die Priorin sagt, es sei nur noch eine Frage von Tagen. Eine zehrende Krankheit frisst sich durch ihren Leib. Es gibt keine Hoffnung mehr.“

Noch nie hatte Richarda die Klausnerin weinen sehen. Jetzt aber rollte ihr eine Träne über die Wange. Dann hatte sie sich wieder gefasst.

„Danke, dass du gekommen bist, um mir das zu sagen, Bruder.“

„Klaras Wunsch, nicht meiner. Sie will dich noch einmal sehen, bevor sie das Zeitliche segnet.“

Die Klausnerin nickte. „So sei es. Wann brechen wir auf?“

„Unverzüglich, wenn du nichts dagegen hast. Du hast es nicht sehr wohnlich hier. Und Zeit zu verlieren haben wir auch nicht.“

„Ihr wollt fort von hier, Magistra?“ Richarda hatte bislang geschwiegen. Doch diese Frage brannte ihr auf der Zunge.

„Du hast ja gehört, was mein Bruder gesagt hat. Ich muss zu meiner Schwester.“

„Lasst mich Euch begleiten!“

„Das geht nicht, mein Kind.“

„Bitte, Magistra!“

„Unmöglich!“

Der Mann lachte auf. „Wer ist dieses Bauernmädchen? Deine Schülerin?“

„Nein.“

„Weshalb nennt sie dich dann *Magistra*?“

„Weil sie sich nicht davon abbringen lässt.“

Erstmals widmete er Richarda wirkliche Aufmerksamkeit und hörte sogar auf, mit dem Apfel in seiner Hand zu spielen. „Warum nennst du meine Schwester so, Mädchen? Na los, verrat's mir. Ist sie so klug?"

„Sie ist Gott sehr nahe. Mit Klugheit hat das wenig zu tun, Herr." Obwohl Richarda es am gebührenden Respekt nicht vermissen ließ, zeigte sie sich keineswegs verängstigt oder eingeschüchtert. Offen sah sie dem Gast in die Augen. Den schien das zu beeindrucken.

„Und wer bist *du*?"

„Ich heiße Richarda, Herr. Eure Schwester lehrte mich beten. Ich meine, richtig zu beten. Andächtig zu beten. Wirklich mit dem Herrgott zu sprechen."

„Es ist mir neu, dass man auch falsch beten kann."

„Dann hat Eure Schwester Euch etwas voraus."

Er starrte sie an, wohl unschlüssig, was er darauf erwidern sollte. Er beschloss, sich belustigt zu geben.

„Bis heute dachte ich immer, ein Mädchen müsse klug oder hübsch sein. Dass eins, noch dazu ein Bauernmädchen, beides zugleich sein könnte, wäre mir nie in den Sinn gekommen." Er biss in den Apfel.

Richarda war leicht errötet, aber verstummen wollte sie nicht. „Der Mensch lernt niemals aus, Herr."

Er hielt beim Kauen inne, dann lachte er abermals und sah zu seiner Schwester hinüber, die ein kleines Bündel für die bevorstehende Reise packte. „Ein Jammer, dass sie nicht mit uns kommen kann. Sie wäre sicherlich eine unterhaltsamere Begleiterin als du, alte Trauerweide."

„Bruder, sei so gut und lass mich mit Richarda einen Augenblick lang allein."

Konrad hob die Schultern und erhob sich. „Ich warte draußen. Lass dir nicht zu lange Zeit. Bis zum Einbruch der Nacht will ich noch ein ordentliches Quartier finden." Apfelkauend verließ er die Klause.

„Ich komme ja wieder, mein Kind", sagte die Klausnerin zu Richarda, als wisse sie um deren stille Ängste.

„Erzählt mir von Eurer Schwester", bat Richarda. „Wart Ihr ihr sehr nahe? Ich meine, bevor Ihr Euch hier niederließet."

Die Klausnerin seufzte leise, selten hatte Richarda sie so betrübt gesehen. „Klara und ich waren ein Herz und eine Seele“, begann sie leise. „Sie ist nur ein Jahr jünger als ich. Weil wir vom Wesen her grundverschieden sind, haben wir uns immer gegenseitig ergänzt. Ich verstand es vorzüglich, den Zorn der Eltern zu wecken, Klara indessen wusste Vater und Mutter durch ihre milde Art zu besänftigen. Schon als Kinder wollten wir Nonnen werden – und mit dreizehn wurden wir tatsächlich Novizinnen im Kloster St. Maria im Kapitol zu Köln. Klara hatte mit dem Gehorsamsgelübde nie ein Problem, mir aber gelang es nie, mich dauerhaft unterzuordnen. Die Äbtissin hasste mich. Als ich das Kloster nach einigen Jahren verließ, war es mein größter Schmerz, dass ich Klara wohl nie wiedersehen würde. Ich habe mich nicht von ihr verabschiedet, denn mein Fortgang war wie eine Flucht. Ich hätte es nicht übers Herz gebracht, mich Klara anzuvertrauen, denn ihr Weinen und Flehen wäre mir unerträglich gewesen.“ Sie sah Richarda tief in die Augen. „Begreifst du nun, dass eine Heilige niemals so handeln würde?“

„Vielleicht könnt Ihr sie heilen.“

„Wenn ich deine Magistra sein soll, dann nimm dir gefälligst zu Herzen, was ich dich lehre. Ich kann keine Wunder vollbringen, hörst du?“

„Verzeiht, ich -“

„Schon gut, schon gut.“ Sie drückte die Jüngere fest an sich, umarmte sie. „Danke, dass du mich achtest, mein Kind. Es werden Tage kommen, da du dich selbst gegen übertriebene Huldigungen wirst erwehren müssen. Vielleicht kannst du mich dann besser verstehen.“

„Magistra! Wenn Ihr wollt, dass ich Euch verstehe, dann erklärt mir Eure merkwürdigen Weissagungen. Warum wollt Ihr mich stets glauben lassen, ich sei etwas Besonderes?“

„Weil es so ist. Ich weiß es.“

„Meine Eltern sind Bauersleute. Ich will und kann nie etwas anderes sein. Glaubt mir, ich bin glücklich, mir fehlt nichts.“

„Danach fragt das Schicksal nicht, welches der Herrgott dir bestimmt hat.“

„Dann sagt mir endlich, was Ihr über meine Zukunft zu wissen glaubt.“

Die Klausnerin schloss die Augen, als müsse sie mit sich selbst ringen. Dann flüsterte sie: „Du wirst eine Königin sein, Richarda.“

„Was redet Ihr da? Eine Königin? Ich?“

„Jetzt weißt du es.“

„Woher wollt Ihr das wissen?“

„Ich hatte einst ein Traumgesicht. Und jetzt lass mich gehen, Richarda. Meine sterbende Schwester wartet auf mich. Bete, während ich fort bin. Bete für mich und für uns alle.“ Noch einmal hielt sie inne. „Erinnerst du dich nicht an deine Begegnung mit der Kaiserin?“

„Wie könnte ich diesen Tag vergessen?“

„Eindringlich riet sie dir, dich nicht gegen dein Schicksal zu wehren.“

„Diesen Rat hätte sie jedem geben können.“

„Das ist wahr. Aber sie gab ihn *dir*, Richarda.“

Ehe Richarda weitere Fragen stellen konnte, hatte die Klausnerin ihre Behausung verlassen. Kurz darauf hörte man Hufgetrappel, Bruder und Schwester machten sich auf den Weg. Zurück blieb Richarda, die nicht wusste, was sie denken und glauben sollte.

Eine Königin! Was meinte die Klausnerin damit? Richarda wollte keine Königin sein. Wozu? Das konnte unmöglich ihre Bestimmung sein.

Sie dachte zurück an jenen längst vergangenen Tag, an dem sie und ihre Gefährten der Kaiserin begegnet waren. Auch an den Tag, da sie von Theophanus Tod erfahren hatte, erinnerte sie sich schmerzlich. Mit ihren Spielkameraden hatte sie der Verstorbenen gedacht. Einen feierlichen Bund hatten sie geschlossen. „Für eine wunderbare Welt!“, hatten sie damals in den Himmel geschrien. Richarda glaubte es wieder zu hören, als sei der Ruf aus ihren Kinderkehlen noch nicht verhallt.

Alles Grübeln indes half nichts, ihre Verwirrung blieb. Hoffentlich kehrte die Magistra unversehrt zurück, nachdem sie der geliebten Schwester in ihrer letzten Stunde beigestanden hatte.

Richarda machte sich auf den Heimweg durch den herbstbunten Wald.

17.

Reiten war Judith schon immer verhasst gewesen. Doch was blieb ihr übrig? Steif saß sie auf dem Rücken des Grauschimmels und versuchte sich festzuhalten. Halt fand sie aber nur an des Bruders Körper. Es war ihr unangenehm, ihn auf solch innige Weise zu berühren – sie konnte sich nicht erinnern, ihm jemals so nahe gewesen zu sein -, aber auch hier blieb ihr keine andere Wahl.

„Was zierst du dich, Judith“, höhnte ihr Bruder, dem ihre Zurückhaltung nicht entging, „pack nur zu, sonst liegst du gleich im Dreck.“

„Ich habe nicht den Eindruck, dass dich das bestürzen würde“, entgegnete Judith mürrisch. „Wie hast du mich überhaupt gefunden?“

„Vor einigen Jahren behauptete ein Krämer, dich in einem Wald vor Aachen gesehen zu haben. So wusste ich wenigstens, in welcher Richtung ich suchen musste. Die hiesigen Bauern brachten mich dann rasch auf die richtige Spur. Sie scheinen dich sehr zu verehren. Was hast du mit ihnen angestellt? Es ist wohl kaum dein Liebreiz, dem sie erlegen sind.“

„Fehlender Liebreiz liegt uns im Blut, Bruder.“

„Möglich. Ausgenommen davon ist nur unsere Schwester Klara. Ein Jammer, dass gerade sie es ist, die als erste von uns gehen muss. Wenigstens müssen unsere Eltern das nicht mehr erleben.“

Judith hatte es längst geahnt. „Wann sind sie gestorben?“, fragte sie leise.

„Mutter starb vor etwa drei Jahren an einem Fieber. Im vorigen Herbst raffte ein Schlag den Vater dahin.“

„Der Herr sei ihren Seelen gnädig.“

„Du hättest ihnen manchen Kummer erspart, wenn du nicht wie ein Dieb in der Nacht aus dem Kloster geflüchtet wärst. In Köln haben sich die Leute noch lange die Mäuler darüber zerrissen.“

„Wirfst du mir etwa vor, ihr Kummer über meine Entscheidung habe den Eltern das Leben verkürzt?“

„Denk, was du willst. Aber das tust du ja ohnehin.“

Judiths Wut auf den Bruder wuchs. Lange Jahre hatten sie sich nicht gesehen, und sie waren sich fremder als jemals zuvor. Wären sie nicht auf den Weg zu ihrer sterbenden Schwester gewesen, kaum etwas hätte sie bewegen können, Zeit mit ihm zu verbringen. Sie hatten sich einfach nichts zu sagen. In jedem Wort des Bruders lag Schmähung oder Anklage. Andererseits war es ungerecht, nicht wenigstens zu versuchen, sich in seine Lage zu versetzen. Er und die Eltern hatten mit dem Spott der Leute leben müssen. Eine Nonne, die Hals über Kopf aus dem Kloster floh, bot Anlass für Geschwätz. Sie konnte sich lebhaft vorstellen, welch abenteuerliche Gerüchte damals kursiert haben mussten. Für ihre Familie war das gewiss nicht leicht gewesen.

Es half alles nichts, der Herrgott erwartete von den Menschen Versöhnung. Sie bemühte sich, ihrer Stimme jegliche Schärfe zu nehmen. „Erzähl mir von dir, Konrad. Wie geht es deiner Frau? Meine Neffen und Nichten – inzwischen müssen die meisten von ihnen schon groß sein."

Konrad schwieg eine Weile, als müsse er darüber nachdenken, ob die Schwester es würdig war, in sein Leben eingeweiht zu werden. Dann aber begann er zu erzählen. Auch er wirkte mit einem Mal versöhnlicher. Seiner Frau und den vier Kindern gehe es gut, erfuhr Judith. Ausführlich und mit väterlichem Stolz erzählte er, wie sich die Kinder in den vergangenen Jahren entwickelt hatten, berichtete weitschweifig über das Temperament eines jeden einzelnen, über ihre Talente und Eigenarten, sodass Judith wahrhaft bedauerte, nicht Zeugin ihres Heranwachsens geworden zu sein. Aufmerksam lauschte sie den Worten des Bruders. Inzwischen waren sie am Waldrand angelangt, weit erstreckte sich die Ebene vor ihnen. Der Himmel war nach wie vor bedeckt, vermutlich würde es später regnen. Konrad fiel auf, dass er pausenlos geredet hatte. Offenbar war ihm das jetzt unangenehm.

„Es wäre sinnvoll, wenn wir heute noch bis Zülpich kämen", erklärte er.

„Ich habe oft für euch gebetet", sagte Judith.

„Ja, ja. Das haben wir gut gemerkt." Er nahm also seine kleinen Boshaftigkeiten wieder auf.

Obwohl Judith sich vorgenommen hatte, sich für nichts zu rechtfertigen, verkündete sie nach einer Weile: „Das Leben im Kloster machte meine Seele krank. Ich glaubte, Gott als Einsiedlerin treuer dienen zu können. Aber ich verstehe, dass dies für einen Außenstehenden schwer zu begreifen ist."

Immerhin, Konrad ersparte ihr eine spöttische Antwort und schwieg. Vielleicht nur deshalb, weil ihm eine Frage auf der Zunge brannte. Schließlich siegte seine Neugier.

„Das Mädchen, das dich vorhin begleitete – Richarda, nicht wahr? -, was hat es nun wirklich auf sich mit ihr?"

„Warum willst du das wissen?"

„Es interessiert mich eben."

„So? Tja, wie dir ergeht es jedem, der Richarda kennenlernt. Sie ist etwas ganz Besonderes."

„Sie scheint in dir eine Heilige zu sehen."

„Leider. Dabei ist sie selbst zu Höherem berufen." Sie bereute ihre Worte sogleich. Welchen Sinn machte es, mit dem Bruder über solche Dinge zu sprechen, wusste sie doch selbst nicht, was die Zukunft bringen mochte. Doch Konrad war hellhörig geworden.

„Zu Höherem berufen? Wie meinst du das?"

„Vergiss, was ich gesagt habe. Es waren die törichten Worte einer alternden Frau, die seit Langem in der Einsamkeit lebt."

„Es macht mich eher stutzig, wenn du dich selbst herabwürdigst, Judith."

„Weil du denkst, das passt nicht zu mir?"

„Jedenfalls passt es nicht zu der Judith, die ich vor vielen Jahren kannte. Wie kommst du also darauf, dass dieses einfache Bauernmädchen zu irgendetwas berufen sein könnte?"

„Das geht dich nichts an, Bruder."

„Plötzlich auf den Mund gefallen?"

„Ich sagte doch, sie ist etwas Besonderes. Selbst dir ist das nicht entgangen. Früher wärst du dir zu fein gewesen, ihr deine Aufmerksamkeit zu schenken."

„Ist sie häufig bei dir?“

„Ja.“

„Ich hoffe bloß, sie will nicht in deine Fußstapfen treten. Wäre doch schade für so ein junges Ding, wenn sie im Wald als Einsiedlerin versauert.“

„Zum Glück muss das nicht deine Sorge sein.“

„Da hast du wohl recht.“

Erste Regentropfen fielen. Missmutig blickte Konrad auf die grauen Wolken am Himmel. „Verflucht.“

„Es wird nicht lange regnen“, sagte Judith.

„Ach nein? Und woher weißt du das so genau?“

„Ich lebe hier und kenne die Zeichen der Natur. Schon vergessen?“

„Dennoch würde ich gerne zu einem kleinen Galopp ansetzen, wenn du nichts dagegen hast. Vielleicht erreichen wir Zülpich ja noch, bevor wir völlig durchnässt sind.“

„Muss das denn wirklich sein?“

„Es muss. Halt dich gut fest!“ Er schnalzte mit der Zunge, und im nächsten Augenblick preschte der Grauschimmel los.

Judith wusste, dass ihr bald speiübel sein würde.

Als sie Zülpich bei Anbruch der Dämmerung erreichten, glich Judiths Antlitz dem eines Gespenstes. Mehrmals hatte sie unterwegs erbrochen. Mit ihrer Voraussage über den Regen aber hatte sie immerhin recht behalten. Konrad, froh darüber, dass ihm triefnasse Kleidung erspart geblieben war, steuerte ein ihm bekanntes Gasthaus am Rande der Stadt an.

„Nicht gerade ein Palast, aber der Wirt kocht ganz ordentlich, und Ungeziefer gibt es dort nur wenig. Aber wem erzähle ich das? Wer in einer Klause lebt, gibt sich mit allem zufrieden.“

Die Gaststube war Taverne und Schlafraum zugleich. Der Wirt setzte ihnen Eintopf vor. Judith aber war nach dem Ritt keineswegs nach essen zumute, weshalb sie sich rasch auf ihr Nachtlager zurückzog. Der Wirt hatte ihnen zwei Strohmatten hinter den Sitzbänken zugewiesen. Ganz in der Nähe schnarchte ein Vagabund.

Die Ausdünstungen, die von ihm ausgingen, brachten ihren Magen abermals in Wallung. Mit Gebeten lenkte sie sich ab. Irgendwann schlief sie ein.

Sie träumte von ihrer Schwester. Klara lag auf ihrem Sterbelager und rief nach ihr. Judith war von unendlicher Traurigkeit gepackt. Doch als sie die Hand der Sterbenden ergreifen wollte, fasste diese sie fest am Arm, fester, als er einer Todkranken eigentlich möglich sein sollte. Judith erschrak. Dann spürte sie, wie eine weitere Hand ihre Schenkel packte.

Sie wachte auf.

Die Hand aber lag immer noch auf ihrem Schenkel und wanderte langsam aufwärts. Judith erstarrte. Säuerliche Weindünste stiegen ihr in die Nase. Mondlicht, das durch die einzige Fensteröffnung des Raumes fiel, ließ sie erkennen, was sie bereits geahnt hatte: Es war der Vagabund, der da zudringlich wurde. Noch nie in ihrem Leben war Judith auf solch unsittliche Weise berührt worden. Der widerwärtige Kerl kicherte. „Schön stillhalten, mein Täubchen“, flüsterte er. „Wird dir bestimmt gefallen.“

Sie versuchte, sich aus seinem Griff zu lösen, aber er ließ nicht locker.

„Hilfe!“, schrie Judith. „Konrad, wo bist du? So hilf mir doch!“

Ein erschrockenes Schnaufen war zu hören, der erwachende Konrad. Abermals schrie Judith auf, und im nächsten Augenblick war der Bruder schon bei ihr, packte den Kerl am Wams und riss ihn fort von ihr. Er zerrte ihn bis zur Tür und stieß ihn in die Nacht hinaus, nicht ohne ihm vorher noch heftig in den Hintern zu treten. „Beim nächsten Mal schneide ich dir deine Männlichkeit ab, das schwöre ich dir!“, rief er ihm nach, bevor er in die Stube zurückkehrte.

Judith saß aufrecht und atmete schwer. „Seine Männlichkeit willst du ihm abschneiden? Ach, ihr Männer seid alle so grob.“

„Ich habe dich gerade von diesem stinkenden Strauchdieb befreit. Und du nennst mich einen Grobian?“

Judith musste einsehen, dass sie ihm tatsächlich zu Dank verpflichtet war. Ihr großer Bruder hatte sie beschützt! In ihrer Kindheit hatte er sich nie um sie geschert.

„Danke“, murmelte sie kleinlaut.

„Schlaf weiter, Judith. Damit unsere arme Schwester morgen nicht in ein todmüdes Gesicht blicken muss.“ Grummelnd legte er sich wieder auf seine Matte.

*

Der Empfang im Kloster St. Maria im Kapitol verlief frostig. Viele Jahre waren vergangen, seit Judith den Konvent verlassen hatte, doch vergessen war sie hier noch nicht, auch wenn die Äbtissin längst eine andere war. Man führte die beiden Geschwister in eine von Kerzenlicht erleuchtete Kammer, wo Klara auf ihrem Sterbebett lag. Ihre Augen waren geschlossen, ihr Atem ging schwer. Neben ihrem Lager saß eine junge Pflegerin. Eine Weile betrachtete Judith das ausgezehrte Gesicht ihrer Schwester. Klara war der einzige Mensch aus ihrem früheren Leben, deren Nähe sie manches Mal schmerzlich vermisst hatte. Immerhin bekam sie jetzt die Gelegenheit, sie noch einmal zu sehen. Und als habe Klara ihre Anwesenheit bemerkt, schlug sie plötzlich ihre Augen auf. Sie lächelte, was Judith beinahe das Herz zerriss, denn es sah aus wie das Grinsen eines Totenschädels. Wie oft schon hatte Judith Menschen sterben sehen, aber nie war sie so bewegt gewesen.

Die Pflegerin verließ die Kammer, um die drei Geschwister allein zu lassen. Judith setzte sich auf ihren Platz und griff nach Klaras knochiger Hand.

„Ich wusste, du würdest kommen, Judith.“ Ihre Stimme war schwach, aber deutlich zu verstehen.

„Unser Bruder war so freundlich, mich zu suchen.“

„Gott vergelte dir diese gute Tat, Bruder.“

Betroffen senkte Konrad das Haupt.

„Wie gut, dass du nun bei mir bist, Judith.“

„Und ich bleibe bei dir, bis du heimgegangen bist zu Gott.“

„Warum hast du mir damals nicht Lebewohl gesagt?“

„Ich hatte Angst, du würdest mich zum Bleiben überreden."
„Vielleicht kann ich das ja heute tun. Ich habe oft von dir geträumt, Judith."
Judith dachte an ihren eigenen Traum in der vergangenen Nacht, schwieg aber.
„Und immer, wenn ich von dir träumte", fuhr Klara fort, „waren Chaos und Gewalt um dich herum."
„Das muss dich nicht ängstigen Klara. Ich lebe geruhsam mitten in einem großen Wald. In der Gegend wohnen friedfertige Menschen, niemand tut mir etwas zuleide. Ich kann Gott dort ganz nah sein."
„Dennoch sorge ich mich wegen meiner Träume."
„Es sind doch nur Träume, Schwester."
„Sie sind beharrlich."
Judith schwieg. Lebte sie nicht selbst mit einem prophetischen Traum? Welches Recht hatte sie, Klaras Träume als nächtliche Hirngespinste abzutun?
„Zieht dich denn nichts mehr ins Kloster?"
Judith schüttelte bedauernd den Kopf. „Nein, Klara, nichts. Außerdem würden sie mich hier niemals wieder aufnehmen, selbst wenn ich das wollte."
„Ich habe mit der Äbtissin gesprochen. Sie ist bereit, dir zu verzeihen."
„Verzeihen?" Judith biss sich auf die Lippen. Sie wollte mit ihrer Schwester auf keinen Fall streiten. „Ach, meine Klara." Sie beugte sich über sie und küsste ihre Wange.
„Ich glaubte nicht ernsthaft, dass du zurückkehren würdest", räumte Klara ein. „Jetzt aber kann ich wenigstens mit dem Gedanken sterben, dass ich es versucht habe. Versprich mir wenigstens, immer auf dich achtzugeben."
„Gewiss doch, Schwester. Ich verspreche es."
„Vergiss nie, dass der Teufel uns alle zu verführen trachtet. Und mögen wir auch ein noch so heiligmäßiges Leben führen."
Die Erwähnung des Teufels ließ Judith erschaudern. Was der armen Schwester kurz vor dem Tode doch alles durch den Kopf

ging. Sie streichelte sanft ihre Hand. „Ich werde mich vor den Versuchungen des Teufels hüten. Das verspreche ich dir."

Klara schlief wieder ein. Die beiden Geschwister blieben bei ihr, bis sie am frühen Abend den Weg allen Fleisches antrat.

*

Zwei Tage blieb Judith im Haus ihres Bruders. Endlich lernte sie die Familie kennen. Das Verhältnis zu Konrad blieb weiter reserviert, aber in Gegenwart der Anderen stritten sie wenigstens nicht. Die Neffen, Nichten und auch Konrads Frau behandelten sie freundlich und respektvoll, und Judith bekam zunehmend das Gefühl, von ihnen gemocht zu werden. Sie fragte sich, was den Verwandten über ihre Person bislang zu Ohren gekommen war. Das schwarze Schaf der Familie zu sein, hatte ihr nie viel ausgemacht. Nun aber ertappte sie sich bei dem eitlen Gedanken, dass es ihr durchaus gefiel, erwünscht zu sein.

Dennoch zog es sie bald heimwärts. Konrads Angebot, sie zu begleiten, lehnte sie dankend ab. Nie wieder, so ließ sie verlauten, wolle sie in ihrem Leben auf ein Pferd steigen.

„Solltest du jemals eine neue Heimat brauchen, dann weißt du jetzt, wohin du gehen kannst", raunte Konrad ihr zum Abschied zu.

Sie war verwundert über dieses versöhnliche Angebot aus dem Mund des Bruders und lächelte ihm zu. „Auch du bist mir jederzeit willkommen, Konrad."

So verließ sie nach allerlei Umarmungen die Stadt, in der es ihr viel zu eng war. Der Anlass für ihr Kommen war ein trauriger gewesen, doch das Leben ging weiter. Es waren gemischte Gefühle, die sie erfüllten, als sie sich umwandte und einen letzten Blick auf die Mauern Kölns warf.

18.

Tausend Jahre sind für Gott wie ein Tag – oft dachte Richarda an die Worte der Klausnerin, wenn sie in den Gemüsebeeten hinter der Hütte arbeitete. Gerne sinnierte sie hier über Gottes Schöpfung und den Lauf der Welt. So auch an jenem grauen Novembertag, der später, als man auf die folgenden Geschehnisse zurückblickte, von manchem als der erste Tag einer neuen Epoche gedeutet wurde.

Gunda kniete neben ihr. Die Dreizehnjährige hasste die Arbeit in den Gemüsebeeten. Der Anblick eines Wurmes bereitete ihr Übelkeit, alles Getier im Dreck war ihr zuwider. Am meisten aber missfiel ihr der stoische Gleichmut der älteren Schwester, die niemals über diese Unbilden klagte. Auch vor sich selbst konnte Gunda es nicht verleugnen: Sie war eifersüchtig auf Richarda. Alle Menschen mochten sie, mehr noch, sie brachten ihr Hochachtung entgegen. Warum, das war Gunda schleierhaft. Richarda besaß ein gewinnendes Wesen, das ließ sich nicht leugnen, sie hatte wundervolle blaue Augen, gewiss, aber was hatte sie schon getan oder vollbracht, dass die Leute sie wie ein Kleinod behandelten? Stets zog sie Aufmerksamkeit auf sich, wenngleich sie es, wollte man ehrlich sein, nie darauf anlegte. Was fanden die Leute an ihr? Auch ihre Frömmigkeit schien Gunda maßlos übertrieben. Wollte sie etwa der Klausnerin nacheifern, mit der sie so viel Zeit verbrachte? Warum schwärmte sie nie für irgendwelche Burschen? Sie war doch – auch das stand außer Frage – ein bildhübsches Weib, und wenn sie es darauf anlegte, würden die Burschen der Umgebung sie umschwärmen wie die Motten das Licht.

Ja, auch und vor allem um ihre Schönheit beneidete Gunda die Schwester. Niemals stellte Richarda ihren Liebreiz zur Schau. Doch gerade diese unerträgliche Anspruchslosigkeit stieß Gunda ab. Richardas Selbstbescheidung war im Gundas Augen ärgerlicher als jeder Hochmut.

Wenn Richarda sie, die Jüngere, wenigstens herablassend behandelt hätte, wäre es einfacher gewesen, schlecht über sie zu denken. Doch nein, Richarda begegnete ihr stets mit schwesterlichem Wohlwollen, kaum einmal stritt sie mit ihr, auch wenn Gunda ihr häufig Anlass dazu bot. Gunda hatte Skrupel, die Schwester zu hassen, aber sie wollte sie auch nicht lieben, das war ihr fester Entschluss. Richarda stand ihr einfach im Licht!

„Immerhin", riss Richarda sie aus ihren Gedanken, „die Steckrüben sind vortrefflich in diesem Jahr."

Was man von der Getreideernte nicht behaupten konnte. Der Sommer war verregnet gewesen, der Roggen zu einem großen Teil verfault. Ein harter Winter stand ihnen bevor. Aber Richarda klagte nicht, sondern fand immer nur hoffnungsvolle Worte. Das ging Gunda auf die Nerven, hielt es ihr doch ihren eigenen Missmut vor Augen. Auch von einem Weltuntergang zur Jahrtausendwende wollte Richarda nichts wissen, obwohl selbst viele Pfaffen daran glaubten. Behielten sie recht, wäre in gut einem Jahr ohnehin alles vorbei. Dann, so versuchte Gunda sich zu trösten, konnte ein Mensch noch so schön oder klug oder charismatisch sein, es würde ihm nichts helfen. Nicht das Geringste.

„Du wirkst so nachdenklich, Gunda", hörte sie die Stimme der Älteren.

„Ich habe Hunger", entgegnete Gunda, weil ihr nichts anderes einfiel.

Richarda säuberte eine Steckrübe an ihrer Schürze und reichte sie ihr, aber Gunda nahm sie nicht an. „Wenn Vater das sieht, wird er toben", sagte sie kopfschüttelnd.

„Warum erzählst du mir nicht, was dich wirklich bedrückt?"

„Warum lässt du mich nicht einfach in Ruhe?", lautete Gundas Gegenfrage. In diesem Moment erblickte sie Wigbert, der sich ihnen im Laufschritt näherte. Früher hatten sie viel Zeit miteinander verbracht, heute sahen sich die Spielgefährten von damals seltener, weil ihr Tagewerk es einfach nicht zuließ. So war aus Wigbert inzwischen ein fleißiger Töpfer geworden, der die Werkstatt seines im vergangenen Jahr gestorbenen Vaters weiterführte. Dass er sich mitten am Tag zu einem

Besuch entschlossen hatte, war merkwürdig, aber Gunda fasste rasch einen Entschluss: Diesmal wollte sie versuchen, die Aufmerksamkeit des jungen Mannes auf *sich* zu lenken. Sie hatte schließlich nicht vor, ihr ganzes Leben lang im Schatten Richardas zu stehen. Und immerhin besaß sie mindestens so viel Busen wie die ältere Schwester. Männern fiel so etwas auf, das wusste sie genau. Also erhob sie sich, straffte ihren Oberkörper, damit alles hübsch zur Geltung kam, und sah dem Ankömmling entgegen. „Sieh mal, da kommt Wigbert", sagte sie zu Richarda.

Auch Richarda richtete sich auf. „Er wirkt sehr aufgeregt", stellte sie fest.

Aufgewühlt war Wigbert in der Tat. Nachdem er bei den Mädchen angelangt war, stützte er sich keuchend auf seine Knie, um wieder zu Atem zu kommen. Sein Blick aber galt allein Richarda, was Gunda fast zur Weißglut trieb. „Was ist geschehen, Wigbert?", fragte sie, um ihn zu bewegen, sie endlich anzusehen. Wigbert tat ihr den Gefallen.

„Meine Mutter, meine Geschwister ... Sie sind alle schwer erkrankt!"

„Was ist mit ihnen?", fragte Richarda mit ernster Sorge.

„Eine Seuche! Sie schreien vor Schmerzen und behaupten, sie müssten verbrennen. Ich war bei der Klausnerin, aber sie ist nirgendwo zu finden ..."

„Sie ist für einige Tage verreist."

„Dann komm du, Richarda. Bitte, sie brauchen Hilfe."

„Ich bin doch keine Heilerin", entgegnete sie bestürzt.

„Oda will, dass du kommst. Bitte! Und wenn du nur für sie betest. Die Klausnerin ist doch deine Magistra oder etwa nicht?"

„Also gut, gehen wir!"

Wütend starrte Gunda ihnen hinterher. Jetzt sah man in Richarda offenbar schon eine Art Wundertäterin. Es war zum Verrücktwerden. Blieb zu hoffen, dass Wigbert es übertrieben hatte mit seinen Behauptungen.

Sie rieb sich die linke Hand. Merkwürdig. Schon seit Stunden kribbelte es ihr in den Fingerspitzen.

*

Richarda war erschüttert, als Wigbert sie ins Haus führte, in dem vier leidende Menschen einen kaum erträglichen Geruch von Siechtum und Fäulnis verbreiteten. Unwillkürlich schlug Richarda eine Hand vor ihren Mund.

„Gütiger Gott“, sagte sie.

„Gestern waren sie alle noch wohlauf. Abends klagte Mutter dann über Gliederschmerzen. Und heute Morgen fing es auch bei meinen Geschwistern an.“

Alle vier befanden sich auf ihren Lagern in der Stube. Die Mutter lag in den letzten Zügen, das war offensichtlich. Sie war aufgedunsen, ihre Haut so schwarz wie das Fell des Teufels. Richarda lief es kalt über den Rücken.

Oda winkte ihr schwach zu, ihr Gesicht war schmerzverzerrt, aber es war noch viel Leben in ihr. Adam und Eva, die Zwillinge, schliefen, auch sie wirkten gezeichnet von den Strapazen des seltsamen Leidens, das alle befallen hatte.

„Was ist nur mit ihnen?“, fragte Wigbert verzweifelt. „Warum fehlt *mir* nichts, wenn es alle anderen in diesem Haus erwischt hat?“

Das war eine berechtigte Frage. Richarda kniete sich neben Oda, streichelte ihr sanft den Kopf.

Mit kaum wahrnehmbarer Stimme protestierte die Kranke. „Fürchtest du dich denn nicht? Die Seuche könnte auch dich befallen.“

„Wenn es Gottes Wille ist, dann wird mir nichts geschehen.“

„Es brennt in mir. Ach, wie Feuer brennt es in mir.“

Erneut sah Richarda Wigbert an. „Was haben sie gegessen?“

Der junge Töpfer dachte nach. „Mutter hat vorgestern Brot gebacken.“

„Und du? Hast auch du von dem Brot gegessen?“

„Nur wenig. Ich aß vor allem Pökelfleisch.“

„Kein Brot mehr für irgendwen. Hast du verstanden?“

„Du meinst, es könnte am Brot liegen?"
„Was sonst sollte ich glauben?"
Judiths Wunderkraut kam ihr in den Sinn.
„Wigbert, hör mir gut zu. Lauf noch einmal zur Klause, rasch! In den Kräutertöpfen findest du Beinwurz. Kennst du das Kraut?"
Wigbert nickte.
„Die Klausnerin hat Salbe, Pastillen und Sud daraus bereitet. Bring alles her."
„Betest du für uns?", flüsterte Oda.
„Ja, das will ich tun", versprach Richarda dem Mädchen, das ihr schon als kleines Kind abgöttische Verehrung entgegengebracht hatte.
Wigbert eilte hinaus, um das Geforderte zu besorgen. Der Gedanke, seiner Familie endlich helfen zu können, verlieh ihm Flügel.
Auch Adam hatte inzwischen die Augen aufgeschlagen. Er erkannte Richarda, gab ein paar aufgeregte Laute von sich und schüttelte seine Schwester. Eva erwachte, sie wirkte zutiefst verwirrt, und vermutlich wütete auch in ihr ein kaum zu ertragendes Feuer. Richarda setzte sich zu ihnen, um auch sie mit Liebkosungen zu trösten.
Im Grunde aber fühlte sich Richarda völlig hilflos. Ob die Klausnerin Rat gewusst hätte? Noch nie hatte Richarda von einem Leiden gehört, das den Erkrankten das Empfinden gab, innerlich zu verbrennen. Und offensichtlich war dies, wenn man die Mutter betrachtete, die wie ein verkohlter Leichnam dalag, mehr als nur Empfinden.
Bei Gott, sie *war* ein Leichnam!
Sie hatte aufgehört zu atmen, war Opfer des unheimlichen Leidens geworden.
Richardas Entsetzen wuchs. War es auch Oda, Adam und Eva bestimmt zu sterben? Gab es nichts, was sie retten konnte? Sie erwartete nicht ernsthaft, dass Judiths Wunderkraut ein wirkliches Wunder bewirkte.
Also begann sie laut zu beten.

Nachdem Wigbert mit den Arzneien zurückgekehrt war, tat Richarda, was ihr am sinnvollsten erschien. Die brennenden Glieder der Erkrankten rieb sie ein, verabreichte ihnen Sud und trug Wigbert auf, die Behandlung regelmäßig zu wiederholen. Wigbert versprach, ihren Anordnungen gewissenhaft nachzukommen. Der Tod seiner Mutter bedrückte ihn sehr, denn nun war er allein verantwortlich für seine Geschwister. Doch Richardas beherztes Vorgehen gab ihm Kraft.

Nach Hause zurückgekehrt, erfuhr Richarda, dass auch Gunda und der Vater über brennende Schmerzen in Armen und Beinen klagten. Sofort schickte sie Gero zum Haus des Töpfers, damit er von den Arzneien holte.

„Das Brot – wirf es fort!“, sagte sie zu der Mutter.

Rothaid schüttelte entsetzt den Kopf. „Aber das wäre eine Sünde“, entgegnete sie.

„Möglicherweise verursacht es die Krankheit. Also wirf es fort!“

Tags darauf erfuhr man von weiteren Krankheitsfällen am Rymelsberg. Rustus, ein alter Hufschmied, und seine Frau litten furchtbare Schmerzen. Auf einem der benachbarten Höfe erkrankten zwei Kinder des Bauern Egbert, und auch in Aeccheze wurden Fälle der Erkrankung bekannt. Unter den Menschen ging die Angst um.

Das Faktum, dass es Gunda, dem Vater und Wigberts Geschwistern bald besser ging, bestärkte Richarda in der Vermutung, das Brot sei schuld an der Krankheit. Gemeinsam mit Gero und Wigbert suchte sie die Menschen der Umgebung auf, um sie vor dem Verzehr von Brot zu warnen. Immo, den Müller, machten sie sich dadurch zwar zum Feind, aber die meisten Leute nahmen sich die Warnung zu Herzen. Diejenigen, die es nicht taten – der Hufschmied, seine Frau, ein alter Schafhirt und eine Bauernfamilie zu Aeccheze –, starben binnen zwei Tagen. Einige andere behielten steife Gliedmaßen oder Lähmungen der Finger zurück – aber sie lebten. So auch Pippin, der fortan gezwungen war, sein rechtes Bein nachzuziehen.

Einige Tiere waren erkrankt und jämmerlich verendet, vermutlich hatten sie von der Spreu des verdorbenen Getreides gefressen. Der Verlust einer Kuh oder eines Schweines wog schwer, der bevorstehende Winter würde hart genug werden.

Als die Klausnerin Judith von ihrer Reise zurückkehrte und von einer Pilze sammelnden Bäuerin erfuhr, was in ihrer Abwesenheit geschehen war, suchte sie unverzüglich Richarda auf und fand sie hinter dem Acker, wo sie mit Gero einen Entwässerungsgraben säuberte. Der alte Josef lag wachend in der Nähe und bellte zur Begrüßung. Richarda legte ihren Spaten beiseite und schritt der Klausnerin freudig entgegen.

„Gott sei Dank, Ihr seid zurückgekehrt, Magistra. Eure Schwester –“

„Sie ist nun bei Gott, mein Kind. Doch sprechen wir über dich. Wie ich hörte, hast du während meiner Abwesenheit etwas Erstaunliches geleistet.“

„Ich habe nur -“

„Du hast mit Erfolg das Höllenfeuer bekämpft.“

„Höllenfeuer?“

„Manche nennen es auch das ‚Heilige Feuer‘, aber ich halte den anderen Begriff für treffender. Ich hörte bereits von diesem Leiden, das Menschen verzehrt und ihnen den Tod bringt. Niemand weiß, was es auslöst. Nicht im Leben wäre ich auf den Gedanken gekommen, dass verdorbenes Getreide die Ursache sein könnte.“

„Es war nur eine Vermutung, Magistra. Vielleicht waren es letztlich doch eher die Gebete, die den Menschen halfen.“

Ein Lächeln glitt über das Gesicht der Klausnerin. „Ja. Vielleicht.“

Gero war neben seine Schwester getreten, nahm sie in den Arm. „Ist sie nicht das wundervollste Geschöpf der Welt?“, fragte er die Klausnerin mit einem Lachen und küsste die Schwester heftig auf den Mund.

„Gero, lass das“, murmelte Richarda verlegen.

„Die Welt wird wundervolle Geschöpfe bald brauchen“, erwiderte Judith, hob eine Hand zum Gruß und machte sich wieder auf den Weg zu ihrer Klause.

*

Wenige Tage später erschien am Abend Bartholomäus, der Dorfpriester zu Aeccheze, in Pippins Hütte. Er war ein schlaksiger Mann mit verbissenen Zügen. Ein silbernes Kreuz an einem Lederriemen prangte ihm auf der Brust. Rothaid ließ ihn Platz nehmen und setzte ihm Most vor, den er hastig die Kehle hinab schüttete, bevor er auf den Grund seines Besuchs zu sprechen kam.

„Ich kann nicht gutheißen, was hier geschehen ist", erklärte er der am Tisch versammelten Familie ernst.

„Was meint Ihr?", fragte Rothaid.

Der Dorfpriester zeigte auf Richarda, die ihm gegenüber saß. „Sie hat nicht das Recht, sich wie eine Heilige aufzuspielen. Etwas mehr Demut stünde ihr gut an."

„Sie hat den Leuten geholfen", platzte es aus Gero heraus, „was wollt Ihr ihr vorwerfen?"

„Viele Leute sind verwirrt. Warum merkwürdige Arzneien, wenn doch auch Gebete helfen."

„Lässt der Herrgott nicht die Kräuter zum Wohl des Menschen gedeihen?", fragte Richarda.

Der Priester runzelte missbilligend die Stirn. „Du wagst es, mich zu belehren? Vermutlich verbringst du zu viel Zeit mit der Einsiedlerin."

„Es heißt doch, dass man gute Werke an ihren Früchten erkennt", sagte Rothaid in der Hoffnung, den Geistlichen zu besänftigen. Der aber wies auf die Bretterwand, hinter der die Kuh und das Schwein ihren Platz hatten.

„Offenbar hattet ihr viel Glück, während ringsumher das Höllenfeuer wütete."

„Was wollt Ihr damit sagen?", rief Gero entrüstet.

„Richarda, bekenne es freimütig: Bist du eine Zauberin?"

„Aber nein. Niemals würde ich heidnische Bräuche pflegen, Herr Pfarrer."

„Sie ist wahrscheinlich noch frömmer als die heilige Jungfrau", sagte Gunda grinsend. Was ihr einen mahnenden Blick der Mutter einbrachte.

„Dennoch“, fuhr Bartholomäus fort, „muss ich mir die Frage stellen, ob hier alles mit rechten Dingen zugeht.“

Erstmals meldete sich Pippin zu Wort. „Wenn Richarda zaubern könnte, dann hätte sie wohl dafür gesorgt, dass ihr Vater nicht hinken muss, findet Ihr nicht?“ Er krempelte ein Hosenbein hoch und präsentierte dem Priester einen dunkel gefärbten Schenkel. „Seht her, Pfaffe. Auch wir sind nicht verschont geblieben von dem verdammten Höllenfeuer. Und glaubt mir, das Bein schmerzt wie verrückt, außerdem stinkt es wie der Teufel. Wollt Ihr daran riechen?“

„Das ist kein Beweis“, widersprach Bartholomäus. „Das Böse stiftet Verwirrung, damit man ihm nicht auf die Sprünge kommt.“

„Es reicht!“, rief Pippin. „Als der Vater meines Weibes im Sterben lag, wart Ihr nirgends zu finden. Und jetzt kommt Ihr daher wie ein Neidling und plappert dummes Zeug! Verschwindet aus meinem Heim, Pfaffe! Los, sonst mache ich Euch Beine! Glaubt mir, so verkrüppelt bin ich nicht, dass ich Euch nicht windelweich prügeln könnte!“

Der Priester schnappte erbleichend nach Luft.

„Ihr habt gehört, was mein Vater gesagt hat“, sagte Gero, eine zuckende Faust hebend. „Macht Euch davon, worauf wartet Ihr noch?“

Selbst der alte Josef schnappte nach dem Bein des Priesters, als dieser eilig die Hütte verließ.

„Ihr hättet ihm nicht drohen sollen“, sagte Richarda mit einem Seufzen.

Gunda widersprach. „Ich habe mich vortrefflich amüsiert.“ Sie grinste immer noch.

Später, nachdem sie sich zur Nachtruhe zurückgezogen hatten, kroch Gero zu Richarda unter die Decke und schmiegte sich an sie. „Noch nie habe ich unsere Familie so einträchtig erlebt“, flüsterte er ihr heiter ins Ohr.

19.

Ein fahrender Krämer trug die Nachricht von der seltsamen Krankheit zum Gaugrafen. Gerhards Sohn Tassilo stand daneben, als der Mann wortreich erzählte, was sich rund um den Rymelsberg zugetragen hatte. Die wundersamen Taten eines Bauernmädchens namens Richarda machten Gerhard hellhörig.

„Richarda?"

„Eine Tochter des Bauern Pippin", erklärte ihm der Sohn. Seitdem ihr Name ins Spiel gekommen war, spürte er seinen Herzschlag.

„Ach ja. Äußerst hübsches Ding, wenn ich mich recht entsinne."

„Das kann man wohl sagen, Herr", stimmte der Krämer zu. Und fuhr fort mit seinem Bericht. „Jedenfalls verkündete das Mädchen, die Krankheit sei mit dem Verzehr verdorbenen Brotes zu erklären. Und siehe, die Leute, die auf sie hörten, wurden nicht krank oder gesundeten."

„Wie merkwürdig." Gerhard ließ sich von einem Diener den Becher nachfüllen und trank ihn in einem Zug leer. „Ich sollte dort mal nach dem Rechten sehen", sagte er dann. „Dem Müller auf die Finger klopfen. Und mir das Mädchen einmal genau vornehmen."

„Warum lässt du das nicht mich erledigen?", fragte Tassilo rasch.

Sein Vater wirkte überrascht. „Seit wann bist du so erpicht darauf? Drückst dich doch sonst so gerne darum herum."

„Weil ich mir deine Mahnung zu Herzen genommen habe, Vater. Künftig will ich pflichtbewusster sein."

„Wie lobenswert." Abermals ließ er sich den Becher nachfüllen, ohne den Sohn dabei aus den Augen zu lassen. „Meinetwegen. Reite zum Rymelsberg und mach dir selbst ein Bild von der Lage."

Tassilo nickte dankbar. Das Grinsen des Vaters indes deutete darauf hin, dass er sich durchaus seinen Reim auf die Beflissenheit des Sohnes machte.

*

Der Bauer und sein Sohn hackten Brennholz vor ihrer Hütte und sahen dem nahenden Reiter misstrauisch entgegen. Es war ein herbsttrüber Tag, Dunst lag über Wald und Felder, und überall sammelten sich zeternde Krähen.

Tassilo stieg vom Pferd, einem gewaltigen Schimmelhengst, und wandte sich an den Älteren. „Du bist Pippin, nicht wahr?"

Ein knappes Nicken war die Antwort.

„Nun, sei unbesorgt, Pippin, ich bin nicht wegen der Abgaben hier. Wo ist deine Tochter Richarda?"

„Was willst du von ihr?", fragte Gero barsch.

Tassilo bedachte ihn mit einem kühlem Blick. „Das sage ich ihr lieber selbst."

„Sie ist mit ihrer Schwester im Wald. Reisig sammeln", sagte Pippin. Mit seinem Kinn deutete er in die Richtung, wo die Mädchen vorhin verschwunden waren.

Tassilo nickte und machte sich auf den Weg, um sie zu suchen. Er hörte noch, wie Pippin seinen Sohn, der ihm vermutlich folgen wollte, zurückrief. Ja, schon damals war es Tassilo aufgefallen, wie sehr er an seiner Schwester hing. Daran hatte sich offenbar nichts geändert.

Er fand die Mädchen am Waldrand, wo sie im lichten Unterholz das Reisig bündelten. Sie hatten ihn noch nicht bemerkt, deshalb nahm sich Tassilo die Zeit, sie eingehend zu betrachten. Beide trugen ihr Haar offen. Auch die Jüngere war durchaus hübsch zu nennen, aber Richarda war eine Augenweide. Als sie sich bückte, starrte er auf ihr Hinterteil, aber schon bald schämte er sich dafür. Also wandte er den Blick wieder ab. In diesem Moment wurde er entdeckt.

„Sieh mal, Richarda, wir haben einen heimlichen Beobachter!"

In der Hoffnung, dass er nicht rot geworden war, trat Tassilo näher. Ihm entging nicht das Bemühen der Jüngeren, ihm zu gefallen. Sie war noch recht jung, besaß aber schon alle Vorzüge einer

Frau. Dass sie die Haare in seiner Gegenwart offen trug, machte ihr offenbar nichts aus. Vielmehr wischte sie sich mit kecken Bewegungen immer wieder Strähnen aus dem Gesicht.

„Das ist Tassilo, der Sohn des Gaugrafen, Gunda", erklärte ihr Richarda.

„Aber das weiß ich doch."

Tassilo räusperte sich. „Nun, wenn du erlaubst, würde ich gerne mit dir sprechen, Richarda."

„Ich erlaube es." Ihr Lächeln ging ihm durch Mark und Bein.

„Allein", fügte er hinzu, weil Gunda keine Anstalten machte zu verschwinden.

Gundas Miene wurde mit einem Mal säuerlich. „Dann bin ich ja wohl überflüssig hier." Sie schnappte sich ein Reisigbündel und stapfte ohne ein weiteres Wort davon.

„Tja", machte Tassilo.

„Du willst mit mir sprechen?", fragte Richarda.

„Ja." Er sah ihr in die himmelblauen Augen. „Erinnerst du dich, dass du mir einmal einen Spaziergang versprochen hast?"

Sie lachte verlegen. „Ja. Das ist lange her."

„Dennoch war es ein Versprechen. Und Versprechen muss man halten, findest du nicht?"

„Auf jeden Fall."

„Willst du es heute einlösen?"

Sie zögerte einen Herzschlag lang. Dann aber sagte sie: „Gehen wir."

Sie folgten einem Pfad, der sie tiefer in den Wald führte. Tassilo wusste nicht so recht, wie er beginnen sollte, und beschloss deshalb, an ihr besonderes gemeinsames Erlebnis zu erinnern.

„Ich denke noch oft an den Tag, als wir der Kaiserin begegneten. Als die Sonne sich plötzlich verfinsterte. Geht es dir auch so, Richarda?"

„Vermutlich wird keiner, der damals dabei war, diesen Tag je vergessen."

„Die Kaiserin, sie war so stolz, so schön und so edel. Was für ein Jammer, dass sie schon bald darauf starb."

„Ich weinte, als ich es erfuhr."

„Sie war jede Träne wert, die um sie vergossen wurde."

„Das war sie. Doch vermutlich bist du nicht gekommen, um mit mir über die Kaiserin zu sprechen."

Er blieb stehen und unterdrückte den Impuls, sie an den Händen zu fassen. „Meinem Vater und mir ist Erstaunliches zu Ohren gekommen", sagte er.

„Du meinst die Sache mit der Krankheit? Ja, wir haben uns alle große Sorgen gemacht."

„Man sagt, *du* hättest das Höllenfeuer gelöscht, Richarda."

„Eine Übertreibung. Es waren die Kräuter der Klausnerin, das Meiden von Brot und die Gebete der Erkrankten, die es zum Erliegen brachten."

„Aber es war allein deine Vermutung, die Ursache könne in verdorbenem Mehl liegen."

„Nur ein Zufall." Sie erzählte ihm, wie Wigbert sie auf diesen Gedanken gebracht hatte.

„Ich werde dem Müller einmal gehörig auf den Zahn fühlen."

„Tu ihm kein Unrecht, Tassilo. Wahrscheinlich ist er schuldlos. Die Klausnerin glaubt, dass es der verregnete Sommer war, der dem Getreide Schaden zufügte."

„Wie ist es möglich, dass die Tochter eines Bauern so klug sein kann?"

„Es ist die Klugheit der Klausnerin."

„Deine Bescheidenheit ehrt dich, Richarda. Sie kann aber nicht verschleiern, was für ein einzigartiges Wesen du bist."

„So wie jedes Wesen einzigartig ist."

„Die meisten Wesen sind dumm oder garstig, sie betrügen, lügen oder stehlen, sie sind lüstern, trunksüchtig und bestechlich, unehrlich, gottlos und boshaft, gehässig und neidisch. Zugegeben, sie sind nicht immer alles zugleich, doch etwas davon steckt in jedem von uns. Du aber bist anders."

Richarda lachte, was Tassilo betrübte. Denn sie lachte in einer Weise, wie man sich über eine törichte Rede amüsiert.

„Genug davon, junger Herr. Sonst muss ich am Ende noch annehmen, du seiest der Teufel, der mich verführen will."

Sie hatte ja recht! Seine Schwärmereien mussten in ihren Ohren albern klingen. Wie das Geschwafel eines liebestollen Jünglings. Warum hatte er sich nicht besser auf diese Begegnung vorbereitet? Es war seine alte Schwäche, das Reden fiel ihm nicht leicht. Wenn er doch einmal mehr sprach als üblich, dann erschien es ihm selbst oft wie haarsträubender Unsinn.

„Vergib mir." Das schien ihm das Vernünftigste zu sein, was er in diesem Moment sagen konnte.

„Ich vergebe dir! Aber ich möchte eine Bitte äußern."

„Wenn es in meiner Macht liegt, werde ich sie dir gewähren."

„Die Ernte war schlecht, und die Krankheit hat auch manches Vieh dahingerafft. Sag deinem Vater, er möge nachsichtig mit den Bauern sein. Viele werden die Abgaben nicht pünktlich entrichten können. Es wird ein echter Hungerwinter, der uns da bevorsteht."

„Ich verspreche, dass ich mit ihm rede."

„Vielleicht kannst du ihn überzeugen, an die Bedürftigen eine Wagenladung Getreide verteilen zu lassen. Es wäre eine sehr großherzige Tat."

Wie hoch stünde er wohl in ihrem Ansehen, wenn er den Vater, der im Grunde seines Wesens geizig und unbarmherzig war, tatsächlich davon überzeugen könnte?

„Ich will es versuchen. Wäre ich der Gaugraf, hättest du meine Antwort bereits."

Er wünschte sich, sie würde ihn nicht anlächeln, es hätte ihm die Sache vereinfacht. Es war sinnlos, sich in sie zu verlieben. Eines Tages würde er der Gaugraf sein. Er dachte an seinen Vater, der wohl nie vor solchen Fragen gestanden hatte. Wenn ein Mädchen ihm gefiel, fand er meistens einen Weg ihm beizuliegen. Hinterher verschwendete er keinen Gedanken mehr an sie, Gefühle spielten keine Rolle.

Doch Richarda würde Tassilo weiterhin beschäftigen, das stand schon jetzt außer Frage. Oder bildete er sich nur ein, in ihrem Blick etwas wie Zuneigung zu erkennen?Gewiss, sie war wohl nicht in ihn verliebt, doch er schien ihr auch nicht gleichgültig zu sein. Zumindest verachtete sie ihn nicht, wie hätte sie ihn sonst auf diese Weise anblicken können? Sie versetzte ihn, vermutlich ohne jede Absicht, in Unruhe.

Aus den Augenwinkeln nahm er eine Bewegung wahr: Jemand versteckte sich im Gebüsch. Tassilo konnte sich denken, wer ihnen gefolgt war.

„Dein Bruder gibt gut auf dich acht, nicht wahr?“, sagte er, ohne seine Entdeckung preiszugeben.

„Er behütet mich wie ein Kleinod. Selbst dann, wenn ich lieber allein wäre.“

„Ich bin froh, dass du einen Beschützer hast.“

„Und ich will nicht klagen. Einen besseren Bruder hat niemand auf dieser Welt.“

„Dann solltest du jetzt besser heimkehren, Richarda. Sonst macht er sich noch Sorgen um dich.“

Sie gingen zum Hof zurück, gefolgt von Gero, den Tassilo in dem Glauben ließ, er sei unentdeckt geblieben.

20.

Im fünften Jahrhundert A.D.: Gressiona

Rückblickend, in ihrem trostlosen Versteck kauernd, erschien Ricarda ihre Proklamation zur Königin von Gressiona wie ein lächerliches Possenspiel. Noch lächerlicher aber war, dass sie sich wie eine Königin gefühlt hatte. Gewiss, anfangs war ihr alles wie ein unwirklicher Traum vorgekommen. Agnes' Zweifel hatten sie keineswegs unberührt gelassen. Doch mit jedem Tag, den sie als Königin verbrachte, war ihre Überzeugung gewachsen, dass alles einen Sinn ergab. Zwar war sie nie so naiv gewesen zu glauben, dass Pontifex Grannus nicht ein Instrument in ihr sah. Ihr ererbter Reichtum, die Erzminen, sie hatten in Grannus' Planungen stets eine Rolle gespielt. Indem er sie zur Königin machte, nahm er sie zugleich in die Pflicht, den Profit, den ihre Gruben abwarfen, zum Wohle des kleinen Königreiches einzusetzen. Grannus – eine bemerkenswerte Klugheit konnte man ihm in solchen Dingen nicht absprechen – sorgte für ein gerechtes Steuersystem, das die einfachen Bauern und Handwerker nicht schröpfte, die Wohlhabenderen jedoch, ohne ihren Reichtum ernstlich zu schmälern, zur Kasse bat, zum Wohle Gressionas. Bald war sogar Geld da, um Soldaten anzuwerben; junge Männer aus der weiten Umgebung strömten herbei, um in der Armee Gressionas, befehligt durch Lucius Volcatius, zu dienen. Zwei Garnisonen - eine im Westen Gressionas, unweit von Varneum, die andere am östlichen Ende – gaben den Bewohnern das Gefühl von Sicherheit.

Jetzt war Lucius tot, doch die Erinnerungen konnten ihr auch die berserkernden Hunnen da draußen nicht nehmen. Die erste Begegnung an jenem denkwürdigen Tag ihrer Proklamation: Mit stolzem Lächeln stand er vor ihr und eroberte ihr Herz, obgleich sie dies zu diesem Zeitpunkt noch nicht wusste. Später, im Tempel, sprach sie mit ihm, und ihre stille Befürchtung, Lucius könnte womöglich nichts weiter sein als ein grobschlächtiger Krieger, zerschlug sich. Sie waren Feuer und Flamme füreinander, doch erst viel später gestanden sie sich dies ein. Vermutlich hatte Grannus es vor ihnen begriffen, denn schon damals war ihm anzumerken, dass er eine allzu große Vertrautheit zwischen der Königin und dem Heermeister Gressionas nicht dulden würde.

So kam es, dass sie sich in den ersten fünf Jahren nur selten begegneten. Wenn es doch geschah und sich die Möglichkeit bot, ein paar Worte zu wechseln, so war es ihnen, als hätten sie gestern noch miteinander gesprochen. Nie kam Fremdheit zwischen ihnen auf, auch wenn sich der Pontifex alle erdenkliche Mühe gab, sie voneinander fernzuhalten.

Ricardas Alltag war unspektakulär. Sie bewohnte weiter die elterliche Villa, die gleichwohl von den Leuten als königlicher Palast bezeichnet wurde. Bewacht wurde die Residenz stets von einem kleinen Trupp. War sie unterwegs, so ging sie nie ohne Geleit, der Pontifex bestand darauf. Nach einer Weile fragte sich Ricarda, ob dies der Sorge um ihre leibliche Unversehrtheit geschuldet war oder doch vielmehr der Befürchtung, sie könne beschlossen haben, ihre Jungfräulichkeit zu verlieren. Ihre Begleiter empfand sie deshalb mehr als Bewachung denn als Beschützer.

Fast täglich kamen Leute des Pontifex zu ihr, um Urkunden oder Verträge unterzeichnen zu lassen. Stets prüfte sie genau, was es damit auf sich hatte, denn keinesfalls wollte sie lediglich Grannus' Handlangerin sein. Doch es schien, als seien Grannus' Anordnungen klug und zum Wohle Gressionas getroffen, selten kam es zu Unstimmigkeiten zwischen ihnen. Ricarda gefiel sich mitunter darin, dem Pontifex Vorschläge zu unterbreiten, und der Pontifex schlug ihren Rat niemals in den Wind. Grannus wusste nur zu gut, dass Ricarda sich nicht alles gefallen lassen würde. Weil demnach alles in erstaunlichem Einvernehmen geschah, fand sich Ricarda mit der ihr zugedachten Rolle ab. Glücklicher als früher war sie deshalb nicht. Die Leute liebten und verehrten sie, doch etwas fehlte in ihrem Leben.

In ihrem Versteck dachte Ricarda zurück an den Tag, als ihr Leben eine neue Wendung nahm, im Guten wie auch im Schlechten.

*

Ricarda hatte sich für Orpheus entschieden, der mit dem Spiel seiner Harfe wilde Tier beruhigen konnte. Die Vorstellung, dass Gesang und Dichtkunst Wildheit und tierische Grausamkeit zu bändigen vermochten, gefiel ihr. Also sollte Orpheus‘ Bildnis künftig den Boden des Tricliniums schmücken. Vor zwei Tagen hatte der beauftragte Künstler damit begonnen, das Mosaik zu legen, und schon erkannte man Kopf und Oberkörper des Lyra schlagenden griechischen Dichters. Ein Adler hockte zu seiner Rechten auf einem Fels, vermutlich soeben gelandet, denn noch halb geöffnet waren seine Flügel. Der Blick des Raubvogels war auf Orpheus gerichtet, als sei er verzaubert von dem, was er sah und hörte. Links von Orpheus war ein Baum zu sehen, dessen Krone sich ihm zuneigte; selbst die Pflanzen hatte der Grieche durch sein Spiel zu betören gewusst. Später würden noch andere Tiere hinzukommen, ein Löwe, ein Tiger, ein Widder, ein Wildschwein, ein Leopard: Sie alle würden sich um Orpheus scharen, ihre Wildheit vergessend.

Fasziniert beobachtete Ricarda den Künstler bei seiner Arbeit. Fast schien es ihr, als könnte sie die Klänge der Lyra hören. Agnes, die neben ihr stand, hatte für solche Bildnisse keinen Sinn.

„Ein Heide, der sich die Natur untertan macht, dass ich nicht lache“, äußerte sie.

Ricarda schmunzelte. „Schon damals konnte dein Christengott nicht überall sein.“

„Und ob. Er kann es heute, er konnte es damals, er wird es immer können.“

„Nun gönne dem guten Orpheus doch das kleine Schauspiel. Dein Christus wird es schon nicht so verbissen sehen.“

Agnes schwieg. Sie hatte es bis jetzt nicht geschafft, ihre Herrin vom Christentum zu überzeugen, da würde eine Debatte über den Sinn und Zweck dieses Bildnisses erst recht nichts bewirken.

Der Pfortensklave Brenno meldete Ricarda einen Gast. „Heermeister Lucius Volcatius wünscht dir einen Besuch abzustatten, Herrin."

Ricarda glaubte sich verhört zu haben. „Lucius? Aber er hat mich noch nie besucht."

„Soll ich ihn fortschicken?", fragte Brenno gleichgültig.

„Untersteh dich! Führe ihn in den Garten, dort will ich ihn empfangen."

Brenno ging, und Agnes grinste ihre Herrin an. „In den Garten? Du willst wohl allein und ungestört mit ihm sein."

„Mein gutes Recht als Königin. Was ist mit meinem Haar? Ist es geordnet?"

„Es ist wunderschön. Aber willst du es nicht mit einem Schleier bedecken?"

„Auf keinen Fall. Hol mir lieber die blaue Stola aus dem Kleiderzimmer."

Ihr Herz pochte, als sie in den Garten ging, wo Lucius die Rosenranken betrachtete.

„Wo man auch hinblickt, überall ist nur Schönheit zu sehen", sagte er zur Begrüßung und neigte den Kopf. „Meine Königin!"

Er trug Tunika und Pallium, was Ricarda erstaunte. „Wo ist dein Feldherrenmantel, wo dein Schwert, Heermeister? Bist du denn nicht als Soldat hier?"

„Ich hatte das Bedürfnis, wie ein Zivilist vor meiner Königin zu erscheinen."

„Ob der Pontifex das guthieße?"

Beide lächelten.

„Der Pontifex muss nicht alles wissen", sagte er listig.

„Wenn du nicht in deiner Eigenschaft als Heermeister gekommen bist, was verschafft mir die Ehre deines Besuches?"

„Vielleicht nur der Wunsch, dich zu sehen, Ricarda."

Es geschah nicht oft, dass Ricarda sprachlos war, doch in diesem Augenblick wusste sie nichts zu sagen. Ein Glücksgefühl drohte sie zu überwältigen. Und sie wünschte sich beinahe, die Zeit würde stillstehen.

„Wenn du jedoch zu beschäftigt bist, verschwinde ich auf der Stelle“, fuhr Lucius fort, „es liegt mir fern, dir die Zeit zu stehlen.“

„Nicht im Traum fiele es mir ein, dich fortzuschicken!“ Immerhin, jetzt mochte er ahnen, dass er ihr nicht gleichgültig war.

Eine Weile herrschte verlegenes Schweigen zwischen ihnen.

„Wie kommt es, dass du immer noch nicht geheiratet hast?“, hörte Ricarda sich sprechen, und sie schalt sich selbst eine Närrin für diese ungehörige Frage. Was war bloß in sie gefahren?

Lucius aber antwortete ihr ohne jedes Befremden. „Weil es keine Frau gibt, der mein Herz gehört.“

„Ist das so?“

„Nein, es ist gelogen. Denn es gibt sie durchaus, diese Frau. Doch leider ist sie unerreichbar für mich.“

Sie starrten auf die Rosenstauden, deren Duft betörend in der Luft lag. „Ich hoffe“, sagte Ricarda leise, „dass du nicht allzu sehr darunter leidest. Doch wer immer diese Frau auch sein mag, sie leidet vermutlich auf ähnliche Weise.“

„Uns Menschen wird es niemals möglich sein, sich dem Leid gänzlich zu entziehen.“

„Ist es wahr, dass du Christ bist, Lucius?“

„So ist es.“

„Dann ist Leid dir nichts Fremdes.“

„Wir Christen ergötzen uns nicht am Leid, auch wenn uns das häufig vorgeworfen wird. Christus starb am Kreuz, um die Menschen zu erlösen, nicht um ihnen Leid zu bringen.“

„Jetzt sprichst du wie Agnes.“

„Deine Sklavin ist eine kluge Frau.“

„Glaubst du, dass sie klüger ist als ihre Herrin?“

„Ich kann das kaum beurteilen. Nur eins weiß ich, sie ist sehr hübsch. Wenn auch nicht so hübsch wie ihre Herrin.“

„Agnes‘ Herrin bekommt häufig Schmeicheleien zu hören, sodass sie an deren Aufrichtigkeit zweifelt.“

Er sah ihr tief in die Augen. „Also hältst du mich für einen notorischen Lügner?“

„Du müsstest schon beweisen, dass du deine Worte ernst meinst.“

„Und wie könnte ich das tun?“

„Lass dir etwas einfallen. Du weißt doch sonst mit Worten umzugehen.“

„Manchmal reichen Worte nicht mehr aus, Ricarda.“

Sanft nahm er ihr Gesicht zwischen seine Hände. Sie sahen sich lange an, dann küssten sie sich. Noch eindringlicher als vorhin erwachte in ihr die Sehnsucht nach einem Stillstehen der Zeit. Plötzlich ließ er von ihr ab, als sei er erschrocken über sich selbst.

„Verzeih mir, Ricarda“, sagte er. Unterdrückte Leidenschaft ließ seine Stimme beben.

„Du hast nichts getan, was gegen meinen Willen gewesen wäre, Lucius.“

Noch immer spürte sie seine Lippen, schmeckte seine Zunge. Das Verlangen, diesen Mann zu lieben, war mächtig. Für einen Moment glaubte sie, an einem Fenster der Villa die Köchin Tartula zu erblicken. Falls man sie gerade beobachtet hatte, war das Vorgefallene nicht nur ein Geheimnis zwischen ihr und Lucius.

„Es war nicht recht von mir“, beharrte Lucius.

„Weil du es bereust?“

„Ich kann und will nicht bereuen, dass ich dich liebe. Aber dass ich uns in Versuchung führte ...“

„Noch hast du mir meine Jungfräulichkeit nicht genommen, Lucius.“

Er erwiderte ihr Lächeln, wurde aber rasch wieder ernst. „Ich muss dir etwas sagen, Ricarda. Schon seit Langem drängt es mich, dich deshalb aufzusuchen. Es geht um die Sicherheit Gressionas.“

Ein Blitz der Enttäuschung durchfuhr sie. So war er letztlich doch nicht ihretwegen gekommen?

„Es herrscht Frieden“, begann Lucius, „doch es ist nur noch eine Frage der Zeit, bis Franken, Alemannen oder gar Hunnen unseren Reichtum wittern. Gewiss, wir haben in den vergangenen Jahren ein kleines Heer aufstellen können, und ich bin sicher, dass diese Männer zu kämpfen verstehen, sobald uns Gefahr droht. Und doch, es wird nicht reichen, Gressiona zu schützen, wenn es soweit ist. Zu groß ist die Zahl der Barbaren, zu bescheiden die Bewaffnung meiner Männer."

„Ich werde dem Pontifex vorschlagen, das Heer zu vergrößern und die Bewaffnung zu verbessern."

„Glaubst du etwa, ich hätte das nicht längst schon versucht? Grannus hört nicht darauf. Die Kosten zur Unterhaltung des Heeres seien ohnehin zu hoch, beschwert er sich. Feindliche Horden hätten nicht den Mut, Gressiona anzugreifen, und er glaubt allen Ernstes, dies würde ewig so bleiben, weil ja die alten Götter uns beschützen."

Er schwieg und sah auf das bronzene Medaillon, das sie auf der Brust trug.

„Sei nicht so streng mit dem alten Jupiter", erwiderte sie seufzend. „Immerhin war er uns bis heute tatsächlich wohlgesonnen."

„Ricarda, ich meine es ernst. Gressiona ist in Gefahr. Du magst nicht an Christus glauben, weil dieser Glaube dir fremd ist. Dass aber eine kluge Frau wie du an närrische alte Götter glaubt, das erscheint mir kaum denkbar. Dem Pontifex mag dieser Götterglaube gut in die Karten spielen, aber wir beide wissen nur zu gut, dass die Wirklichkeit nichts mit der Gunst des Jupiter zu tun hat."

Ricarda kam sich vor wie ein geschulmeistertes Kind. Jedem anderen hätte sie trotzig dagegengehalten, doch bei Lucius war alles anders. Denn zum einen hatte er recht, zum anderen liebte sie ihn. Ja, sie liebte ihn, dessen war sie sich nun völlig sicher.

„Aber was können wir tun?", fragte sie mit belegter Stimme.

Er schaute sehr nachdenklich drein. Dann sagte er leise: „Ricarda! Willst du wirklich die Königin von Gressiona sein?"

„Wie meinst du das?"

„Kannst du dir vorstellen, mit mir nach Rom zu gehen, wo meine Familie lebt?"

Sie schluckte. Und ob sie sich das vorstellen konnte! Endlich glücklich sein an der Seite eines Mannes, den sie liebte. Sie würden Kinder haben, Kindeskinder, gemeinsam alt werden. Ihr Dasein als Königin, sie würde es nicht im Geringsten vermissen.

Aber Zwiespälte blieben. „Wären wir nicht Verräter?“, fragte sie zweifelnd.

„Wir müssen nicht fliehen wie Diebe in der Nacht. Ich habe Grannus nicht mein Leben vermacht. Weder ihm noch sonst jemandem schulde ich Rechenschaft. Sollen sie doch einen Anderen zum Heermeister machen. Und eine Andere zur Königin.“

Sie dachte lange darüber nach. Lucius' Argumente waren plausibel. Und doch war es keineswegs so einfach, wie er glaubte. Einen fähigen Heermeister schüttelte man nicht aus den Bäumen. Und die Menschen Gressionas verehrten ihre Königin, Ricarda fühlte sich ihnen durchaus verpflichtet. Wer würde ein wachsames Auge auf den machthungrigen Grannus haben, wenn sie einmal fort war?

Sie fasste Lucius zärtlich am Arm; es war ihr gleich, ob jemand sie beobachtete. „Ein Leben mit dir wäre das Schönste und Beste, was ich mir vorstellen kann, Lucius. Aber wir dürfen die Sache nicht überstürzen. Vielleicht wird die Zeit kommen, wo wir nur für uns sein können.“

„Ja, vielleicht“, entgegnete er nicht ohne Bitterkeit. „Vorausgesetzt, es ist dann nicht zu spät, Ricarda.“

Sie wollte sich ihm in die Arme werfen, ihn trösten und sich trösten lassen, ihren Verdruss über ihr Schicksal in die Welt schreien, doch ein Räuspern ließ sie innehalten.

Der Pfortensklave stand hinter ihr und meldete einen weiteren Besucher.

„Der edle Claudius, Herrin.“ Er rümpfte die Nase.

„Führ ihn her!“

Brenno nickte und ging.

„Es ist nicht gut, wenn Claudius mich bei dir sieht“, sagte Lucius. „Ich sollte verschwinden.“

„Hast du nicht vorhin noch getönt, dass du niemandem Rechenschaft schuldest?“

„Claudius kann mir gestohlen bleiben. Ich dachte an dich, ich will nicht, dass du meinetwegen Grannus' Missfallen erregst.“

„Bleib!“

Sie reichte ihm eine Hand. Lucius ergriff sie.

Wenn Claudius der Anblick des händehaltenden Paares überraschte, so zeigte er es nicht deutlich, er hob lediglich eine Augenbraue. Dann verneigte er sich leicht.

„Auf den Pontifex wurde ein Attentat verübt", verkündete er ohne Umschweife. „Der Pontifex lebt, der Täter wurde gefasst. Noch heute soll er hingerichtet werden."

„Wer ist es?", fragte Ricarda, bleich geworden.

„Julian, der christliche Eiferer. Der Pontifex wünscht, dass du seinem Urteil zustimmst. Und du, Heermeister, sollst die Hinrichtung mit deinen Männern selbst überwachen."

*

In seinem Tempel zu Varnenum war Grannus in der Nacht niedergestochen worden. Der Dolch des Attentäters hatte ihn lediglich an der Schulter verletzt. Der Täter floh, als Grannus um Hilfe rief.

Obwohl es im Tempel dunkel gewesen war, behauptete der Pontifex, den Mann erkannt zu haben. Julian, ein christlicher Prediger, der den Pontifex des Öfteren öffentlich beschimpft hatte, wurde bald darauf in seinem Haus festgenommen. Er stritt die Tat ab, und seine Frau behauptete, er sei die ganze Zeit über bei ihr gewesen. Doch half ihm das nichts, zumal man an seiner abgelegten Tunika Blutflecken entdeckte. Der Beschuldigte sah sich als Opfer einer Intrige, das Blut habe man mutwillig auf seine Kleidung gebracht. Gleichwohl verurteilte der Pontifex ihn zum Tode.

Wenngleich der Delinquent die Mordtat verneinte – wer, außer Agnes, wollte schon am Wort des obersten Tempelpriesters zweifeln? –, war sein Schicksal besiegelt. Agnes beschwor ihre Herrin, die Sache gründlich untersuchen zu lassen, da sie an der Schuld ihres Glaubensbruders zweifelte. Doch die Zeit drängte. Eine Konfrontation mit Grannus wollte Ricarda nach Möglichkeit vermeiden. Schweren Herzens stimmte sie der Hinrichtung zu. Noch am selben Tag wurde der Prediger Julian auf dem Forum in Grecenich enthauptet.

Tagelang sprach Agnes mit ihrer Herrin nur das Nötigste. Die Verachtung ihrer Sklavin war verständlich, Ricarda hasste sich bald selbst dafür, dass sie den rachsüchtigen Grannus nachgiebig hatte walten lassen. Ein Mensch war gestorben, weil sie es vorgezogen hatte, einer Auseinandersetzung mit Grannus aus dem Weg zu gehen, die Gerechtigkeit war auf der Strecke geblieben.

Ricarda ahnte, dies war der Anfang vom Ende ihres kleinen Reiches. Und auch sie trug daran Schuld.

21.

Spätherbst 998 A.D.

Im weinseligen Zustand klagte Bartholomäus, der Dorfpriester zu Aeccheze, dem Gast, den er im Grunde nicht ausstehen konnte, sein Leid. Erzählte, wie der tumbe Bauer Pippin ihm gedroht und ihn kurzerhand vor die Tür gesetzt hatte. Ihn, einen Diener Gottes, der sich doch nur um das Seelenheil seiner Schäfchen sorgte. Und alles nur wegen dieser Kröte, die offenbar allen Menschen den Verstand vernebelte. Was wiederum an der Klausnerin lag, dieser vorgeblichen Heiligen, unter deren Einfluss sie stand.

„Sie glauben wahrhaftig, dass sie es war, die dem Höllenfeuer Einhalt gebot."

Der Gast, es handelte sich um den Wandermönch Magnus, nickte knapp. „Ja, ich hörte davon."

„Wenn das stimmt, dann war nichts als Zauberei im Spiel. Hätten sie mich wie einen tollwütigen Köter verjagt, wenn ihr Gewissen rein wäre?"

„Was regst du dich auf? Niemand ist mehr krank, und dich hat's nicht erwischt. Hast auch du das Brot gemieden?"

„Ich habe gefastet, Magnus. Das würde auch dir ab und an nicht schaden."

„Fasten ist nichts für mich. Ich brauche meine Kräfte, denn ich muss weite Wegstrecken zurücklegen, um den Menschen das Wort Gottes zu verkünden. Der Herr hat dafür Verständnis."

Bartholomäus zischte verächtlich. Der feiste Wandermönch, ein Schmarotzer ohnegleichen, war ihm zuwider. Auch mit seiner Frömmigkeit war es nicht so weit her, wie der Heuchler behauptete. Seine Kenntnisse von der Heiligen Schrift waren spärlich. Und ein Lüstling war er auch. Aber im Augenblick war er nun mal sein Trinkkumpan. Zwar soff der Gauner in Kutte ihm jetzt den gesamten Weinvorrat leer, aber immerhin besaß er ein Ohr für ihn.

„Hat der Herrgott etwa auch Verständnis für deinen enormen Durst?", knurrte der Dorfpfarrer.

Magnus wedelte grinsend mit dem Zeigefinger. „Was schimpfst du über den Splitter im Auge deines Bruders?"

„Ha, du weißt doch nicht einmal, in welchem Evangelium diese Worte zu finden sind."

„Als ob das von Wichtigkeit wäre. Auf dein Wohl, Barthel!" Ein weiterer Becher verschwand in seinem Rachen.

„Auf dein Wohl, Magnus. Obwohl es besser wäre, auf dein Seelenheil zu trinken."

Der feiste Mönch lachte nur. Er ließ sich einfach nicht herausfordern. „Was soll's", sagte der Dorfpfarrer und füllte die Becher nach.

„Verbitterung ist ein schlechter Wegbegleiter, Barthel."

„Besten Dank für den wertvollen Ratschlag."

Der Wandermönch senkte die Stimme. „Sei ehrlich, am liebsten würdest du den Pippin und seine Sippe bestrafen. Eine kleine Sühne, wenn man so will."

„Mein ist die Rache, so spricht Gott."

„Wer redet denn von Rache. Aber eine kleine Lektion - "

„Überhaupt, was geht dich das an? Willst *du* mir Gerechtigkeit zukommen lassen?"

„Warum nicht?"

„Das zu glauben, fällt mir schwer. Auf dein Wohl und dein Seelenheil, Magnus."

„Auf die Gerechtigkeit, Barthel."

Sie tranken.

„Und auf welche Weise", fragte Bartholomäus mit zögernder Neugier, „könnte mir Gerechtigkeit widerfahren?"

Magnus kratzte sich den roten Bart. „Oh, mir fiele da gewiss schon etwas ein."

„Das glaube ich dir. Und was wäre der Lohn, den du für deine Dienste verlangst?"

„Lohn? Ich bitte dich. Unter Brüdern in Christo." Er starrte auf das silberne Kreuz auf der Brust des Dorfpfarrers. Dieser nahm es zwischen seine Finger.

„Gefällt dir, nicht wahr?"

„Ist es aus echtem Silber?“

„Das will ich meinen.“

„Dann gib’s mir, wenn du mich unbedingt entlohnen möchtest. Ich will es verkaufen und den Erlös den Armen stiften.“

„Gewiss doch. Welche kleine Bestrafung schwebt dir denn vor, um das unverschämte Verhalten des Bauern zu sühnen?“

Magnus faltete die Hände feierlich zusammen. „Ich kenne Pippin und seine Familie. Früher hat er sein Weib beinahe täglich aufs Ärgste verprügelt. Seit einigen Jahren macht er das jedoch nicht mehr.“

„Vermutlich bekäme er Ärger mit seinem Sohn. Der ist ihm inzwischen über den Kopf gewachsen.“

„Ich vermute eher, dass die Klausnerin dahinter steckt, die immer so daherredet, als sei sie bei der Geburt Christi als Hebamme dabei gewesen. Irgendwann muss sie ihm einen Floh ins Ohr gesetzt haben.“

„Na und?“

„Tja, wenn du willst, hole ich den Floh wieder heraus.“

„Das bringst du fertig?“

„Und ob, du kennst mich.“

„Was soll das alles bringen?“

Magnus spreizte die Hände und musterte ihn unter halb gesenkten Lidern. „Denk doch mal nach. Wenn er wieder damit anfängt, die Weiber in seinem Haus zu schlagen, dann ist das eben Teil ihrer Buße.“

„Wie perfide du bist. Doch es waren vor allem der Bauer und sein Sohn, die mich demütigten, weniger die Weiber.“

„Die beiden Kerle werden sich rasch in die Haare kriegen, wenn der Alte die Weiber verprügelt. Der Sohn vergöttert seine Schwester Richarda, er wird das dem Alten nicht durchgehen lassen.“

„Und schon bald fliegen im Haus des Pippin munter die Fäuste.“

„Du kannst es ja schlecht selbst erledigen. Dafür bist du zu schwach auf der Brust.“

„Vor allem bin ich Priester.“

„Auch Priester sind nur Menschen. Was hältst du nun von meinem Plan?“

„Er ist perfide, ich sagte es bereits."
Nach drei weiteren Bechern Wein war der Dorfpfarrer mit allem einverstanden. Und das silberne Kreuz wechselte den Besitzer.

*

Anderentags begab sich der Wandermönch Magnus zum Gehöft des Pippin: Ein Plausch mit dem Bauern unter vier Augen war vorgesehen. Pippin aber, der an der Seite Rothaids seinen Acker beharkte, war alles andere als entzückt, als er den untersetzten Kuttenträger näherkommen sah. Hatte er sich nicht erst kürzlich noch über diesen dreisten Dorfpfarrer aufgeregt? Was wollten die Pfaffen bloß von ihm?

„Pippin, auf ein Wort!", rief der Wandermönch.

Unwillig schritt Pippin auf ihn zu. Die Harke aber hielt er fest in seinen Händen, als sei sie ein Schlagstock.

„Was willst du? Schickt dich Bartholomäus, um mir die Leviten zu lesen?"

„Ruhig Blut, Pippin. Niemand will dir etwas Böses."

„Ach nein? Da bin ich aber froh, dass du mich nicht verdreschen möchtest, du fetter Zwerg."

„Es ist wahr, ich habe mit dem Dorfpriester über dich gesprochen", räumte Magnus ein.

„Der Kerl hat mich beleidigt. Und meine Tochter."

„Er hat sich vor allem Sorgen gemacht, Pippin. Um euer Seelenheil."

„Von Zauberei sprach der Lump."

„Es ist seine geistliche Pflicht, solchen Dingen auf den Grund zu gehen. Deine Tochter Richarda hat Großes geleistet. Doch man muss sicher sein, dass nicht der Teufel seine Hand im Spiel hat."

„Und zu welchem Ergebnis sind die hochwürdigen Herren gelangt? Ist Richarda von einem Dämon besessen?"

„Nein. Sie ist fromm und ohne Falsch."

„Wie erfreulich! Dann kannst du ja wieder verschwinden."

Der Wandermönch schüttelte seufzend den Kopf. „Nicht wegen Richarda bin ich gekommen, sondern deinetwegen, Pippin. *Du* bist es, der mir Sorgen macht."

„Ich?" Pippin wusste nicht, ob er lauthals lachen oder dem Kerl an die Gurgel gehen sollte. „Bin gespannt zu erfahren, Mönch, weshalb du dir über mich den Kopf zerbrichst."

Magnus schielte zu Rothaid hinüber, die neugierig in ihrer Arbeit innehielt. Doch sie stand zu weit, um dem Gespräch der Männer lauschen zu können.

„Die Weiber", sagte Magnus leise. „Sie tanzen dir auf der Nase herum, Pippin."

„Was?"

„Nicht nur mir fiel das auf. Allzu leicht lässt du dich von deinem Weib und deinen Töchtern bevormunden. Du aber bist der Herr des Hauses. Du, niemand sonst, auch nicht dein Sohn. In der Bibel steht, dass die Frauen dem Mann untertan sind. Aus der Rippe des Mannes hat Gott sie erschaffen. Und der Apostel Paulus sagt, dass die Weiber zu schweigen haben. Nach den Männern haben sie sich zu richten, nicht umgekehrt."

Zwar vermochten die Worte des Wandermönchs Pippins Wut nicht gerade zu lindern, aber immerhin hatte er aufmerksam zugehört. „Warum sagst du mir das?"

„Weil ich will, dass deine Seele gerettet wird."

„Mein Seelenheil ist in Gefahr, weil ich zu gnädig zu den Weibern bin?"

Magnus schloss die Augen und atmete tief. Und fuhr fort, als müsse er einem schwerfälligen Kind etwas eintrichtern. „Unser Herrgott mag keine Lauheit, Pippin. Er will, dass wir seinen Geboten folgen. Die Weiber sind nicht dafür geschaffen, eigene Entscheidungen zu treffen. Auch um ihres eigenen Seelenheils Willen ist es geboten, sie nicht frei walten zu lassen. Ich erinnere mich gut, Pippin, dass du früher sehr standhaft warst. Was ist bloß mit dir geschehen? Was hat dir deine Entschlossenheit genommen?"

Pippin mahlte mit seinen Kiefern. Tausend Dinge gingen ihm durch den Kopf. Vergangenes. Das Kind, das er getötet hatte. Die Klausnerin, die es durch ihr Gebet wieder zum Leben erweckte. Sein heiliges Versprechen, nie wieder die Hand gegen Weib und Kinder zu erheben.

Als wüsste er genau, was dem Bauern durch den Kopf ging, sagte Magnus mit leichtem Entsetzen: „War es etwa die Klausnerin, die dich beeinflusst hat? Ein *Weib*? Und eine Häretikerin noch dazu? Was immer sie dir auch erzählt haben mag, es war gewiss nichts Gottgefälliges."

„Ich will nicht darüber reden, verstanden?"

„Wenn du vor dem höchsten Richter stehst, wird das Schweigen dir nichts nützen, Pippin. Und das wird bald sein, denn der Weltuntergang rückt unaufhaltsam näher. Ein Jahr noch hast du Zeit, dich zu läutern."

„Woher glaubst du zu wissen, dass die Welt tatsächlich untergeht?"

„Wer sagt dir, dass es nicht so sein wird? Alle Zeichen weisen darauf hin. Sei jederzeit bereit, vor den Herrn zu treten. Und fang am besten schon heute damit an, sich seinem Willen zu fügen. Denn laue Menschen sind dem Herrn ein Gräuel."

Richarda hatte sich, begleitet von dem alten Josef, auf den Weg gemacht, um den auf dem Acker arbeitenden Eltern das Mittagessen zu bringen. Von Weitem sah sie den Vater mit Magnus, dem Wandermönch, beisammenstehen. Der Mönch schien beschwörend auf ihn einzureden, und der Vater hielt sich an der Harke fest, als wollte er auf diese Weise seine Fäuste in Zaum halten.

Der Wandermönch hatte sich Richarda gegenüber, wenn sie sich in der Vergangenheit begegnet waren, stets untadelig verhalten. Und doch, irgendetwas in seinem Wesen rief Widerwillen in ihr hervor. Vermutlich war sie einfach nur ungerecht, und im Stillen bat sie Gott um Vergebung für ihre missgünstigen Gedanken.

„Laue Menschen sind dem Herrn ein Gräuel", hörte sie dem Mönch sprechen, als sie die beiden fast erreicht hatte.

Sie räusperte sich, und die Männer sahen sie an.

„Oh, da ist sie ja, unsere kluge Heilerin!“, sagte Magnus und verbeugte sich leicht.

Der Hund knurrte ihn an.

„Still, Josef!“, gebot ihm Richarda und begrüßte den Mönch mit einem Nicken.

„Was willst du?“, fuhr Pippin sie an.

„Ich bringe das Essen.“

„Stell es ab und glotz keine Löcher in die Gegend. Oder hast du nichts zu tun?“

Richarda setzte den Korb, den sie trug, auf die Erde und machte sich wortlos wieder davon. Wenn Vater übel gelaunt war, dann ließ man ihn am besten in Ruhe. Hoffentlich wusste das auch jener Magnus.

Doch ihr war, als habe sie den Mönch kichern gehört.

22.

Ein bitterkalter Winter überzog das Land. Hunger breitete sich aus, doch zur Überraschung der notleidenden Menschen ließ Gaugraf Gerhard Getreide verteilen, sodass die Zahl der Kranken und Toten in Grenzen blieb. Ein Schneesturm im Januar, der fast eine Woche anhielt, bestärkte manchen in seinem Glauben, das letzte Jahr der Menschheit sei eingeläutet. Auch die Älteren konnten sich nicht an einen solch harten Winter erinnern. Die Behausungen der Menschen wurden zu Gefängnissen, in denen sie erbärmlich froren.

Als die Schneemassen im Februar schmolzen, riss die hervortretende Sonne die Menschen allmählich aus ihrer Bedrückung. Richarda hatte Judith seit Wochen nicht gesehen und war froh, sie lebend in ihrer Klause anzutreffen. Sie fielen sich in die Arme, und Richarda erschrak, wie dürr ihre Mentorin geworden war.

„Fasten reinigt, Richarda, mach dir keine Sorge um mein Wohlergehen. Erzähl lieber von dir. Wie ist es dir und den deinen ergangen?“

„Wir sind wohlauf. Die Mutter aber wirkt schwach und schwermütig. Und sie ist schreckhaft wie ein Reh. Ich wüsste nur zu gerne, was ihr den Lebensmut genommen hat.“

Die Klausnerin runzelte die Stirn. „Hat sie Wunden? Schrunden? Blutbeulen?“

„Woher wisst Ihr das? Tatsächlich neigt sie neuerdings zu Blutergüssen.“

Schweigend starrte die Klausnerin auf das Holzkreuz an der Wand.

„Glaubt Ihr an eine Krankheit?“, fragte Richarda besorgt.

„Ich weiß es nicht. Du bist eine gute Heilerin. Also halt Ohren und Augen offen.“

„Ach, ich habe mich danach gesehnt, wieder mit Euch beten zu können.“

„Dem steht nichts mehr im Wege.“

Später kamen Richarda die Worte der Klausnerin erneut in den Sinn. Als nämlich Gero sie mit ernstem Gesicht beiseite nahm.

„Unser Vater – vorhin sah ich, wie er die Mutter ins Gesicht schlug. Jetzt wissen wir, woher die Blutbeulen kommen."

„Warum tut er das?"

„Er ist ein Griesgram, der nicht zur Zuneigung fähig ist, geschweige denn zur Liebe."

„Aber er hat noch nie die Hand erhoben."

Gero nagte an seiner Unterlippe. „Früher behauptete Wigbert manchmal, unser Vater sei ein übler Schläger: Das hätten seine Eltern gesagt. Ich stritt es ab und dachte, Wigbert wolle mich nur reizen. Aber vermutlich hatte er recht."

„Dann müssen wir uns fragen, warum der Vater nach so langen Jahren wieder damit anfängt."

„Die Frage ist berechtigt. Aber ihm selbst wollen wir sie stellen. Heute Abend werde ich ihn mir vornehmen."

Das karge Abendmahl nahm die Familie wortlos ein, ein jeder in seine eigenen Gedanken vertieft. Bis Gero schließlich das Schweigen brach. Furcht hatte er vor dem Vater schon seit Langem nicht mehr.

„Ich will, dass du Mutter künftig nicht mehr schlägst, Vater."

Pippin sah ihn einen Moment lang ungläubig an. Dann lachte er rau. „Was geht dich das an, Junge? Halt gefälligst dein vorlautes Maul, sonst setze ich dich vor die Tür."

„Dazu bist du zu schwach, Vater."

„Gero, bitte", sagte Rothaid nervös. „Lass es nur gut sein, er ... Er hat mich nicht geschlagen."

„Er fühlte sich unbeobachtet, aber ich habe es genau gesehen. Er begnügte sich nicht etwa mit einer Ohrfeige, nein, mit der Faust prügelte er wild auf dich ein, wieder und immer wieder. Ich will nicht, dass er dich schlägt, Mutter. Auch deine Töchter wollen das nicht."

„Gero, was erzählst du da", sagte Gunda, der die Verwirrung ins Gesicht geschrieben stand.

„Halt die Klappe, Gunda. Nun, Vater, es ist mir ernst: Du wirst sie künftig nicht wieder schlagen, hörst du?"

„Wenn ich sie schlage“, erwiderte Pippin wutschnaubend, „dann habe ich meine Gründe dafür.“

„Und welche Gründe wären das wohl?“

„Darüber schulde dir keine Rechenschaft. Die Frau ist dem Mann untertan, das steht in der Bibel.“

„Vater“, warf Richarda vorsichtig ein, „in der Bibel steht auch: Selig sind die Friedfertigen und Sanftmütigen.“

„Dich hat niemand gefragt, Richarda. Derartiges kannst du mit der verrückten Klausnerin beschwatzen. Wenn ich es für nötig halte, mein Weib zu züchtigen, dann tue ich es.“

„Von jetzt an nicht mehr“, widersprach Gero erneut. „Und wenn doch, dann kriegst du es mit mir zu tun. Weiber schlagen kann jeder. Wirst du dich aber auch mit mir anlegen?“

„Du drohst mir? Deinem Vater?“

„Es liegt ganz bei dir, ob hier Frieden herrscht.“

„Das reicht.“ Pippin erhob sich abrupt, sodass der Tisch wackelte. Sofort tat Gero es ihm gleich, und im nächsten Augenblick prügelten sie ungehemmt aufeinander ein.

Der Vater war dem Sohn hoffnungslos unterlegen, schon saß Gero auf ihm, und Pippins Kiefer krachten unter seinen Faustschlägen. Richarda und Rothaid beschworen Gero, damit aufzuhören; erst als Richarda ihn regelrecht anflehte, ließ er ab von seinem Opfer. Pippin atmete schwer, seine Lippen waren aufgeplatzt, das Gesicht voller Blut. Mitleidlos sah Gero auf ihn herab. Dann pfiff er Josef herbei, der das Geschehen mit seinen alterstrüben Augen befremdet verfolgt hatte. Mit dem Hund verließ er die Hütte.

„Du lieber Himmel, sind denn hier alle wahnsinnig geworden“, fand auch Gunda ihre Sprache wieder.

Rothaid gab ihr einen Wink. „Hilf uns lieber, ihn aufzurichten.“

Pippin ließ zu, dass Rothaid und die Töchter ihn behutsam auf sein Schlaflager betteten. Stöhnend sank er nieder, er sprach kein Wort, seine Augen blieben geschlossen.

„Hat er dich wirklich verprügelt, Mutter?“, fragte Gunda flüsternd. Aber Rothaid schwieg und vergrub ihr Gesicht.

*

Die nächsten Wochen verliefen ohne Zwischenfälle. Pippin redete nur noch, wenn es sich nicht umgehen ließ. Darüber hinaus strafte er jedes Mitglied der Familie mit Missachtung. Ein an Arbeit reiches Frühjahr ging vorüber. War der Winter der kälteste seit Menschengedenken gewesen, folgte nun ein glühendheißer Sommer. Und mit ihm, wie es nachher vielen schien, ein neues Omen.

Eines Nachts, wenige Tage nach dem Johannisfest, riss ein dumpfes Grollen die Menschen aus dem Schlaf. Kein Gewittergrollen, sondern es schien tief aus dem Inneren der Erde zu kommen, die bald darauf zu beben begann.

War das bereits das Ende der Welt?

Die Menschen rannten panisch aus ihren Behausungen, die über ihnen einzustürzen drohten. Ein Wetterleuchten ließ den Nachthimmel immer wieder aufflammen: Sammelten sich dort die Engel Gottes für das Jüngste Gericht?

Das Beben dauerte etwa so lange, wie man für das Beten von zwei Vaterunsern braucht. Den Menschen aber erschien es wie eine Ewigkeit. Nachdem sich die Erde wieder beruhigt hatte, verharrten die Menschen in atemloser Anspannung vor ihren Häusern. Die Zikaden, die schon vor dem unheimlichen Ereignis verstummt waren, nahmen ihr Zirpen wieder auf, als sei dies eine gewöhnliche Nacht wie jede andere.

Am nächsten Morgen offenbarten sich die durch das Beben angerichteten Zerstörungen: kein Haus, das keinen Schaden genommen hatte, einige Hütten waren vollständig in sich zusammengestürzt. In Aeccheze war die Behausung einer alten Witwe abgebrannt, weil Teile des Strohdaches in die Feuerstelle gestürzt waren. Die Witwe war dem Inferno nur knapp entkommen. Gleichwohl erfuhr man bald von Todesopfern. Sogar in des Gaugrafen Hügelburg hatte es eine Magd durch einen herabfallenden Balken erwischt.

Richarda hätte das Ereignis beinahe verschlafen. Ihr Bruder musste sie wachrütteln, nachdem die Erde zu beben begonnen hatte. Die ganze Familie floh ins Freie. Drinnen brüllte aufgeregt die Kuh, das Schwein quiekte wie unter dem Schlachtbeil. Als es vorüber war, zweifelte Richarda zum ersten Mal an ihrer Überzeugung, dass der Allmächtige keine Fingerzeige für das bevorstehende Ende der Welt gab.

Wie schon nach dem Winterende so trieb Richarda auch diesmal die Sorge um die Klausnerin in den Wald. Judith war wohlauf, und erstaunlicherweise hatte ihre Klause das Beben ohne Schäden überstanden.

„Ach, Magistra, was geschieht bloß mit dieser Welt?"

„Uns Menschen ist es nicht gegeben, die Zeichen des Himmels zu deuten, Richarda."

„Glaubt Ihr an das baldige Ende?"

„Meine Weisheit ist zu bescheiden, um dies zu beurteilen. Was bleibt uns übrig, als wachsam zu sein wie die klugen Jungfrauen und die Lampen stets gefüllt zu halten."

„Ich bin verwirrt wie noch nie in meinem Leben."

„Dazu hast du jedes Recht."

„Ich spüre Angst, wo ich früher ohne Sorge war."

„Große Veränderungen stehen bevor. In den Gründen deiner Seele spürst du das. Deshalb bist du voller Unruhe."

„Große Veränderungen aber bedingen den Fortbestand der Welt. Was denkt Ihr? Geht die Welt nun unter oder nicht?"

Die Klausnerin lächelte. „Wir werden es bald erfahren. Das Jahrtausend nähert sich seinem Ende."

„Manchmal denke ich, dass Ihr mehr wisst, als Ihr mir sagen wollt."

„Einmal mehr siehst du in mir einen Menschen, der ich nicht bin, Richarda. Schau nicht auf mich, wenn du an die Zukunft denkst."

Gedankenverloren trat Richarda den Heimweg an. In ihrem Leben hatte es Zeiten gegeben, wo die Besuche bei der Klausnerin ihr geistige Kraft verliehen hatten. Jetzt aber spürte sie nur Verwirrung. Die Welt wandelte sich – was hatte Gott mit der Menschheit vor?

Selbst die Natur erstarrte an jenem Tag in Ratlosigkeit. Obgleich es Sommer war und eine pralle Sonne am Himmel stand, war es kühl. Es ging ein leiser Wind, doch die Äste der Bäume bewegten sich nicht. Auffallend war zudem, dass sich kaum ein Tier zeigte, nicht einmal Insekten waren auszumachen. Flüchtig nahm Richarda süßlichen Verwesungsgeruch wahr, doch nirgendwo war ein Kadaver zu erblicken.

Ja, es war eine seltsame Welt, die sie umgab. Über dem Rymelsberg hingen schwere weiße Wolken. Richarda schalt sich eine Närrin, in allem nach Zeichen und Omen zu suchen. Die Klausnerin hatte recht, es blieb nichts weiter zu tun, als die Lampen stets gefüllt zu halten, wie die klugen Jungfrauen im Evangelium.

Richarda war überrascht, als plötzlich der Vater vor ihr stand, denn sie hatte ihn auf dem Feld gewähnt. Pippin versperrte ihr regelrecht den Weg und starrte sie finster an.

„Gibt es nicht Arbeit genug?“, sagte er grimmig. „Was streunst du schon wieder im Wald herum?“

„Ich werde nachholen, was meinetwegen liegen blieb“, versicherte ihm Richarda.

„Warst wohl wieder bei der Eremitin, he?“ Die Frage klang feindselig.

„Ich sorgte mich um sie und wollte sicher sein, dass es ihr gut geht.“

„So, du hast dir also Sorgen gemacht. Und ist sie wohlauf?“

„Es geht ihr gut.“

„Und ob. Warum sollte das Beben ihr Schaden zugefügt haben? Wo sie es doch selbst herbeigezaubert hat.“

Richarda sah ihm fest in die Augen. „Was redest du da für einen Unsinn?“

Pippins Ohrfeige traf sie mit voller Wucht. Entgeistert rieb sie sich die Wange, hielt seinem Blick aber stand.

„Künftig wirst du dich nicht mehr mit ihr treffen, hast du verstanden, Richarda?“

„Du verbietest es mir?“

„Ganz genau. Sie vergiftet deine Seele.“

Richarda schluckte. „Und wer hat deine Seele vergiftet, Vater?“

Pippin schlug für einen kurzen Moment die Augen nieder. „Ich bin es leid mit euch Weibern. Ich will nicht immerzu Fragen aus deinem Mund hören, wenn ich dir etwas sage. Für wen hältst du dich? Weißt du denn nicht, dass die Weiber den Männern untertan sind? Hat die Eremitenhexe dir das nie erzählt?“

Richarda wusste, es wäre besser gewesen zu schweigen, um den unseligen Zorn des Vaters nicht weiter anzufachen. Doch ihre Empörung war zu groß.

„Sie ist keine Hexe! Und das weißt du genau!“

Abermals holte Pippin zum Schlag aus.

Das Beben hatte Teile des strohgedeckten Daches heruntergerissen. Gero war hinaufgeklettert, um die Schäden auszubessern. Von oben sah er den Vater in den Wald gehen.

Das mulmige Gefühl einer Vorahnung überkam Gero. Rasch stieg er wieder herab, um dem Vater in einiger Entfernung zu folgen. Von Weitem wurde er Zeuge, wie Vater und Tochter sich begegneten. Gero konnte nicht hören, was die beiden redeten, doch dass der Vater Richarda ohrfeigte, entging ihm keineswegs. Erneut wechselten sie einige Worte, dann schlug der Vater sie ein weiteres Mal. Richarda stürzte zu Boden.

Seine Empörung war grenzenlos. Es gab vieles, was er einem Menschen verzeihen konnte, die Misshandlung der Schwester aber zählte nicht dazu. Folglich stand er kurz davor, endlich einzuschreiten und den Vater, wie schon einmal, zu maßregeln.

Dann aber durchzuckte ihn ein eisiger Gedanke. Gewiss, er konnte ihn windelweich prügeln, ihm sämtliche Zähne ausschlagen, ihm Arme und Beine brechen und ihn vollends zum Krüppel machen. Doch das würde den Tyrannen nicht aus der Welt schaffen.

Pippin hatte kehrtgemacht. Rasch huschte Gero hinter einen Busch und ließ ihn vorübergehen. „Verfluchte Klausnerin“, hörte er den Vater schimpfen. Geros besorgter Blick galt der Schwester, die sich inzwischen aufgerappelt hatte und sich den Staub von der Kleidung klopfte. Er sah ihr misshandeltes Gesicht, es war ernst und trotz allem wunderschön.

Am liebsten wäre Gero aus seinem Versteck gestürmt, um sie zärtlich zu umarmen, sie zu küssen, ihr tröstend übers Haar zu streicheln. Was hatte der Unhold ihr bloß angetan?

Doch er blieb im Verborgenen und glaubte zu wissen, was jetzt zu tun war. Es war zwecklos, Richarda einzuweihen, nie und nimmer würde sie seinen Plan gutheißen.

Nein, er würde schweigen und handeln!

23.

Nächtelang grübelte Gero über seinen Plan. Damit niemand Verdacht schöpfte, durfte er nichts übers Knie brechen und musste den richtigen Zeitpunkt abwarten. Der mochte auf sich warten lassen, aber es war wichtig, dass er mit dem Vater allein war und niemand sonst in Gefahr geriet.

Der Sommer verging, ohne dass sich eine Gelegenheit bot. Wieder gab es eine magere Ernte. Beunruhigt und verängstigt waren die Menschen auch über die Erdstöße, die manchmal das Land erbeben ließen. Zwar blieb ein neues großes Beben aus, doch die Furcht davor hatte sich in den Herzen festgesetzt.

Was immer mit der Welt auch geschehen mochte, an der Notwendigkeit, handeln zu müssen, zweifelte Gero keine Sekunde lang. Zumal der Vater es offenbar nicht bleiben lassen konnte, seine sinnlose Wut an Rothaid auszutoben. Auch Gundas Augen verunstalteten eines Tages zwei schimmernde Veilchen, aber sie schwieg sich darüber aus. Pippin war abgefeimt genug, nicht mehr in Geros Gegenwart zu prügeln.

Die Gelegenheit kam unversehens, nachdem Gero, allmählich von Ungeduld ergriffen, bereits über andere Methoden nachgesonnen hatte.

Inzwischen war der Herbst eingekehrt. Einmal mehr hatte Gero das Dach ausbessern müssen. Der Rest der Familie war unterdessen zum Pflügen auf dem Feld gewesen, denn es war die Zeit der Aussaat. Nachdem Gero sein Werk beendet hatte und zum Feld ging, traf er dort nur den Vater an.

Er war mit ihm allein!

Gero dachte fieberhaft nach. Gunda trieb das Schwein in den Wald, sie würde so rasch nicht wieder zurückkehren, denn die Mutter hatte ihr am Morgen Wegzehrung mitgegeben. Auch Mutter und Richarda waren vermutlich in den Wald gegangen, um ein paar wilde Beeren für das Mittagessen zu sammeln. Angesichts der Arbeit auf dem Acker würden sie wohl nicht allzu lange fortbleiben.

Er musste handeln, unverzüglich. Es war die Gelegenheit, auf die er so lange gewartet hatte. Für die Dauer eines Herzschlages regten sich Skrupel in ihm, aber er wischte sie rasch beiseite. Niemand, der seiner Richarda Gewalt antat, verdiente Milde oder Gnade. Niemand, auch und erst recht nicht der grausame Vater.

„Jemand will mit dir sprechen", sagte Gero ruhig und wies mit dem Kinn Richtung Haus.

Pippin, der gerade den Pflug einer eingehenden Überprüfung unterzog, blickte ihn missmutig an. „Wer?", blaffte er.

„Die Klausnerin. Sie wartet im Haus."

„Zum Teufel, was will die Hexe von mir?"

Gero hob die Schultern und gab sich gleichgültig. Es war ihm aufgefallen, dass der Vater seit jeher nicht so recht wusste, ob er der Klausnerin mit Hass oder Ehrfurcht, Ablehnung oder Respekt begegnen sollte. Was merkwürdig genug war, denn Vaters Meinung über die Menschen war in der Regel eindeutig und selten eine gute. Zur Nächstenliebe war er nicht fähig. Womöglich hatte er ja einmal eine denkwürdige Begegnung mit der Klausnerin gehabt, die ihm immer noch nachging. Doch was immer zwischen ihnen auch vorgefallen sein mochte, es war einerlei. Gero hatte die Klausnerin nur deshalb ins Spiel gebracht, weil sie den Vater nicht gleichgültig ließ.

„Na schön." Pippins Augen flackerten unruhig. „Du bleibst, ich bin gleich zurück. Es wartet noch eine Menge Arbeit auf uns."

Oh ja, dachte Gero. Arbeit gab es genug – wenn auch nicht mehr für den Vater. Für ihn hatte bald jede Mühsal ein Ende.

Das Pflügen des Ackers war die härteste Arbeit des Herbstes. Da sie keinen Ochsen besaßen, mussten mitunter auch die Frauen vor das Seil, denn das Lenken des Pfluges erforderte männliche Kraft. Es tat Gero stets in der Seele weh, wenn er Richarda wie ein Zugtier vor den Pflug gespannt sah. Am liebsten hätte er alle Arbeiten der Schwester selbst erledigt, was freilich unmöglich war.

Pippin machte sich auf den Weg. Gero wartete ein paar Augenblicke ab, sah sich verstohlen nach allen Seiten um und folgte ihm leise. Pippin kehrte in die Hütte ein. Gero schnappte sich den Spaten, der vor der Türe lag. Dann betrat auch er die Hütte.

„Was hab ich dir gesagt? Du sollst auf dem Feld bleiben", fuhr Pippin ihn an. „Wo ist sie denn, die Klausnerin?"

„Wie seltsam", entgegnete Gero mit kühler Ruhe, „vorhin war sie noch hier."

„Offenbar hat sie sich das anders überlegt. Sie war noch nie ganz richtig im Kopf. Also los, zurück aufs Feld!"

Breitbeinig stand Gero vor der Tür, den Spaten fest umklammert.

„Was ist?", fragte Pippin mit zusammengekniffenen Augen. „Was hast du mit dem Spaten vor? An die Arbeit, hab ich gesagt. Worauf wartest du?"

„Gewartet habe ich lange genug, Vater." Geros Stimme klang gefährlich leise. „Und zwar auf diesen Augenblick. Nur du und ich, Vater und Sohn. Und keiner weiß von unserem netten Beisammensein."

„Was redest du da für ein dummes Zeug. Geh zur Seite, du Esel, der Acker pflügt sich nicht von allein!"

„Du wirst nie wieder jemanden schlagen. Nie hättest du gegen Richarda die Hand erheben dürfen."

Pippins Mund stand weit offen. Sein Unbehagen wuchs, dennoch lachte er spöttisch. „Junge, sie ist deine Schwester." Er machte einen obszöne Geste mit den Fingern. „Wenn du etwas Verbotenes mit ihr anstellst, kommst du in die Hölle."

Der Spaten sauste heran und traf mit voller Wucht seinen Schädel. Pippin sackte in sich zusammen und blieb reglos liegen. Blut rann ihm aus Mund, Nase und Ohren.

„Du wirst es sein, der gleich die Hölle betritt", zischte Gero. Er beugte sich über ihn. Pippin atmete noch, doch Gero würde dafür sorgen, dass er nicht mehr aus seiner Ohnmacht erwachte.

Er sah sich um. Es musste wie ein Unfall aussehen. Verbrannt in seinem eigenen Heim!

An der Kochstelle entfachte Gero ein Feuer und nahm einen brennenden Holzscheit in die Hand. Bevor er die Hütte verließ, hatte er an drei Stellen Feuer gelegt. Ein Huhn folgte ihm aufgeregt nach draußen, die Kuh indessen würde dran glauben müssen.

Wenn er sie befreite, würde das verdächtig erscheinen, außerdem war sie schon alt und gab kaum noch Milch. Das zähe Fleisch, das sie geliefert hätte, musste das Opfer wert sein, alles hatte seinen Preis.

Flugs kehrte er zum Acker zurück und war erleichtert, dass Mutter und die Schwestern noch nicht zu sehen waren. Gero wunderte sich: Obwohl er soeben seinen tyrannischen Vater umgebracht hatte, war er die Ruhe in Person. Und als habe der Herrgott es zeitlich so gefügt, dass tatsächlich alles wie ein furchtbares Unglück erscheinen musste, kehrten Rothaid und Richarda in diesem Augenblick aus dem Wald zurück. Der alte Josef trottete an ihrer Seite.

„Wo ist euer Vater?“, fragte Rothaid und blickte suchend umher.

Gero kniete neben dem Pflug. Den Frauen musste es so erscheinen, als sei er schon eine Weile mit dem Geschirr befasst. Gelassen erwiderte er: „Er wollte nur mal kurz ins Haus.“

„Seht den Rauch dort drüben“, sagte Richarda beunruhigt.

Gero sah auf. Und wirklich, schon stieg hinter den Büschen eine dunkle Qualmsäule in den Himmel. Er gab sich viel Mühe, überrascht zu erscheinen. „Ein Feuer?“

„Unsere Hütte“, sagte Rothaid finster. Niemand widersprach, denn die Behausungen der Nachbarn lagen ein Stück entfernt.

„Um Himmels Willen, der Vater!“ Richarda ließ den Korb mit den gepflückten Beeren fallen und rannte los. Rothaid und Gero folgten ihr.

Als sich den Frauen der Anblick des lichterloh brennenden Hauses bot, blieben sie gelähmt vor Entsetzen stehen, während Gero noch ein Stück weiterrannte, bis die um sich greifende Hitze des Feuers auch ihn innehalten ließ. Mit dem Ärmel wischte er sich den Schweiß von der Stirn. Grenzenlose Genugtuung erfüllte ihn. Gewiss, ihre wenigen Habseligkeiten waren vernichtet, und sie würden eine neue Hütte errichten müssen. Die Zeiten waren hart und würden jetzt noch härter werden. Doch endlich waren sie den Tyrannen los, nie wieder würden sie seine unerträgliche Gegenwart dulden müssen. Den Gedanken, einen Vatermord begangen zu haben, schob Gero beiseite. Er hatte zum Wohl der Familie gehandelt. Hatte verhindert, dass die Mutter und die Schwestern zerbrachen an der sinnlosen Wut des Berserkers. Welcher Dämon auch immer den Vater beherrscht hatte, nun war es vorüber.

Ein fürchterliches Brüllen ertönte aus dem Inneren des Infernos. Das musste die Kuh sein, die elend in den Flammen umkam. Gero sah sich um. Mutter und Richarda waren erschüttert niedergekniet, der alte Josef hatte sich winselnd zwischen sie gedrängt. Die Verzweiflung, die fassungslose Traurigkeit im Antlitz der Frauen verwandelte sich plötzlich in maßloses Entsetzen. Verwirrt folgte Gero ihrem Blick. Aus der Tür des brennenden Hauses taumelte eine lebende Fackel: Pippin! Geros Herzschlag drohte auszusetzen.

Pippin schrie, wie Gero noch nie einen Menschen hatte schreien hören. Wild ruderte er mit den Armen, was die Flammen, die an ihm zehrten, noch mehr zum Lodern brachte.

Richarda reagierte als Erste, lief zum Vater, beschwor ihn, sich auf den Boden zu werfen. Pippin tat es, vielleicht aus Gehorsam, vielleicht vor Entkräftung. Sein Geschrei wurde schwächer. Rasch hatte Richarda sich ihres Kleides entledigt. Nur noch mit ihrem Untergewand bekleidet, versuchte sie, die Flammen mit dem Leinenstoff zu ersticken.

„Gero, hilf mir!“, schrie sie.

Was blieb ihm übrig, als sie in ihrem Handeln zu unterstützen? Er zog seinen Kittel aus und tat es Richarda gleich.

Eine Ewigkeit schien zu vergehen. *Stirb endlich*!, dachte Gero wütend, denn Pippin bewegte sich immer noch, und ein grässliches Stöhnen kam ihm über die aufgeplatzten Lippen.

Irgendwann gelang es ihnen, die Flammen gänzlich zu ersticken. Pippin war schwarz wie der Teufel, ein verkohltes, zitterndes Bündel Mensch. Seine Kleidung – vielmehr das, was davon noch sah – war mit seiner Haut regelrecht verschmolzen. Der Gestank verbrannten Fleisches war kaum zu ertragen. Aber tot war Pippin noch nicht, er brachte es sogar zuwege, eine Hand, die einer schwarzen Kralle glich, zu heben, und auf seinen Sohn zu deuten. Eine entstellte Fratze, ja ein Totenkopf, blickte Gero anklagend ins Gesicht.

„Du ...“

„Schon gut, Vater, du musst jetzt nichts sagen! Richarda, was machen wir denn nun?“

Richardas Untergewand war angesengt, auf ihrem linken Unterarm war eine Brandwunde zu erkennen. „Wir bringen ihn zur Klausnerin“, schlug sie schwer atmend vor.

„Unmöglich. Ich kann ihn nicht tragen, er würde umkommen vor Schmerzen. Lauf, und hol sie.“

Richarda wirkte unschlüssig, noch nie hatte Gero sie so ratlos, ja geradezu verstört erlebt.

„Ja, lauf nur, Richarda“, sagte auch Rothaid, die hinter sie getreten war. „Etwas anderes können wir nicht tun. Wir bleiben derweil bei ihm.“ Sie reichte der Tochter ihren Überwurf, damit sie nicht halbnackt durch den Wald rennen musste.

Richarda machte sich auf den Weg. Gero konnte nicht anders, er musste ihr nachsehen wie ein schmachtender Bräutigam, bis sie seinem Blick entschwunden war. Dann spürte er Pippins verbrannte Hand auf seinem Arm, noch erstaunlich fest war sein Griff. Pippin setzte abermals zum Sprechen an. Es waren dumpfe Laute, die er mühsam hervorbrachte, aber zweifellos stellten sie eine Anklage dar.

Gero löste sich von des Vaters Hand. Seine Mutter sah ihm tief in die Augen.

„Die Hitze ist unerträglich“, sagte Rothaid und wandte ihnen den Rücken zu.

„Ja, man kann kaum noch atmen“, erwiderte Gero. Während er auf die brennende Hütte starrte, legte er beide Hände um den Hals des Halbtoten. Dann drückte er zu. Pippin wehrte sich, doch seine Kräfte erlahmten schnell, und schließlich bewegte er sich nicht mehr. Gero behielt den Würgegriff noch eine Weile bei, schon einmal hatte er sich zu früh am Ziel gewähnt. Als er sicher war, dass kein Lebensfunke mehr in ihm glomm, ließ er von ihm ab, setzte sich erschöpft auf den Hosenboden und umschlang seine Knie.

„Der Herrgott hat ihn geholt, Mutter.“

Rothaid drehte sich langsam um und musterte das Gesicht des Toten. „Eher der Teufel“, sagte sie leise.

Erst jetzt bemerkten sie Gunda, die nur wenige Schritte entfernt stand. Das Seil, mit dem sie die Sau gehalten hatte, war ihr aus der Hand geglitten, und das Tier hatte angesichts des Infernos das Weite gesucht.

„Um Himmels willen, was ist geschehen?“, rief sie fassungslos.

„Das siehst du doch“, brummte Gero.

Sie deutete auf die verkohlte Leiche. „Wer ist das?“

„Dein Vater“, antwortete Rothaid.

„Oh Gott!“ Gunda schlug sich eine Hand vor den Mund. Nach einer Weile fragte sie lauernd: „Und wieso hast du ihm die Kehle abgedrückt?“

„Was redest du da bloß für einen Unsinn, Schwester?“

„Ich habe es doch genau gesehen.“

„Sieh lieber zu, dass du das Schwein wieder einfängst.“

„Du hast ihn erwürgt!“

Rothaid sprang ihm bei. „Sieh dir deinen Vater doch an, Gunda. Er ist bei lebendigem Leib verbrannt, niemand hätte ihm mehr helfen können. Dein Bruder hat nur geprüft, ob sein Herz noch schlug.“

Gunda runzelte zweifelnd die Stirn, schwieg aber. Inzwischen waren auch die Nachbarn herbeigerannt. Doch es gab nichts mehr zu retten, schon stürzte die aus Holz und Flechtwerk errichtete Hütte in sich zusammen. Die Männer schüttelten ungläubig die Köpfe. Dieses Feuer noch löschen zu wollen war so sinnlos wie der Versuch, die Flammen der Hölle zu ersticken. Die Bäuerin vom Nachbarhof ging hinüber zu Rothaid, um sie tröstend in den Arm zu nehmen. Reglos ließ Rothaid es geschehen. Auch Wigbert und seine Geschwister waren erschienen.

„Wo ist Richarda?“, rief Oda panisch. Sie beruhigte sich erst, nachdem Gero ihr geschworen hatte, dass es Richarda gut ging.

Wigbert beugte sich über den Freund aus Kindertagen. „Wie konnte das geschehen?“

Gero vergrub sein Gesicht. „Wenn ich das nur wüsste. Alles, was wir hatten – verloren und verbrannt!“

Wigbert klopfte ihm auf die Schulter.

„Ach, Wigbert, was soll nun aus uns werden?“ Gunda war ganz nah an ihn herangetreten. Der junge Töpfer legte zärtlich einen Arm um sie.

„Es wird schon irgendwie weitergehen, Gunda. Der Gaugraf wird euch unterstützen. Er muss das tun, verstehst du?“

„Aber er ist ein hartherziger Mensch. Was, wenn er uns verjagt?“

„Keine Sorge. *Ich* bin ja auch noch da!“ Er ließ sie los und beugte sich über Pippins Leiche. „Wahrlich kein schöner Tod“, raunte er.

„Jedem, was er verdient“, antwortete Gero flüsternd.

Wigbert nickte. „Wie wahr.“ Er ging aber nicht weiter auf Geros kryptische Bemerkung ein.

Die Leute vom Rymelsberg, etwa vierzig Menschen, waren bald vollzählig an der Brandstelle versammelt. Doch es blieb ihnen nichts weiter zu tun, als dem allmählichen Sterben der Flammen zuzusehen. Da es ohnehin nichts mehr zu retten gab, wäre jeder Eimer Wasser eine sinnlose Verschwendung gewesen.

Als Richarda und die Klausnerin erschienen, machte man ihnen ehrfürchtig eine Gasse frei, bis sie vor dem Toten standen.

„Er starb, kurz nachdem Richarda aufgebrochen war“, sagte Gero zu der Klausnerin. Seine eigene Stimme klang fremd in seinen Ohren.

Sie bückte sich und betrachtete gründlich den verkohlten Leichnam. Gero fühlte sich mehr als unwohl in seiner Haut. Offenbar galt ihr besonderes Augenmerk dem Kopf des Toten. Waren am Schädel etwa noch Spuren eines Schlages zu erkennen? Offenbarte der Hals Würgemale? Unmöglich, das verbrannte Fleisch hinterließ keine verräterischen Abdrücke. Und wenn doch, was konnte die Klausnerin schon unternehmen?

Auch Rothaid war Judiths Interesse an dem Leichnam unheimlich. „Mein Sohn und ich waren bei ihm, als er den letzten Atemzug machte“, erklärte sie, „er war trotz aller Pein nicht einsam.“

Die Klausnerin sah ihr lange in die Augen. „Ihr wart bei ihm, ja? Oh, gewiss wart ihr das.“ Und zu Gero, der den Blick vor ihr senkte: „Ein furchtbares Unglück, das da über euch hereingebrochen ist.“

Gero nickte zaghaft. „Damit müssen wir zurechtkommen. Und wir werden es.“

„Jetzt bist du das Haupt der Familie. Was gedenkst du zu tun?“

„Tja ... Ich werde eine neue Hütte bauen müssen.“

„Dennoch braucht ihr inzwischen ein Dach über dem Kopf. Vorläufig könnt ihr in meiner Klause nächtigen.“

„Das ist wirklich sehr gütig von Euch. Aber wir kommen schon zurecht.“

„Sei nicht töricht, Gero“, sagte Richarda. „Wir nehmen ihr Angebot gerne an.“

Da er nicht wusste, was er dagegen sagen sollte, hob Gero nur die Schultern. Richardas Wille war ihm Gesetz, auch wenn sie nach wie vor einen zutiefst verstörten Eindruck auf ihn machte. Aber war das verwunderlich angesichts der Katastrophe, die sich hier ereignet hatte?

Gunda flüsterte ihrem Bruder zu: „Ich will aber nicht zu der Klausnerin. Sie ist mir unheimlich.“

„Glaub mir, du wirst es überleben. Es ist ja nicht für lange.“

24.

Judith überließ der Familie ihre Behausung und zog sich in eine abseits gelegene Höhle zurück. Die, so erklärte sie der protestierenden Richarda, sei einer Eremitin ohnehin würdiger als ein Domizil, in dem vor Jahrhunderten reiche Leute gelebt hätten. Schon seit Langem habe sie überlegt, sich in der kleinen Höhle einzurichten. Dort gäbe es wenig, was sie von Gott ablenkte.

Am Fuß des Rymelsberges stand eine kleine Kapelle aus Holz, davor ein Totenacker. Hier begruben sie Pippin am Tag nach dem Brand. Bartholomäus, der Dorfpriester von Aeccheze, kam herbei, um am Grab das Totengebet zu sprechen. Er wirkte nachdenklich und in sich gekehrt. Über den gewesenen Streit verlor er kein Wort.

Anderentags machte sich Gero in aller Herrgottsfrühe auf den Weg zur Hügelburg des Gaugrafen. Es war ihm zuwider, mit dem Menschen, der einst seine Mutter erniedrigt hatte, zu verhandeln. Lange lag das zurück, und Gero hatte sich erst im Lauf der Zeit zusammengereimt, was damals wirklich vorgefallen war. Doch es half nichts, er musste sich mit ihm besprechen und die Demütigung der Mutter vergessen. Das Leben verlangte es so.

Erst spät am Abend kehrte er wieder in die Klause zurück – mit guten Neuigkeiten, wie er der Mutter und den Schwestern versicherte. Dennoch wirkte er bedrückt. Er habe die Erlaubnis erhalten, eine neue Hütte zu errichten, das nötige Holz dürfe er im Wald schlagen. Da sie, von zwei Hühnern und dem Schwein abgesehen, alles verloren hatten, was sie besaßen, würde der Gaugraf mit der Frist für die Abgaben nachsichtig sein. Allerdings erwartete er von ihnen, dass binnen eines halben Jahres wieder alles seinen gewohnten Gang gehe.

„Der Gaugraf als Samariter? Irgendwie traue ich ihm nicht“, sagte Rothaid.

„Warum erzählst du uns nicht, was dich so nachdenklich stimmt, Bruder?“, forderte Richarda ihn auf.

Gero kratzte sich am Kinn. „Tja. Der Gaugraf sprach davon, uns alle zu verheiraten.“

„Was?“ Gunda, die auf der Erde hockte und mit einem Spatel den Lehm vom Boden wegkratzte, blickte auf. Halb erschrocken, halb amüsiert wirkte sie. „Er will uns verheiraten? Mit wem?“

„Das hat er mir nicht gesagt, Gunda.“

„Ich lass mich nicht einfach verheiraten.“

„Der Gaugraf wird dir schon zeigen, was er kann und was nicht, Kind“, meinte Rothaid mit düsterer Miene. „Und für deine älteren Geschwister ist es ohnehin höchste Zeit.“

„Für mich gibt es nur eine, die ich heiraten würde“, sagte Gero und zuckte zusammen, als sei er selbst erschrocken über diese Worte.

Gunda grinste. „Interessant. Und wer wäre das wohl?“

„Das geht dich einen Dreck an.“

„Du meinst aber doch hoffentlich nicht Richarda, oder? Sie ist deine Schwester, werter Bruder.“

Gero lief puterrot an. „Halt dein verfluchtes Mundwerk, Gunda. Was machst du da überhaupt?“

„Das siehst du doch. Ich kratze den Lehm vom Boden.“

„Und wozu?“

„Weil es darunter einen Fußboden aus Stein gibt. Und darauf ist ein Bild zu sehen. Vielleicht können wir ja aus diesem Heiligenhäuschen eine vornehme Wohnstätte machen.“

„Wir werden nicht lange bleiben.“

„Es vertreibt mir aber Hunger und Langeweile.“

„Ich kenne dieses Bild“, sagte Richarda. „Ein Harfenspieler ist darauf zu sehen. Wilde Tiere umgeben ihn.“

„Was du nicht alles weißt.“ Gunda warf den Spatel beiseite. „Warum legen wir uns nicht endlich alle schlafen? Und träumen von unserer Hochzeit?“

„Wen immer du auch heiraten wirst, ich kann den Kerl nur bedauern“, brummte Gero.

„Anders der Kerl, den Richarda bekommt: Den beneidest du sicher.“

„Wenn du nicht augenblicklich die Klappe hältst -“

„Hört endlich auf mit dem albernen Gezänk!“, rief Rothaid.

„Habt ihr schon vergessen, dass wir uns in Trauer befinden?“

„Ha!“, machte Gunda. „Niemand glaubt dir, dass du um Vater trauerst, Mutter. Gib dir keine Mühe.“

„Bitte“, sagte Richarda flehentlich. „Die Welt braucht jetzt Gebete, keinen Streit.“

„Auch ja? Hat dir das der Heilige Geist geflüstert?“

Gero war Gundas Übermut jetzt leid, er schritt auf sie zu und gab ihr eine schallende Ohrfeige. Zunächst wirkte sie wütend, aber dann besann sie sich. „Ganz der Vater“, sagte sie, wohl ahnend, dass dies ihn mehr verletzen würde als jede Beschimpfung. Tatsächlich verzog Gero wie unter Schmerzen sein Gesicht und suchte ohne ein weiteres Wort seinen Schlafplatz auf.

In der Nacht fand Richarda nur wenig Schlaf. Zu viele Gedanken geisterten durch ihren Kopf. Eine Überzeugung reifte in ihr, die sie nicht mehr losließ. Gleich morgen früh würde sie das Gespräch mit der Klausnerin suchen.

*

Der folgende Tag war kalt und verregnet. Überdies fegten die Ausläufer eines Herbststurmes durch die fast schon kahlen Wipfel der Bäume. Der unwirtliche Wald erschien ihnen wie ein Gefängnis. Gleichwohl machte sich Gero auf den Weg, einen Baum zu fällen, denn er hatte es eilig mit dem Bau der neuen Hütte. Geräumiger sollte sie diesmal werden, an Holz wollte er nicht sparen, dies hatte er der Mutter und den Geschwistern versprochen. Fest hatte er sich vorgenommen, die Familie bis zum Weihnachtsfest in ihr neues Heim zu führen.

Auch Richarda hielt es nicht in der Klause. Wie sie es in der Nacht beschlossen hatte, suchte sie schon am Morgen die Klausnerin auf.

Judiths Höhle befand sich auf halbem Weg Richtung Rymelsberg. Abseits der Pfade, dort, wo der Wald in die Hügel wuchs, lag sie in einem Felsgestein, geschützt durch Büsche und Sträucher. Richarda erinnerte sich an eine Erzählung ihres Großvaters Ortwin: Als dieser noch ein Knabe gewesen war, hatte hier ein alter einsamer Wolf seine Behausung gehabt. Die Kinder vom Rymelsberg beschlossen damals, sich einer Mutprobe zu unterziehen. Mit zugespitzten Ästen, die ihnen als Speere dienten, zogen sie in den Wald, um den alten Wolf zu töten. Als sie aber vor die Höhle gelangten, verließ sie alle der Mut. Nur Gernot, der Anführer der Jagdtruppe, traute sich in die Höhle – und erlegte den Wolf mit einem einzigen Stoß. Gernot wurde zum bewunderten Helden der Spielgefährten.

Richarda erinnerte sich gut an des Großvaters Geschichte. Anders als ihr Bruder Gero hatte sie jedoch wenig Bewunderung für den jungen Wolfstöter empfunden. Der Wolf hatte ihr leid getan. Kein Wesen verdiente es, für den Übermut der Menschen sein Leben zu lassen.

Gernot, der Wolftöter, war im Übrigen Wigberts Großvater gewesen. Auch Wigbert hatte die Geschichte früher oft und voller Stolz erzählt. In seiner Version hatte sich Gernot mit dem Wolf einen Zweikampf auf Leben und Tod geliefert. Wahrscheinlicher aber war, dass er das Tier im Schlaf überrascht hatte.

Richardas Kleid aus grobem Leinen – es glich mehr einer Kutte, denn die Klausnerin hatte es ihr überlassen - war vom Regen völlig durchnässt, als sie die Höhle erreichte. Judith empfing sie freudig und ließ sie das Kleid ausziehen, damit es neben der Feuerstelle trocknen konnte. In ein warmes Fell gehüllt, setzte sich Richarda zu ihrer Meisterin, die ihr einen heißen Sud reichte.

Und Richarda schüttete ihr, wie schon so häufig, das Herz aus. Erzählte von der Überzeugung, die in ihr gereift war. Geduldig hörte die Klausnerin ihr zu.

„Hattest du eine Vision?“, fragte sie am Ende ernst.

Richarda schüttelte den Kopf. „Keine Vision, Magistra. Zumindest keine, die mir der Herrgott oder einer seiner Engel im Schlaf überbracht hätte. Ich habe lange über alles nachgedacht. So muss es sein. Sagt mir frei und offen, glaubt Ihr etwas anderes?“

„Ach, mein liebes, liebes Kind. Welche Rolle spielt es, was ich denke? Ja, es wäre möglich, dass du recht behältst. Ich bin keine Prophetin, aber vielleicht bist du eine. Ich wusste immer schon, seit deiner Geburt, dass du etwas Besonderes bist. Es scheint deine Bestimmung zu sein, das zu glauben, was du jetzt glaubst. Und was du vorhast, ist zweifellos gottgefälliger als das, was in den verweltlichten Klöstern da draußen geschieht. Deshalb kann ich dir nur raten, deinen Weg zu gehen."

„Danke, Magistra. Heute noch will ich meiner Familie mitteilen, wozu ich mich entschlossen habe. Bitte betet für mich."

„Das werde ich, mein Kind. Wie ich es immer schon getan habe!"

*

Als Richarda die Familie am Abend um Gehör bat, glaubte Gero an einen Appell für ein gemeinsames Gebet. Doch als sie redete, stockte ihm zunehmend der Atem.

Richarda sprach über die Zeichen der Zeit.

„Ihr erinnert euch an die große Finsternis. Beinahe zehn Jahre sind seitdem vergangen. Später erschien der Komet am Himmel. Heute bin ich überzeugt, dass dies die ersten Zeichen waren."

Gunda verschränkte die Arme vor ihrer Brust. „Zeichen? Wofür? Für das Ende der Welt?"

„Ja, Gunda. Für das Ende der Welt."

„Ich erinnere mich nur zu gut, wie du von alldem nichts wissen wolltest."

„Du hast recht, doch die Zeichen mehrten sich: Krankheiten, Unwetter, Missernten, das Beben ..." Sie holte tief Atem. „Und jetzt der Brand. Das Feuer war kein Zufall. Der Herrgott will uns etwas mitteilen."

„Dass die Welt bald untergeht? Warum ließ er dann allein unsere Hütte abbrennen? Es gibt schließlich noch andere Menschen, die er warnen könnte. Hältst du dich etwa für eine Auserwählte?“

„Keinen Streit, Gunda“, mahnte Rothaid.

„War doch nur eine Frage. Tja, unser Vater braucht den Weltuntergang wenigstens nicht mehr zu fürchten. Nicht wahr, Gero?“

Gero beachtete sie nicht. „Na schön, Richarda. Die Welt wird also untergehen. Vermutlich in der Silvesternacht, wenn das Jahrtausend endet. Es gibt eine Menge Leute, die das schon seit Langem glauben. Aber was bedeutet das für uns? Was, denkst du, sollen wir tun?“

Wieder war es Gunda, die das Wort ergriff. „Auf jeden Fall müssen wir alle unsere Sünden beichten: Habgier, Neid, Lügen, Unzucht ... Hab ich noch etwas vergessen? Ach ja, Mord!“

„Sei still!“, sagte Rothaid mit Nachdruck.

Gunda schwieg, bewahrte jedoch ihr eisiges Grinsen.

„Ich kann nur für mich allein eine Entscheidung treffen“, sagte Richarda. „Deshalb werde ich die letzten Wochen im Wald verbringen und der Welt entsagen. Mit Gebeten will ich mich auf das Jüngste Gericht vorbereiten. Eine Zeit der Läuterung soll es sein, damit ich reinen Herzens vor den höchsten Richter treten kann.“

„Aber ... ich baue uns eine neue Hütte“, warf Gero befremdet ein.

Richarda lächelte. „Ich glaube nicht, dass sich das lohnen wird, Bruder.“

„Dem Gaugrafen dürfte es nicht gefallen, wenn ich untätig bleibe.“

„Wer sagt denn, dass Richarda recht behält?“, meldete sich Gunda erneut zu Wort. „Ich habe keine Lust, mein Leben in dieser Klause zu verbringen. Also sei so gut und baue, Gero. Ich werde dir sogar tüchtig dabei zur Hand gehen.“

„Wenn sie aber recht hat, vergeuden wir unsere letzten Tage mit sinnloser Arbeit.“

„Bedeutet das, dass auch du jetzt zum Eremiten wirst?“

Trotz des Hohns in ihren Worten war dies eine berechtige Frage, und er kam nicht umhin, ernsthaft darüber nachzudenken. Gewiss war nur, dass er schmerzlich darunter leiden würde, wenn Richarda nicht mehr in seiner nächsten Nähe lebte.

„Warum nicht? Wir können doch alle zu Eremiten werden."

„Das meinst du hoffentlich nicht ernst."

„Warum wehrst du dich so dagegen, Gunda? Selbst wenn der Weltuntergang ausbliebe, du würdest nicht sehr lange in unserer neuen Hütte leben dürfen. Der Gaugraf will dich verheiraten, schon vergessen? Irgendeinen hässlichen Schafskopf wird er schon für dich finden. Dann heißt es Kindermachen und zwar so viele wie möglich, damit es immer genug Hände gibt, die sich für den Fronherrn abmühen."

„Du bist widerlich."

„Dann haben wir etwas gemeinsam."

„Auch ich bleibe!", verkündete die Mutter zu ihrer Überraschung.

„Was, du auch?" Gunda schlug sich die Hände vors Gesicht. „Ihr seid alle verrückt." Somit stand fest, dass auch sie bleiben würde, denn wohin sollte sie gehen? Sie war nie sonderlich eigenständig gewesen.

Draußen tobte ein Herbststurm. Richarda war froh, dass die Familie zusammenblieb.

Teil III.

Apokalypse

25.

Im fünften Jahrhundert A.D.: Gressiona

Das Ende Gressionas kam an einem schwülen Sommertag.

Schon frühmorgens verhieß die Luft Gewitter und Regen, doch erst am Nachmittag sollte der Himmel seine Schleusen öffnen. Mit dem Gewittersturm würde ein furchtbares Unglück über Ricardas Königreich hereinbrechen, ein Feind, der grausam war und kein Erbarmen kannte, würde es unwiederbringlich auslöschen. Da der Heermeister Gressionas, Lucius Volcatius Silvanus, nicht zur Stelle war, als der Angriff der Hunnen erfolgte, kamen alle Abwehrmaßnahmen zu spät.

Seit zwei Jahren trafen sich Ricarda und Lucius regelmäßig und heimlich an einem versteckten Ort im Wald, einer kleinen Höhle im Felsgestein. Dort träumten sie von einer gemeinsamen Zukunft. Niemand außer Agnes wusste davon, ihrer Leibsklavin hatte Ricarda sich anvertraut. Es bedurfte mancher List, dass niemand Wind von ihren Zusammenkünften bekam.

Auch an dem schwülwarmen Tag des Untergangs fanden sie in der Höhle zusammen und genossen die angenehme Kühle, die sie umfing. Auf einem ausgebreiteten Bärenfell lagen sie nackt beieinander, die Hände ineinander verflochten, Ricardas Kopf auf seiner Brust.

Seit zwei Jahren war die Königin von Gressiona nicht mehr jungfräulich. Im Grunde wunderten sich Ricarda und Lucius selbst darüber, dass es ihnen gelungen war, ihr Liebesverhältnis vor Grannus und der Welt zu verbergen. Ohnehin hatte Ricarda im Stillen längst eine Entscheidung gefällt: Sie würde mit Lucius nach Rom gehen, dem Königtum entsagen und ein neues Leben beginnen. Allein den rechten Zeitpunkt galt es noch abzuwarten, denn sie wollte das kleine Reich in starken und gerechten Händen wissen. Niemals durfte es soweit kommen, dass Grannus allein die Hebel in der Hand hatte, er würde aus Gressiona einen abweisenden Ort der Kälte machen, der seiner Scheinfrömmigkeit und Willkür schutzlos ausgeliefert war.

Gebannt lauschte Ricarda den Worten ihres Geliebten, der ihr – zum wievielten Mal? – von seiner Heimat, der ewigen Stadt, erzählte. Lucius' Augen strahlten, es war ihm, als sähe er die gewaltigen Bauten, die Triumphbögen, die Arenen, Thermen und Paläste vor sich. Trotz aller Begeisterung verschwieg er jedoch nicht, dass Rom viel von seinem früheren Glanz verloren hatte. Die Kaiser residierten schon lange nicht mehr dort, Bauten begannen zu zerfallen, manches Stadtviertel war regelrecht entvölkert.

„Vor vielen Jahren, lange vor meiner Geburt", erklärte er seiner Geliebten, „plünderten Alarichs Goten die Stadt vier Tage lang. Mein Vater war damals noch ein Kind und wurde Zeuge dieser Barbarei. Zum ersten Mal seit vielen Jahrhunderten sah das mächtige Rom wieder Eroberer innerhalb seiner Mauern. Bis heute hat es sich nicht wieder davon erholt. Und doch", seine Augen glänzten, „und doch ist Rom der Ort, wo ich eines Tages sterben will. Ein Römer bleibt immer Römer." Er strahlte sie an. „Wo immer du auch geboren bist, Ricarda, für mich bist du eine Römerin."

Sie schmunzelte selig. „Ich nehme an, das ist eine Liebeserklärung."

„Es ist mehr als das. Liebeserklärungen hast du von mir schon viele bekommen, doch wenn ich dir sage, du bist eine Römerin, so ist das ein Flehen. Wann, Liebste, bist du endlich bereit, Gressiona mit mir zu verlassen, bevor es uns zum Unglück wird?"

Ricarda führte seine Hand zum Mund und küsste sie. „Bald! Ich verspreche es!"

Ruckartig stemmte er seinen Oberkörper in die Höhe. Draußen schnaubte sein Pferd.

„Was hast du denn?", fragte sie erschrocken.

„Jemand schleicht herum", flüsterte er und begann sich hastig anzukleiden. „Bleib hier und lass dich nicht sehen." Mit dem Kurzschwert in der Hand verließ er die Höhle.

Auch Ricarda schlüpfte in ihre Kleider. Sie vernahm aufgebrachte Stimmen, neben der des Geliebten die Eunuchenstimme des Claudius. Augenblicklich begriff sie, dass er sie bespitzelt hatte. Der Gedanke, dass Claudius Zeuge ihres Liebesspiels gewesen war, machte sie wütend. Sie schritt hinaus und sah den Glatzkopf am Boden liegen, niedergestreckt durch einen Faustschlag von Lucius.

„Was fällt dir ein, Claudius?“, herrschte sie ihn an. „Spionierst du uns nach?“

„Zurecht, wie sich zeigt“, lautete seine knappe Antwort. Ein dünnes rotes Rinnsal lief aus einem seiner Nasenlöcher.

„Wer bist du, dass du dich zu unserem Richter machen willst?“

„Ich diene nicht dir, Ricarda, sondern dem Pontifex.“

Lucius hielt ihm die Spitze seines Schwertes an die Kehle. „Und was wirst du ihm sagen, dem ehrwürdigen Pontifex?“

Claudius zeigte sich unbeeindruckt von der Drohgebärde. „Was ich gesehen habe. Eine falsche Jungfrau ist Königin von Gressiona.“

Lucius lachte verächtlich und steckte sein Schwert in die Scheide. „Die Menschen von Gressiona werden in einem Meer von Tränen ertrinken.“

„Es war eine Abmachung zum Wohl des Reiches.“

„Ein Reich nennst du das? Schon bald wird es dem Erdboden gleich sein. Die Barbaren haben sich lange genug geduldet.“

Claudius erhob sich, klopfte sich den Staub vom Gewand und musterte den Heermeister kalt. „Ist das etwa der Grund, weshalb ihr von Flucht sprecht?“

„Niemand sprach von Flucht“, entgegnete Ricarda, die wütend auf sich selbst war, weil sie sich vor dem Eunuch rechtfertigte, „doch wenn der Pontifex darauf besteht, dass die Königin Gressionas jungfräulich wie eine Vestalin zu sein hat, dann kann er mich getrost ziehen lassen und sich eine andere suchen.“

Claudius wischte sich das Blut von der Nase. „Ich fürchte, so einfach ist das nicht, Ricarda. Der Pontifex wird über dich Gericht halten müssen.“

Erneut fuhr Lucius’ Schwert aus der Scheide. „Du wagst es, so mit ihr zu sprechen?“

Claudius betrachtete ihn wie ein lästiges Insekt. „Du brauchst dich nicht aufzuspielen, Heermeister. Du bist Christ und würdest doch keinen Wehrlosen morden.“

„Über Julian, den Prediger, habt ihr damals offenbar anders gedacht."

Claudius schwieg.

„Und wer weiß, vielleicht nehme ich ja eine Sünde allzu gerne in Kauf, wenn ich dafür deinen Kopf vor meine Füße rollen sehe ..."

Ein dumpfes, anhaltendes Hornsignal aus der Ferne ließ Lucius innehalten. Er wurde bleich. Ricarda sah, dass auch der sonst so kühle Claudius zutiefst erschrak.

„Was bedeutet das?", fragte sie beklommen.

„Das Notsignal", sagte Lucius gepresst. Gressiona wurde überfallen, und er, der Heermeister, war weit weg von der Garnison.

Claudius spuckte vor sich aus. „Ein feindlicher Angriff. Du hast es vorausgesagt, Heermeister. Wie merkwürdig."

Lucius ergriff Ricardas Hand und zerrte sie mit sich. Bald darauf ritten sie im Galopp auf der Straße, die nach Grecenich führte. Ricarda kauerte vor ihm, mit beiden Armen umschlang er ihren Körper und hielt zugleich die Zügel. „Hör mir gut zu, Ricarda", sagte er eindringlich, „wer immer Gressiona auch angreift, ich will versuchen, die Verteidigung zu organisieren, sofern es nicht schon zu spät ist. Dem Signal nach steht der Feind erst bei Varnenum, es bleibt dir also noch Zeit, dich und dein Gesinde in Sicherheit zu bringen."

Das Hornsignal wollte nicht mehr enden. Schon fast hatten sie Ricardas Palast erreicht. Inzwischen grollte in der Ferne der erste Donner, das längst überfällige Gewitter kam im Geleit der Angreifer. Im Westen stiegen dunkle Rauchsäulen in den Himmel.

Ein Reiter, der ihnen entgegenkam, entpuppte sich als ein Centurio.

„Bei allen Göttern, wir haben dich überall gesucht, Heermeister!", rief er atemlos. Trotz aller Hast wirkte er überrascht vom Anblick der Königin.

„Wer greift uns an, Publius?"

„Hunnen! Ein endloser Heuschreckenschwarm ... Schon haben sie Varnenum dem Erdboden gleichgemacht ..."

Ricardas Herzschlag drohte auszusetzen. Hunnen galten als die grausamsten Krieger, Erbarmen war ihnen fremd. Und doch musste sie jetzt Stärke zeigen, denn sie war die Königin.

„So werden wir gegen sie kämpfen!“

„Ja, das wollen wir tun“, sagte Lucius, „aber ohne dich, Königin.“ Er half ihr beim Absteigen. „Geh heim und rette deine Leute.“

Sie fassten sich an den Händen. Obwohl sie stark sein wollte, rollten ihr Tränen über die Wangen.

„Wenn alles vorüber ist, Liebste, suche ich dich hier. Solltest du fliehen müssen, versteck dich in unserer Höhle. Ich werde dich finden.“

„Und dann gehen wir nach Rom!“

Er beugte sich zu ihr herab und küsste sie. Ein letztes Mal schenkten sie sich ein Lächeln, dann ritt Lucius an der Seite des Centurio davon, dem Klang der Hörner, dem nahenden Gewitter und dem Ansturm der Hunnen entgegen.

Es war das letzte Mal, dass Ricarda den Geliebten sah. Und im Stillen ahnte sie es auch.

26.

Anfang Dezember 999 A.D.

Am Morgen des ersten Adventsonntages erschienen Wigbert und seine drei Geschwister vor der Klause. Es war ein winterkühler Tag, der Wald erstarrte im Frost. Gero war erstaunt über den Besuch. Zumal Wigbert ein Wolfsfell am Körper trug. Er sah furchterregend aus, der Kopf und der aufgesperrte Rachen des erlegten Tieres bildeten eine Art Mütze, und im ersten Moment erschrak Gero so sehr über den Anblick des Kameraden, dass er beinahe geschrien hätte.

„Heiliger Strohsack! Wie siehst du denn aus?“

„Das ist das Fell des Wolfes, den mein Großvater damals -“

„Ja, ja, ich kenne die Geschichte. Hast sie mir mindestens hundertmal erzählt. Aber warum trägst du es am Leib? Siehst aus wie ein Dämon, der sich verlaufen hat.“ Erst jetzt sah er, dass jeder der Ankömmlinge ein Bündel geschultert hatte. „Sagt mal, wo wollt ihr eigentlich hin?“

Wigbert kratzte sich die Nase. „Tja, wir ... Dürfen wir reinkommen?“

Gero ließ sie eintreten. Oda fiel Richarda freudig in die Arme. Gundas Aufmerksamkeit galt einzig Wigbert, dem sie ein strahlendes Lächeln schenkte. Adam und Eva betrachteten staunend das alte Mosaik auf dem Fußboden, und Rothaid blickte drein, als wüsste sie genau, was die Ankömmlinge hertrieb.

„Ist es wahr, was man sich erzählt?“, begann Wigbert, indem er den Wolfskopf wie eine Kapuze abstreifte. „Ich meine, dass ihr nicht mehr zum Rymelsberg zurückkehrt?“

„So ist es beschlossen“, entgegnete Gunda mit rollenden Augen. „Vielleicht kannst *du* sie ja wieder zur Vernunft bringen.“

Wigbert kratzte sich wieder, diesmal am Kinn. „Ähm, eigentlich haben auch wir die Absicht, hier im Wald zu bleiben.“

„Was?“ Gunda glaubte nicht richtig zu hören.

„Warum?“, forschte Gero.

„Wer braucht noch Töpferwaren, wenn die Welt untergeht?“, erklärte Wigbert mit ausgebreiteten Armen.

Richarda nickte. „Ihr möchtet also mit uns hier auf das Ende warten?“

„Wenn's euch nichts ausmacht.“

„Also gut, warum nicht? Wir beten sieben Mal täglich, ihr seid herzlich willkommen.“

Wigbert blies die Wangen auf. „Sieben Mal?“

„Ihr wollt doch geläutert vor den höchsten Richter treten.“

„Ja, schon. Deshalb sind wir ja gekommen.“

„Also betet mit uns.“

„Das werden wir tun“, versprach Oda, die an Richardas Lippen hing.

„Aber hier in der Klause könnt ihr nicht wohnen“, sagte Gero und sah sich um. „Viel zu eng ist es hier.“

„Wir bauen uns eine eigene Hütte“, beteuerte Wigbert. „Dort hinten stehen noch zwei Mauern, die sind noch recht stabil. Ich mache ein Dach darüber und schließe die Löcher. Werkzeug habe ich dabei, gib mir zwei Tage, dann ist alles fertig.“ Offenbar hatte er wirklich alles gründlich durchdacht.

„Wie du meinst.“ Was Wigbert sich vorgenommen hatte, würde er sich nicht wieder ausreden lassen. Und Gunda, deren Augen wie Eiskristalle glitzerten, war offensichtlich besonders erfreut. Vielleicht würde Wigberts Nähe dafür sorgen, dass ihre Laune sich besserte.

Oda sagte zu Richarda: „Wenn ich bei dir bin, dann fürchte ich mich nicht vor dem Ende. Bist du sicher, dass es kommen wird?“

„Ich wünschte, der Menschheit bliebe noch etwas mehr Zeit, Oda. Aber die Zeichen haben mich überzeugt. Ja, ich glaube, Gott will, dass wir uns auf seine Wiederkunft vorbereiten.“

„Kann ich mal mit dir reden, Wigbert?“ Mit dem Kinn deutete Gero zur Tür.

Draußen war es bitterkalt. Wigbert zog sich wieder die absonderliche Kapuze über den Kopf.

„Das sieht albern aus“, sagte Gero.

„Meinst du? Ich find's furchterregend."
„Glaubst du wirklich an das Ende der Welt?"
„Es steht doch in der Bibel. Oder etwa nicht?"
„Jeder behauptet etwas anderes."
„Na ja, wenn Richarda es im Gespür hat – ihr will ich's glauben. Sie war schon immer was Besonderes."
Gero nickte, doch Wigberts letzte Worte gefielen ihm gar nicht. „Richarda ist tabu. Auch für dich, Wigbert."
„Beruhig dich, Gero. Ich lasse sie in Ruhe."
„Mit Gunda kannst du meinethalben anstellen, was du willst."
„Wie gütig von dir. Und wenn ich nicht will?"
„Deine Sache. Ich stell's nur klar. Früher warst du der große Anführer, aber hier hast du nichts zu sagen, verstanden?"
Wigbert gab dem Mahner lachend einen Klaps auf den Rücken. „Verstanden, Gero."
„Eins musst du mir aber noch verraten."
„Und das wäre?"
Gero musterte ihn aus schmalen Augen. „Es gibt doch noch einen anderen Grund, warum du der Töpferei den Rücken kehrst. Es ist nicht nur der Weltuntergang."
„Wie kommst du denn darauf?"
„Die Wahrheit, mein Freund. Ich kann's dir regelrecht ansehen, dass da noch etwas anderes ist."
Wigbert grinste schief. „Na schön. Dir werde ich's sagen, Freund. Aber nur, wenn du die Klappe hältst."
„Ich schweige wie ein Grab."
„Es ist wegen ..."
„Ja? Nur zu."
„Wegen Madelgard."
„Madelgard? Sprichst du von der Frau des Schmieds?"
Wigbert nickte knapp und zog eine vieldeutige Grimasse.
Ekkart, der Schmied, war der Nachbar es jungen Töpfers. Gero ahnte schon, was jetzt folgen würde.
„Du hast mit ihr -"
„Leise, leise, verdammt. Ja, ich hab sie bestiegen. Was ja nicht

so schlimm wäre, wenn der Ekkart uns nicht auf frischer Tat ertappt hätte."

Gero begriff. Der Schmied war vermutlich der einzige Kerl weit und breit, der Wigbert an Kräften überlegen war. Und ausgerechnet mit seiner Frau hatte Wigbert sich eingelassen.

„Sie ist mindestens zehn Jahre älter als du", wunderte sich Gero.

„Mein Gott, sie hat mich verführt. Jeder weiß doch, wie mannstoll sie ist."

„Nur, dass sich nie jemand getraut hat, mit ihr zu turteln."

„Unsinn. Es hat sich nur außer mir niemand erwischen lassen. Ach, was war ich für ein dummer Esel. In meinem eigenen Haus ..."

„Offensichtlich hat er dich aber nicht zwischen seine Pranken bekommen. Sonst sähest du weniger gesund aus."

„Konnte gerade noch entwischen."

Gero lachte laut, er konnte nicht anders. Der großspurige Wigbert auf der Flucht, das musste ein Bild gewesen sein.

„Du hast versprochen, niemandem etwas zu sagen."

„Dabei bleibt's, reg dich nicht auf." Diesmal war es Gero, der dem anderen die Schulter klopfte. „Und dann hast du deine Geschwister überredet, in den Wald zu gehen. Tja, ich sehe ein, daheim wärst du keinen Augenblick mehr sicher. Der gute Ekkart wird das nicht auf sich beruhen lassen."

„Wenn die Welt nicht untergeht, hab ich ein noch größeres Problem. Es sei denn, ich werde wirklich zu einem Einsiedler."

„Hier wird regelmäßig gebetet. Sieh nur zu, dass du immer erscheinst, sonst bekommst du gewaltigen Ärger mit Richarda."

„Das liegt mir fern. Bin ja heilfroh, dass wir bleiben dürfen."

Jetzt lachten sie beide und gingen wieder in die Klause.

*

Wigbert hielt Wort. Innerhalb von zwei Tagen zimmerte er eine behelfsmäßige Hütte. Wie die Klause hatte sie zwei Wände aus uralten Steinen. Möglicherweise hatte hier einst ein Wirtschaftsgebäude gestanden. Ein rundes Strohdach mit Rauchabzug bildete den Abschluss der Arbeiten. Adam half seinem Stiefbruder, so gut er dazu in der Lage war, und auch Gero packte mit an. Richarda indessen bestand darauf, dass alle zu den festgesetzten Zeiten am gemeinsamen Gebet in der Klause teilnahmen.

Eines Abends erschien eine alte Witwe namens Thea aus Grecenich vor der Klause und bat um Einlass. Ihr Mann sei vor Kurzem gestorben, erzählte sie, von der Welt erwarte sie nichts mehr. Jetzt wolle sie die Zeit bis zum Jüngsten Tag bei den Eremiten verbringen.

Offenbar war die Nachricht vom Entschluss der jungen Menschen schon bis in die umliegenden Dörfer gedrungen. Gero sprach sich dagegen aus, die Witwe in ihren Kreis aufzunehmen. „Wohin soll das führen?“, fragte er. „Wenn sie bleibt, werden bald noch weitere kommen.“

Richarda dachte über seinen Einwand nach. „Wäre das so schlimm? Wenn die Menschen auf diese Weise ihre Seelen retten können, wäre es unbarmherzig, sie wieder fortzuschicken.“

„Wo sollen sie hausen? Bald wird es Schnee geben.“

„Wir müssen uns etwas einfallen lassen.“

„Und das Beten nicht vergessen“, warf Gunda ein.

„Du kannst bei uns bleiben“, sagte Richarda zu der Witwe. „Heute schläfst du in der Klause. Morgen sehen wir weiter.“

Freudig ergriff Thea Richardas Hände und küsste sie inbrünstig. „Hab Dank, Richarda. Der Herrgott wird dir einen Platz bei seinen Heiligen zuweisen.“

Erschrocken entzog Richarda der Alten ihre Hände. Gunda lachte laut. Und Gero begann sich auszumalen, was in den nächsten Tagen wohl geschehen würde.

Er sollte recht behalten. Noch am gleichen Abend erschienen zwei weitere Witwen vor der Klause. Auch sie wurden nicht wieder heimgeschickt.

Etwa zwei Wochen trennten sie noch vom Tag des Heiligen Silvester.

*

Bartholomäus, der Dorfpriester, hatte schon vor geraumer Zeit begonnen, sich selbst zu hassen. Als er noch jung gewesen war, da hatte er jeden Tag Gott darum gebeten, er möge einen Heiligen aus ihm machen. Was hätte er bloß dafür gegeben, ein Märtyrer zu sein wie Sebastian, Stephanus oder Bonifatius. Doch er lebte in einer Zeit und in einem Reich, wo ein Gottesmann keine Heiden mehr bekehren musste. Die Gefahr für Leib und Leben durch gewalttätige Ungläubige war nichtig. Selbst die wilden Ungarn, die noch vor einem halben Jahrhundert im Reich gewütet hatten, waren inzwischen befriedet und bekehrt. Schlechte Zeiten für einen, der das Märtyrertum erstrebte.

Also verbrachte Bartholomäus sein Priesterleben damit, die ihm anvertrauten Schäfchen vom Weg der Sünde abzuhalten. Das war mühsam und brachte wenig Ruhm ein, zumindest nicht im Diesseits. Die Bauern kamen zu ihm, um ihre Sünden zu beichten, aber es war eine unumstößliche Gewissheit, dass sie schon bald dieselben Sünden erneut begingen, und vermutlich verging bei den meisten von ihnen nicht einmal ein halber Tag, bevor dies geschah.

Irgendwann hatte die Eintönigkeit seines Lebens Bartholomäus zum Trinken gebracht. Glücklicherweise versorgte der Gaugraf ihn aufs Beste mit Wein und Schnaps. Als Gegenleistung verlangte er lediglich zu wissen, wer von den Dorfbewohnern schlecht über ihn sprach. Anfangs hatte sich Bartholomäus unter Berufung des Beichtgeheimnisses dagegen verwahrt, doch als dann der Wein ausgeblieben war, nannte er Gerhard den einen oder anderen Namen, ahnend, dass demjenigen kleine oder größere Schikanen drohten. Immerhin nahm er dem Gaugrafen den Schwur ab, sie nicht zu misshandeln. Wie hätte er sonst mit dieser Unehre leben sollen?

Der Gaugraf und er waren im Grunde von einem Schlag, auch Gerhard kam nicht mehr vom Trinken los und schien ein finsteres Geheimnis zu hüten, das er selbst in der Beichte nie preisgegeben hatte. Bartholomäus konnte nur Vermutungen darüber anstellen, welche Seelenqualen der Gaugraf litt. Ja, sie waren einander schon sehr ähnlich. Nur mit den Frauen hielten sie es verschieden. Der Gaugraf war schier unersättlich. Bartholomäus war einmal verheiratet gewesen, wie es sich für einen Dorfpriester schickte, doch nachdem sein Weib schon früh und kinderlos gestorben war, hatte er beschlossen, keine neue Ehe einzugehen. Er machte sich nämlich nicht viel aus den Freuden des Fleisches. Stattdessen hatte er feststellen müssen, dass junge Männer ihm mehr gefielen. Dies wiederum war eine so ungeheuerliche Sünde, dass er bis zum heutigen Tag erfolgreich gegen jede Versuchung angekämpft hatte.

Gleichwohl, Bartholomäus hasste sich. Weil er sich zu Dingen verleiten ließ, die er im Grunde nicht tun wollte. Wie zuletzt durch diesen unsäglichen Wandermönch Magnus. Der elende Heuchler hatte ihm die Billigung für eine üble Intrige abgerungen und als Lohn sein Silberkreuz verlangt. Und er, Bartholomäus, hatte sich weinselig darauf eingelassen. Magnus hatte vermutlich Erfolg gehabt mit seinen Bemühungen, Zwietracht in der Familie des unverschämten Pippin zu säen. Bartholomäus wusste nicht genau, was sich zugetragen hatte, aber ohne Zweifel waren finstere Kräfte am Werk gewesen. Die Hütte des Pippin war niedergebrannt, der Bauer selbst war dabei elend ums Leben gekommen.

Bartholomäus fragte sich, ob auch er eine Schuld an diesem Unglück trug. Niemals hätte er sich auf einen Handel mit Magnus einlassen dürfen. Der liebe Gott würde nicht erfreut sein über die Dinge, die am Rymelsberg geschehen waren. Wenn es stimmte, dass der Jüngste Tag bevorstand – und wer wollte das schon mit Gewissheit ausschließen? -, dann galt es, vieles wieder gutzumachen.

Was, wenn es stimmte, dass die ältere Tochter des Pippin eine von Gott Begnadete war? Es ließ sich nicht leugnen, dass sie eine ungewöhnliche Ausstrahlung besaß. Sie hatte sich, wie es hieß, in den Wald zurückgezogen, um die letzten Tage der Menschheit in frommer Andacht zu verbringen. Vielleicht war dies ja der wahre Weg zur Heiligkeit. Wenn Eremiten die Märtyrer der neuen Zeit waren, dann wollte auch Bartholomäus dazugehören. Was konnte er schon verlieren? Einige Tage Askese bis zur Apokalypse würde er durchstehen, wenn ihm dafür das Paradies winkte. Sollten die Dörfler doch zusehen, wer ihnen die Messe las. Deshalb hatte er beschlossen, in den Wald zu gehen, um sich ein Bild von der Lage zu machen. Wenn die Sache Richardas von Gott stammte und nicht vom Bösen, dann würde er das spüren. Denn immerhin war er trotz seiner Sünden ein geweihter Mann.

Ein kalter Sturmwind kam auf, als Bartholomäus sich auf den Weg machte.

27.

Tassilo mochte nicht an das bevorstehende Weltenende glauben. Wenigstens in dieser Hinsicht teilte er die Meinung seines Vaters. Warum hätte Gott es den Menschen einfach machen sollen? Das war noch nie seine Art gewesen. Gleichwohl, inzwischen gab es eine Menge Leute, die sich auf den Weltuntergang vorbereiteten. Tassilo hatte von Menschen gehört, die ihr gesamtes Hab und Gut verschenkt hatten und in ein Kloster eingetreten waren. In Aachen, so erzählte man sich, habe sich ein Kleriker auf dem Platz vor der Pfalz öffentlich selbst gegeißelt. Viele Menschen hätten es ihm gleichgetan, sogar Kinder seien darunter gewesen, wovon eins den fürchterlichen Torturen, die es sich zugefügt hatte, erlegen sei. Es kursierten Geschichten, dass zu Pfingsten über Köln eine blutrote Wolke in Form eines Schwertes am Himmel erschienen sei, das Flammenschwert des Erzengels Michael, der schon bald in den letzten Kampf gegen Christi Widersacher ziehen werde. Außerdem wurde von Missgeburten berichtet, Kälbern mit drei Köpfen oder Lämmern mit roten Augen, seit jeher untrügliche Vorzeichen für nahendes Unglück. Ganz zu schweigen von den beängstigenden Ereignissen der vergangenen Jahre, Beben, Finsternis und dem Erscheinen des Kometen. Und doch, all dies schien Tassilo, selbst wenn jedes Gerücht der Wahrheit entsprach, kein Beweis für das nahe Ende der Welt zu sein. Er teilte die Meinung derer, die behaupteten, der Weltenrichter käme zu einer Stunde, in der niemand es erwarte, denn diese Leute beriefen sich auf die Heilige Schrift. Nun ja, ganz sicher konnte man freilich nicht sein, aber Tassilo hatte beschlossen, dem Silvestertag mit Gelassenheit entgegenzusehen.

Dann aber versetzten ihn Nachrichten in Unruhe. Ein Bauer aus Aeccheze brachte sie zur Hügelburg, nachdem ein zwei Tage anhaltender Sturm endlich vorübergezogen war. Bartholomäus, der Dorfpriester, sei seit zwei Tagen spurlos verschwunden. Niemand sei da, dem die Dorfbewohner ihre Sünden beichten könnten, obwohl dies doch angesichts des nahen

Weltenendes vonnöten sei. Einige Dorfbewohner, so der Bauer, seien nun fest entschlossen, sich den Eremiten anzuschließen.

„Welche Eremiten?“, forschte Gerhard übellaunig. Er hatte wenig Lust, sich mit dem Verschwinden des nichtsnutzigen Priesters zu beschäftigen.

„Die im Wald unweit des Rymelsberges, Herr“, antwortete der Bauer ein wenig verwirrt. Offenbar hatte er geglaubt, der Gaugraf wisse über diese Menschen längst Bescheid.

„Von Eremiten weiß ich nichts!“

Hilflos sah der Bauer Tassilo an. „Sei so gut und kläre uns auf“, sagte dieser aufmunternd.

Und der Bauer erzählte. Menschen aus der gesamten Umgebung – inzwischen seien es wohl mehr als zwei Dutzend – hätten sich in den Wald zurückgezogen, um dort singend und betend das Ende der Welt zu erwarten.

Gerhards Gesicht verhärtete sich. „Wer hat diese Verrückten angestiftet? Die Klausnerin?“

„Nein, Herr. Das Haupt der Gruppe ist die junge Richarda vom Rymelsberg.“

Tassilo starrte den Bauern sprachlos an.

„Richarda?“ Gerhard beugte sich vor, und Tassilo spürte genau, wie er ihn aus den Augenwinkeln heraus beobachtete. „Ist das nicht dieses sündhaft hübsche Weibsbild, dem man Wunderkräfte nachsagt?“

„Ihr Vater Pippin kam neulich ums Leben, als seine Hütte abbrannte“, sagte Tassilo, um Gerhards Gedanken von Richarda abzulenken. Unerträglich war ihm die Vorstellung, dass der Vater in ihr das nächste Opfer für seine Fleischeslust sah.

„Ah! Sein Sohn bat mich um Unterstützung. Du“, wandte er sich wieder an den Bauern, „weißt du denn, ob der Bursche schon mit dem Bau einer neuen Hütte begonnen hat?“

„Soviel ich weiß, Herr, ist er seiner Schwester in den Wald gefolgt. Wie auch der Rest der Familie.“

„So? Und wer baut die Hütte? Wer soll künftig den Frondienst leisten?“, schrie der Gaugraf wütend.

Eingeschüchtert sank der Bauer in sich zusammen und wagte es nicht mehr, ihm in die Augen zu schauen. Tassilo gab ihm ein Zeichen. Eilig zog sich der Bauer zurück.

„Undankbares Pack!“ Gerhard war außer sich. „Habe ich nach den letzten Missernten nicht beide Augen zugedrückt? Habe ich nicht auch dafür gesorgt, dass diese Bauernlümmel etwas zum Fressen bekamen? Und jetzt laufen sie alle in den Wald, um dieser scheinheiligen Hure nachzueifern.“

Tassilo biss sich auf die Lippen. „Sie glauben nun mal, dass die Welt untergeht“, sagte er gepresst.

„Wenn wir nichts tun, wird bald niemand mehr da sein, der unsere Äcker bewirtschaftet. Das ist wie eine sich ausbreitende Seuche.“

„Spätestens am Neujahrstag werden sie wieder zur Besinnung kommen. Wenn sie aufwachen und feststellen müssen, dass es die Welt noch gibt.“

„Das wird sie nicht vor meinem Zorn schützen. Sie müssen bestraft werden!“

Es war höchste Zeit für einen Becher Wein, das würde den Vater aller Erfahrung nach wieder beschwichtigen, ein wenig zumindest. Tassilo gab einem der Lakaien im Hintergrund ein Zeichen.

Nachdem Gerhard zwei Becher in sich hineingeschüttet hatte, wurde seine Stimme in der Tat ruhiger. Grimmig blieb er dennoch. „Es sollte mich nicht wundern, wenn das Verschwinden des Priesters etwas mit den verdammten Eremiten zu tun hat.“

„Vater, wenn du möchtest, kann ich -“

„Von mir aus. Sieh nach dem Rechten, Junge. Sprich mit diesen Bastarden. Drohe ihnen. Sie sollen wissen, dass ich jederzeit kurzen Prozess mit ihnen machen kann, wenn sie sich nicht fügen.“

Tassilo schickte sich an zu gehen, doch sein Vater packte ihn am Arm. „Du begehrst sie, nicht wahr?“

„Ich weiß nicht, wovon du sprichst, Vater.“

„Doch, das weißt du genau. Ich spreche von Richarda. Sie hat es dir angetan. Ich bin nicht dumm, mein Junge.“

Tassilo wollte sich von ihm lösen, aber der Vater hielt ihn fest. „Wenn sie dir gefällt, warum zögerst du? Mach mit ihr, was du so gerne mit ihr machen würdest. Du bist der Sohn des Gaugrafen. Du bist *mein* Sohn. Wenn ich du wäre ...-"

„Aber du bist es nicht!" Endlich entzog er sich dem Griff des Vaters und schritt davon.

Gerhard lachte rau. „Mit deiner Schüchternheit wirst du es nicht sehr weit bringen"", rief er ihm nach. „Sieh nur zu, dass etwas dabei herumkommt bei deiner Stippvisite. Sonst muss ich es am Ende doch selbst erledigen."

*

Der zwei Tage währende Sturm – was konnte er anderes sein als ein weiteres Zeichen des nahenden Endes? - hatte großen Schaden im Lager der Eremiten angerichtet. Zelte und schnell errichtete Bretterbuden hatten den Böen nicht standhalten können, auch das Strohdach von Wigberts Hütte wurde fortgeweht. Wigbert ärgerte sich so sehr darüber, dass er sich, noch während der Sturm wütete und aller Warnungen zum Trotz, auf die Suche danach machte - vergeblich. Wigbert war und blieb eben ein Dickkopf, der sich nichts sagen ließ.

Richarda war froh über den Sturm, Gott musste ihn geschickt haben, um die Menschen in ihrem Willen zur Einkehr zu stärken.

Nach dem Sturm errichtete man neue Zelte und Buden. Nicht für die Ewigkeit, für zehn Tage sollten sie den Unbilden des Wetters noch trotzen. Weitere Menschen und ganze Familien aus umliegenden Dörfern und Weilern trafen ein, um gleichfalls dem erlauchten Kreis der Auserwählten anzugehören.

Als Tassilo auf seinem Schimmel vor der Klause erschien, blickte er auf eine Vielzahl kleiner Baustellen, es wimmelte geradezu von arbeitenden Menschen. Seinem überraschten Blick war zu entnehmen, dass er damit nicht gerechnet hatte. Die Arbeitenden – es waren einige Bauern des Gaugrafen darunter – hielten inne und musterten den Reiter furchtsam oder misstrauisch. War er etwa gekommen, um ihnen die Heimkehr zu befehlen? Man hielt den Atem an.

Richarda trat aus der Klause, gefolgt von Gero. Als sie Tassilos ansichtig wurden, verharrten sie.

Tassilo stieg aus dem Sattel. Lächelnd nickte Richarda ihm zu. Ihr wurde klar, dass sie den Sohn des Gaugrafen durchaus mochte. Sehr sogar. Seit ihrer letzten Begegnung, dem gemeinsamen Waldspaziergang, hatte sie öfter an ihn denken müssen, als ihr lieb war. Was selbstverständlich eine Torheit war. Denn zum einen spürte sie eine Berufung in sich, eine Liebschaft konnte ihr dabei nur hinderlich sein. Zum anderen war sie von niederem Stand, allein von daher wäre es ein hoffnungsloses Unterfangen gewesen, ihr Herz für Tassilo zu öffnen. Jeder Gedanke daran und sei er auch noch so flüchtig, war nichts als Zeitverschwendung.

Tassilo schritt den Geschwistern entgegen. Als ahne Gero, was Richarda durch den Kopf ging, raunte er: „Sieh ihn nicht so an, Richarda. Du weißt, was sein Vater unserer Mutter antat."

„Wie sehe ich ihn denn an?"

Gero schwieg, denn schon stand Tassilo vor ihnen. Eine Weile sprach niemand. Tassilos Aufmerksamkeit galt einzig Richarda.

„Wie ich sehe, hast du eine beachtliche Gefolgschaft um dich geschart, Richarda."

Verlegen erwiderte sie: „Sie scharen sich nicht um mich. Sie sind gekommen, um die letzten Tage ihres Lebens in Frieden und Frömmigkeit zu verbringen."

„Ohne dich wären sie nicht hier."

„Ich rief sie nicht herbei. Aber ich werde sie auf keinen Fall wieder fortschicken."

Tassilo sah sich um. Immer noch ruhten die Arbeiten, zahllose Augenpaare waren auf ihn gerichtet.

„Sie bewundern dich. Wer kann es ihnen verdenken?"

„Ich muss mich wundern", warf Gero unmutig ein, „als Knabe warst du wesentlich mundfauler. Doch du bist wohl kaum gekommen, um meiner Schwester Honig um den Mund zu schmieren."

Tassilo nickte, offenbar war er nicht darauf aus, Gero für seine respektlose Äußerung zu maßregeln. „Du hast recht, ich muss mit euch reden. Seit einigen Tagen wird der Dorfpriester Bartholomäus vermisst. Ist er hier?“

„Ha!“, machte Gero. „Falls der Pfaffe sich vorgenommen hat, seinen Schäfchen den Rücken zu kehren, wäre das hier wahrscheinlich der letzte Ort, wohin er fliehen würde.“

„Und warum?“

„Er hasst mich und meine Familie.“

„Keiner von euch hat ihn also gesehen?“

„Nein. Richarda? Bist du vielleicht dem Pfaffen begegnet?“

„Es ist wahr, er war nicht hier, Tassilo.“

„Alle mal herhören, Leute!“, rief Gero und stemmte die Arme in die Hüften. „Unser frommer Priester Bartholomäus ist seit Tagen verschwunden. Hat einer von euch den Kerl etwa gesehen?“

Kollektives Kopfschütteln.

Gero reckte das Kinn. „Da hast du deine Antwort. Er war nicht hier. Bestimmt liegt der Kerl irgendwo betrunken im Graben. Wäre ja nicht das erste Mal. Oder der Teufel hat ihn geholt, was mich auch nicht wundern würde. Können wir sonst noch etwas für dich tun?“

Tassilo senkte die Stimme. „Ihr wisst, dass ihr euch nicht einfach euren Pflichten entziehen könnt.“

„Was willst du damit sagen?“

„Ihr und viele andere, die ich hier sehe, ihr schuldet eurem Grundherrn Abgaben.“

„Warum kommt dein Vater nicht selbst her, um uns das zu sagen?“

„Weil ich ihn mit Mühe davon abhalten konnte.“

Tassilos Antwort machte Gero etwas kleinlauter, denn vermutlich wäre der Gaugraf mit einem Trupp bewaffneter Reiter erschienen. „Bald ist alles vorbei. Was nützten deinem Vater dann unsere Abgaben?“

„Und wenn es nicht vorbei ist? Wenn die Welt doch nicht untergeht?“

„Du sprichst von Eiern, die niemals gelegt werden.“

„Tassilo!“ Richarda berührte den Sohn des Gaugrafen sanft am Arm. „Kennst du nicht das Gleichnis von dem reichen Kornbauern? Dieser wollte seine Scheune abreißen und eine größere bauen lassen, um darin seine überreiche Ernte unterzubringen. Und damit nicht genug, er wollte sich nur noch ausruhen und sich des Lebens freuen. Bis Gott zu ihm sprach: Du Narr, noch in dieser Nacht wird man dein Leben von dir zurückfordern, was nützt dir dann der Reichtum, den du angehäuft hast? – Du und dein Vater, ihr solltet die Zeichen der Zeit erkennen und beten. So wie wir es tun.“

In ihrer Stimme lag viel Leidenschaft. Erst jetzt fiel ihr auf, dass ihre Hand immer noch auf seinem Arm ruhte. Beinahe erschrocken zog sie sie zurück.

Tassilo stieß einen leisen Seufzer aus. „Mein Seelenheil liegt dir am Herzen?“

„Warum sollte es mich kalt lassen? Denk darüber nach. Gott will allen Menschen guten Willens sein Heil schenken. Aber es bleibt uns nicht mehr viel Zeit.“

„Wie kommt es bloß, dass ich deinen Worten mehr glaube als denen der Pfaffen?“

„Wenn du keine weiteren Fragen mehr hast“, sagte Gero barsch, „dann gehab dich wohl. Du siehst es ja selbst, wir haben hier viel zu tun.“

„Vergib ihm, Tassilo, wenn seine Worte unhöflich klingen“, sagte Richarda schmunzelnd, „er will nur das Beste für die Eremiten der letzten Tage. Es ist wahr, es gibt vieles zu tun, bitte entschuldige uns jetzt.“ Sie ging fort, um irgendwo mit anzupacken. Gero wollte ihr folgen, aber Tassilo hielt ihn zurück.

„Warte!“

Wütend funkelte Gero ihn an.

„Ich will euch nichts Böses, das musst du mir glauben“, sagte Tassilo leise.

„Wie gütig.“

„Allerdings kann ich nur für mich sprechen, nicht für meinen Vater. Hättest du jemals für deinen Vater Pippin die Hand ins Feuer gelegt?“

Gero schwieg. Was sollte dieser Vergleich mit dem *Feuer*? Ob Tassilo irgendetwas andeuten wollte?

„Nun, da ich ihm nicht vermelden kann, dass ihr zu euren Äckern zurückkehrt, befürchte ich, dass er bald selbst hier aufkreuzt. Es wird ihm nicht gefallen, was er sieht und hört."

„Soll er doch tun, was er nicht lassen kann. Wenn er's nur nicht bereut!"

„Warte noch. Deine Schwester – ich weiß, wie viel sie dir bedeutet. Beschütze sie gut, ich bitte dich darum."

„Als ob es dazu deiner Bitte bedürfte."

„Beschütze sie vor meinem Vater!" Er betonte jedes Wort und sah Gero eindringlich in die Augen. „Hast du mich verstanden? Vor meinem Vater, dem Gaugrafen, musst du sie beschützen. Lass sie in den kommenden Tagen nicht aus den Augen."

Gero hielt seinem Blick stand und nickte knapp. Tassilo ging zu seinem Schimmel, stieg in den Sattel und verließ unter manch verängstigtem Blick das Lager der Eremiten der letzten Tage.

28.

Noch am selben Tag verließen einige wenige Eremiten das Lager und kehrten zu ihren Gehöften zurück. Das Erscheinen des Gaugrafensohnes hatte schlimme Befürchtungen in ihnen geweckt, und offenbar war ihr Glaube an die Apokalypse nicht so unerschütterlich, dass sie möglichen Strafmaßnahmen gelassen entgegensahen. Dennoch blieben fast dreißig Menschen im Wald zurück. *Ora et Labora* lautete die ausgegebene Losung. Alle hielten sich daran. Selbst Gunda scheute die harte Arbeit nicht, allerdings war sie immer nur in Wigberts Nähe zu finden.

Tassilos Bemerkung über Pippin – vermutlich ohne jeden Hintergedanken ausgesprochen – hatte Gero in Unruhe versetzt. Sein Gewissen, das er bis dahin schlichtweg ignoriert hatte, begann sich mit einem Mal zu regen. In der Nacht erschien ihm der Vater im Traum. Pippin brannte lichterloh und wollte dennoch nicht sterben. Auch schienen die Flammen ihm keinerlei Schmerz zuzufügen, denn er lachte hämisch und folgte dem entsetzt zurückweichenden Sohn auf Schritt und Tritt. „Glaubst wohl, dass du ein besserer Mensch bist als ich", spottete Pippin, „aber wir sehen uns trotzdem in der Hölle wieder, Vatermörder!"

Schweißgebadet wachte Gero auf, das Herz klopfte ihm bis zum Hals. Obwohl es draußen fror, fühlte er sengende Hitze in seinen Eingeweiden. Die Anderen schliefen. Richarda, die neben ihm lag, atmete tief und gleichmäßig. Ihre Nähe und die Gewissheit, dass es ihr gut ging, ließen Gero ruhiger werden. Und doch, es war ihm endlich klar geworden, dass er ein Problem hatte: Wenn die Welt tatsächlich unterging, würde er als Vatermörder vor den höchsten Richter treten müssen. Bislang hatte er sich eingeredet, zum Wohl der Familie gehandelt zu haben, aber mit dieser Erklärung würde Gott sich vielleicht nicht zufriedengeben. Denn Gero hatte nichts bereut. Erst jetzt, nach diesem grusligen Traum, dachte er darüber nach, wie er den Feuern der Hölle entrinnen konnte.

Jemand musste ihm die Beichte abnehmen. Leider kannte er nur zwei Geistliche, Bartholomäus, den Dorfpriester, und Magnus, den

Wandermönch. Dem ersten traute er nicht über den Weg, dem zweiten noch viel weniger. Zudem war Bartholomäus angeblich verschollen, und der feiste Wandermönch kam nur gelegentlich in diese Gegend. Niemand war da, um ihn von seinen Sünden loszusprechen.

Und die Klausnerin? Sie hatte es selbst oft genug betont, dass sie keine priesterlichen Befugnisse besaß. Aber immerhin führte sie ein heiligeres Leben als Magnus oder der Trunkenbold von Dorfpriester. Sobald der Tag anbrach, würde er sich auf den Weg zu ihrer Höhle machen. Er dachte zurück an manche Begegnung, die er im Lauf seines Lebens mit ihr gehabt hatte. Würde es morgen ihre letzte sein?

*

Judith kniete auf kahlem Felsgestein und war in ein Gebet vertieft, als sie merkte, dass jemand am Eingang ihrer kleinen Höhle stand. Sie ließ sich nicht beirren und betete weiter, der Besucher musste sich eben noch gedulden. Nur so viel wusste sie, es war nicht Richarda, die dort stand, denn das Mädchen hätte sie mühelos am Schritt erkannt. Nach einer Weile schlug sie das Kreuzzeichen und sah zu dem Ankömmling hinüber.

„Tritt ein!“, forderte sie ihn auf.

Der Besucher gehorchte und setzte sich auf den Felsblock, den sie ihm wies. Er hauchte in seine Hände, um sich zu wärmen.

„Nun, Gero, wozu bist du gekommen?“

Er sah sich um. „Das ist die Höhle des einsamen Wolfes, nicht wahr?“

„Ja. Und jetzt ist es meine.“

„Spukt denn sein Geist nicht hier herum?“

„Die Geister verstorbener Wesen, so heißt es, spuken nur dann, wenn sie zu Lebzeiten ungesühnte Todsünden begingen. Ein Wolf aber kann keine Todsünde begehen, denn er ist und bleibt nur ein Wolf.“

„Ja." Er starrte ins Leere, bis sie wieder das Wort ergriff.
„Deine Seele leidet große Qualen."
Er machte einen tiefen Atemzug. „Ich glaube, Ihr wisst genau, warum ich hier bin."
„Ich kann dich nicht von deinen Sünden lossprechen. Das kann nur ein Priester."
„Dummerweise ist der Dorfpriester jedoch verschwunden."
„Warum hast du es getan?"
„Er war ein Tyrann."
„Hat er deine Schwester geschlagen?"
Überrascht hob er die Brauen. „Hat sie es Euch erzählt?"
„Nein."
„Woher ...-?"
„Ich kenne euch beide schon eine ganze Zeit lang, Gero."
„Richarda weiß nichts davon. Und ich flehe Euch an, niemals dürft Ihr ihr auch nur ein Sterbenswort verraten."
Judith musterte ihn lange. Gero war voller Furcht. Vermutlich bereute er die Mordtat nicht wirklich, nur die Angst vor ewiger Verdammnis trieb ihn umher. Bestätigt wurde sie in ihrer Annahme durch die Frage, die er ihr nun stellte.
„Was ist mit Euch? Glaubt Ihr an die Apokalypse?"
„Selbst wenn man diese Frage tausend und abertausenden Menschen stellt und wären sogar der Papst, der Kaiser und auch Richarda darunter, so wüsste doch niemand von ihnen, was Gott in Seiner Allmacht beschlossen hat."
„Ihr haltet es also für denkbar, dass die Apokalypse nur ein Irrtum ist?"
„Solange es Menschen gibt, wird es auch Irrtümer geben."
„Ein Irrtum würde vielleicht noch größere Verwirrung stiften als der Weltuntergang. Inzwischen kommen Leute aus der ganzen Umgebung, um sich uns anzuschließen. Und täglich werden es mehr. Ein großes Lager umgibt die Klause."
Judith war nicht überrascht. Alles begann seinen Lauf zu nehmen.
„Was immer auch geschieht, Gero, du musst dich einem Priester anvertrauen. Grüß deine Schwester und sag ihr, dass ich immerfort

für sie bete. Ich weiß, sie ist zu beschäftigt, um bei mir vorbeizuschauen. Ebenso gut weiß ich aber auch, dass sie an mich denkt."

„Ich darf ihr nicht sagen, dass ich Euch besucht habe. Sie würde den Grund wissen wollen."

Als er bald darauf die Höhle verließ, stellte Judith fest, dass sie Mitleid mit dem jungen Mann empfand. War auch er nicht nur ein Werkzeug in Gottes Händen?

*

Schon gab es Verwundete und Krankheitsfälle unter den Eremiten. Einem Bauern riss es die Wade auf, als er sich an einem zersplitterten Holzbalken verletzte, ein Knabe brach sich den Arm, ein halbwüchsiges, bleichgesichtiges Mädchen klagte über schmerzhafte Blutungen des Unterleibes. Und als sei dies selbstverständlich, rief man sogleich nach Richarda, in der offenbar jeder eine Art Heilerin sah. Dem Bauern wusch sie am Bach die Wunde aus und machte ihm einen Umschlag. Dem Knaben schiente sie den Arm und tröstete ihn, indem sie erzählte, wie ihr einst ein ähnliches Missgeschick widerfahren sei, und wie zum Beweis zeigte sie ihm die Narbe, die sie zurückbehalten hatte. Das blutende Mädchen jedoch benötigte eine Arznei aus Mistelblättern – auch das hatte sie von der Klausnerin gelernt. Richarda beschloss, selbst in den Wald zu gehen, um die Blätter zu sammeln. Oda bestand darauf, sie zu begleiten. Bis zum Mittagsgebet wollten sie wieder ins Lager zurückkehren.

Eine knappe Meile bachabwärts wuchs üppig der Mistel in einer Gruppe winterkahler Bäume, dorthin führte sie ihr Weg. Der Tag war kalt und frostig, aber den Mädchen machte das nichts aus.

Richardas letzte Zweifel über den Sinn ihres Eremitentums waren endgültig verflogen, sie war überzeugt, das Richtige zu tun. Der Menschenandrang der vergangenen Tage hatte sie zuerst in Verwirrung gestürzt. Als sie aber zu der Erkenntnis gelangte, dass es echte Frömmigkeit war, die die Leute hertrieb, nahm sie alles als Gottes

Wille hin. Rührselig war, dass sich Oda wie ihre Leibdienerin gebärdete. Die Vierzehnjährige, seit jeher eine Bewunderin der älteren Freundin, schien es als ihre wichtigste Aufgabe zu sehen, ihr den Alltag so einfach wie möglich zu machen. Inzwischen hatte sie, Geros Protest zum Trotz, Quartier in der Klause genommen, damit sie Richarda jederzeit zu Diensten sein konnte. Richarda brachte es nicht übers Herz, sie zurückzuweisen, zumal Oda die Fähigkeit besaß, trotz ihrer ständigen Präsenz den Eindruck von Unscheinbarkeit zu erwecken, denn sie sprach nur wenig und sorgte niemals für Aufsehen. Sie war Richardas Schatten geworden. „Richardas Kammerzofe", nannte Gunda sie neuerdings spöttisch. Wenn niemand sonst in der Nähe war, wurde Oda etwas gesprächiger.

„Ach, Richarda", sagte sie unterwegs, „ich danke dem Herrn, dass ich bei dir sein darf, wenn es mit der Welt zu Ende geht."

„Wenn du darüber bloß nicht die Läuterung vergisst", erwiderte Richarda sanft tadelnd.

„Deine Nähe ist mir Läuterung genug."

Richarda unterdrückte ein Seufzen. Sie liebte Oda, als sei sie ihre Schwester, doch übertrieb sie es mit ihren Schwärmereien. Zum Glück hielt sie sich in der Gegenwart anderer Eremiten mit solchen Belobigungen zurück.

Sie erreichten die Lindenbäume, in deren Kronen die Mistel wucherten. Richarda wählte den Baum aus, der ihr am leichtesten zu erklimmen schien.

„Du möchtest da hoch?", fragte Oda bang.

„Leider fällt uns der Mistelzweig nicht in den Schoß, Oda."

„Lass mich das erledigen."

Lächelnd legte Richarda dem schmächtigen Mädchen eine Hand auf die Schulter. „Ich schaffe das. Mach dir keine Sorgen, mir passiert schon nichts. Warte hier, es dauert ja nicht lange."

Sie machte sich an den Aufstieg. Die Linde besaß ausladende Äste, sodass sie bald zu den Mistelsträuchen gelangte. Sorgsam wählte sie einige Blätter aus. Daheim würde sie das Kraut mit Wasser ansetzen, am folgenden Tag abseihen und dem kranken Mädchen schluckweise zu trinken geben. Wie viel Wissen sie doch der

Klausnerin verdankte. Richarda bedauerte, dass sie ihre Magistra nur noch selten zu Gesicht bekam, tröstete sich jedoch mit dem Gedanken, dass sich dies im Paradies gewiss wieder ändern würde.

Hufgetrappel ließ sie aufhorchen. Sie sah hinab. Ein Reiter auf einem Rotschimmel näherte sich den Bäumen. Oda rief ängstlich nach ihr. Unmittelbar vor dem erschrockenen Mädchen brachte der Reiter sein Pferd zum Stehen und schwang sich aus dem Sattel. Richarda erkannte Gerhard, den Gaugrafen.

Tassilo hatte also recht behalten. Immerhin schien der Gaugraf allein unterwegs zu sein, was darauf hinwies, dass er zum Reden gekommen war. Richarda machte sich an den Abstieg. Unten angelangt, reichte sie die Mistelblätter Oda und trat vor den Gaugraf hin. „Herr!“, sagte sie und neigte leicht ihr Haupt. Schon roch sie die Weindünste, die ihn umwehten. Richarda schwante nichts Gutes. Sie wünschte sich, Gero und Tassilo wären hier, um sie und Oda zu beschützen. Doch ließ sie sich ihre Beklemmung nicht anmerken.

„So ein Zufall“, sagte der Gaugraf in leicht gedehntem Tonfall. „Ich bin gerade auf den Weg zu dir. Du bist doch Richarda, nicht wahr?“

Sie rang sich ein Nicken ab.

„Und hübscher bist du als je zuvor. Mal von der Kutte abgesehen, die du da trägst. Ein Kleid aus Seide würde dir besser stehen.“

Schweigend stand Richarda ihm gegenüber. Die Art und Weise, wie er sie anstarrte, bereitete ihr Unbehagen. Die Geschichten, die über seine unersättliche Lüsternheit erzählt wurden, waren Legion. Und natürlich kannte auch Oda diese Geschichten: „Bitte lasst sie in Frieden, Herr!“, sagte sie mutig, aber ihre Stimme zitterte dabei.

Der Gaugraf würdigte sie keines Blickes. „Tja, Richarda. Mein Sohn hat mir alles berichtet. Ich glaube, du gefällst ihm.“ Er grinste boshaft. „Aber ehrlich gesagt habe ich wenig von alldem verstanden, was er mir erzählte. Also, was hat es mit diesen Eremiten auf sich, die sich neuerdings um dich scharen?“

Richarda schob sich eine Haarsträhne aus dem Gesicht. „Wir erwarten das Ende der Welt, Herr.“

„Ach ja, das Ende der Welt! Dummerweise sind einige meiner Bauern unter den Eremiten. Aber was rede ich, das weißt du ja selbst.“

„Nur wenige Tage noch, dann ist alles vorbei. Ihr braucht Eure Bauern nicht länger. Und die Bauern brauchen Euch nicht mehr.“

Er starrte ihr unentwegt auf den Busen. Hatte er ihr überhaupt zugehört? Richarda fühlte sich hilflos. Sie sah, wie Oda vor Angst zitterte.

„Ihr fürchtet doch den Herrgott, oder?“, fragte Richarda, wenngleich sie sich wenig Hoffnungen machte, das Herz des Gaugrafen zu bewegen.

„Ob ich den Herrgott fürchte? Aber gewiss doch. Und du, mein Täubchen? Du fürchtest den Herrgott doch auch. Dennoch widersetzt du dich Seinem Willen, indem du deinem Stand entfliehst.“

„Es ist keine Flucht. Die Tage der Menschheit sind gezählt. Wenn Gott in Seiner Herrlichkeit kommt und alle Engel mit ihm, dann wird es keine Stände mehr geben.“

Der Gaugraf schnalzte mit der Zunge. „So ein hübsches Ding. Und so viel frommes Geschwätz. Aber vielleicht finden wir ja einen Weg, wie wir uns einigen können.“

Er leckte sich die Lippen. Richarda musste alle Kraft aufbringen, ihm weiter in die Augen zu blicken. Allerdings schien ihn das nur noch mehr anzustacheln. Er streckte eine Hand aus, legte sie ihr auf die Brust. Ihr Entsetzen war so groß, dass es sie lähmte.

Der Gaugraf hob fragend die Brauen. Sein Atem roch nach saurem Wein. „Nun, was denkst du, Täubchen? Werden wir uns einig?“

„Rührt sie nicht an!“ Odas Angst war in Wut umgeschlagen. Entschlossen warf sie sich dazwischen, fand sich aber nach einer deftigen Ohrfeige des Gaugrafen auf dem Erdboden wieder.

Richarda schloss die Augen. Was dachte sich Gott nur dabei, ihr dies anzutun? Beinahe sechzehn Jahre zählte sie nun, als Jungfrau hatte sie dem Ende der Welt entgegensehen wollen. War dies eine Prüfung? Was sollte sie tun? Der rohen Gewalt des Gaugrafen hatte sie nichts entgegenzusetzen. Wollte Gott eine Märtyrerin aus ihr machen?

Seine Hände fassten sie grob an der Taille. Jeden Augenblick erwartete sie, dass er ihr das Kleid vom Leib riss. Sie dachte an ihre arme Mutter, der einst Ähnliches widerfahren war. Angst krallte sich um ihr Herz. Angst vor Demütigung, Schmerz, Entehrung. War sie letztlich doch einem Irrtum erlegen? Wollte Gott sie strafen, weil sie Menschen in die Irre leitete? Trug sie die Verantwortung für die Zwietracht zwischen Herrn und Knechten?

Doch nein, all die Zeichen, die ihnen geschickt worden waren – unmöglich ließ sich darüber hinwegsehen. Es sei denn, es waren Zeichen des Teufels gewesen. Aber hatte denn der Teufel die Macht dazu?

Ihre Lippen bewegten sich zu einem stummen Gebet. *Herr, eile mir zu helfen!*

„Lasst sie los!"

Eine vertraute Stimme. Voller Zorn und Kraft und Entschlossenheit, eine einzige Drohung.

Gero!

Richarda wusste nicht, woher er gekommen war, aber ohne Zweifel war er hier und würde nicht zulassen, dass man sie schändete.

Auch Gaugraf Gerhard schien überrascht zu sein vom plötzlichen Erscheinen des jungen Mannes. Von Richarda ablassend, wandte er sich dem Ankömmling zu. Kaum fünf Schritte trennten die beiden. Gero war waffenlos, die Lippen grimmig zusammengepresst, die Fäuste geballt. Der Gaugraf trug ein Schwert an seiner Seite, doch er machte keinerlei Anstalten, Gero zu drohen, als sei ein Bauernlümmel dieser Mühe nicht wert.

„Ah! Richardas tapferer Bruder, wie rührig! Und ich dachte, du wärst damit beschäftigt, eine neue Hütte zu bauen. Nachdem die alte doch abgebrannt ist und ich dir gütigerweise Hilfe zusagte."

Gero ging nicht darauf ein. „Wenn Ihr sie noch einmal anfasst, töte ich Euch, Gaugraf!" Er spie die Worte verächtlich aus.

Der Gaugraf brach in schallendes Gelächter aus. „Aber töten ist eine Sünde, Junge. Seid ihr nicht in den Wald gegangen, um keine Sünden mehr zu begehen?"

„Zur Not nehme ich dafür auch die Hölle in Kauf."

Abermals lachte der Gaugraf, dann aber stülpte er die Unterlippe vor und nickte, als zolle er Gero widerwillig Anerkennung. Inzwischen hatte sich Oda aufgerappelt und schützend vor Richarda in Positur gestellt, doch die Aufmerksamkeit des Gaugrafen galt nur noch Gero.

„Na schön, hör mir gut zu, Bursche. Eigentlich müsste ich dich für deine Unverschämtheit einen Kopf kürzer machen, aber das würde mich um einen tüchtigen Bauern bringen. Deshalb will ich gnädig vergessen, was ich gerade gehört habe. Meinethalben bleibt in diesem gottverdammten Wald bis zum Neujahrstag, wenn ihr nämlich feststellen müsst, dass sich der Teufel einen köstlichen Spaß mit euch Dummköpfen erlaubt hat. Wenn der Spuk dann vorüber ist, erwarte ich, dass du eine Hütte baust und den Acker bestellst. Ich werde dich und auch deine stolze Schwester endlich verheiraten." Noch einmal sah er kurz zu ihr hinüber. „Findest du nicht auch, Bursche, dass es höchste Zeit ist, sie einzureiten? Wenn du aber so sehr dagegen bist, dass *ich* das tue, dann finde ich eben einen Anderen. Obwohl sie gewiss Besseres verdient hätte, als von einem stinkenden Bauernlümmel entjungfert zu werden. Du hast ihr heute weiß Gott keinen Gefallen erwiesen."

Gero schluckte mühsam. Der Gaugraf pfiff nach seinem Rotschimmel. Erst als er davonritt, beruhigte sich Richardas Herzschlag wieder. Stirnrunzelnd trat Gero ihr entgegen.

„Danke", sagte sie mit knotiger Stimme.

„Wie konntest du allein in den Wald gehen, Richarda?", warf er ihr vor.

„Bin ich etwa niemand?", rief Oda eingeschnappt.

„Ach ja. Dich kleine Amazonenkriegerin hätte ich ja beinahe vergessen."

„Gero, ich bin kein Kind", sagte Richarda. „Ich brauche keinen ständigen Beschützer."

„Das haben wir ja gerade gesehen. Du bist nicht irgendwer, Richarda. Begreifst du das noch immer nicht?"

„Woher kommst du eigentlich? Hast du mich gesucht?"

„Ich ... – ja, ich hab dich gesucht. Als hätte ich eine Vorahnung gehabt.“

Ein Lächeln glitt über Richardas Gesicht. Geros Sorge rührte sie. Und in diesem Fall war sie sogar berechtigt gewesen. „Danke“, sagte sie noch einmal.

Sie umarmten sich. Zärtlich küsste Gero sie zuerst auf den Scheitel, dann auf den Mund. Eher waren es Küsse eines Liebhabers denn die eines Bruders. Richarda sah es ihm nach. Zu groß war ihre Erleichterung. Der Gaugraf würde ihnen keine Schwierigkeiten mehr machen.

29.

Obwohl sich die Eremiten ein weitgehendes Fasten auferlegt hatten, bedurfte es der Nahrungsmittel, wollte man nicht des Hungers sterben. Was sie an Vorrat von daheim mitgebracht hatten, war bald aufgezehrt, und die Hühner legten in der Kälte keine Eier. Damit niemand zu sehr hungern musste, wurden täglich zwei Leute in den winterkargen Wald geschickt, um Kräuter und Wurzeln zu sammeln. Nach dem Weihnachtsfest, so kam man überein, wollte man das Fasten beenden, das letzte Vieh und Geflügel schlachten, denn niemand sollte entkräftet vor den Schöpfer treten.

Am Heiligen Abend geschah etwas, das in Richardas Augen ein kleines Wunder war: Gott schickte ihnen einen Mönch.

Er hieß Meginher und war ein Benediktiner aus dem fernen Hersfeld. Seinen Glaubensbrüdern in der Abtei Burtscheid hatte er eigenhändig ein Evangeliar geliefert. Nun befand er sich auf dem Heimweg. Da ihm in der Abtei die Geschichte von den Eremiten der letzten Tage zu Ohren gekommen war, hatte er neugierig beschlossen, ihr Lager aufzusuchen. Und staunte nicht schlecht, als er es erreichte: Ein ganzes Dörfchen aus Buden, Hütten und Zelten lag vor ihm, in einem Pferch grunzte ein Schwein, Hunde balgten sich, lärmende Kinder spielten am nahen, zugefrorenen Bach.

Gero wurde des Mönchs zuerst ansichtig und führte ihn unverzüglich zu Richarda. „Euch schickt der Himmel. Bitte nehmt mir hinterher die Beichte ab, Bruder", raunte Gero ihm auf dem Weg zur Klause zu.

„Warum denn nicht? Wenn ich schon einmal hier bin."

„Ich habe eine schlimme Sünde begangen."

Lächelnd sah der Mönch ihn an, legte sich einen Finger auf die drallen Lippen. „Nun, du brauchst sie mir ja nicht in allen Einzelheiten zu schildern, wenn du nicht willst. Hauptsache, du bereust."

Gero nickte eifrig. „Gewiss doch, gewiss, das tue ich."

Richarda sah in dem Mönch ein Geschenk des Himmels. Jetzt würden sie am Tag der Geburt des Herrn – dem letzten Weihnachtsfest in der Geschichte der Menschheit – nicht auf das Messopfer verzichten müssen.

„Das werdet Ihr doch für uns tun, nicht wahr, Bruder Meginher?“, fragte sie ihn hoffnungsvoll.

Meginher faltete die Hände über seinen nicht unbeträchtlichen Bauch. „Aber gewiss doch, meine Tochter. Was sollte ich denn sonst machen?“

Er war jenseits der vierzig und fast kahlköpfig. Ein rundes, gutmütiges Gesicht mit roten Wangen und ohne jede Spur von Askese kennzeichnete ihn. Offenbar sah er schlecht, denn immerzu blinzelte er mit den Augen. Hungrig aß er von dem Hartkäse, den Rothaid ihm vorsetzte.

„Ihr hättet das Weihnachtsfest in der Burtscheider Abtei verbringen können“, wunderte sich Richarda.

Meginher winkte ab. „Meine Mitbrüder dort sind in Trauer. Ihr Abt Gregor, ein überaus frommer Mann, ist erst kürzlich gestorben. Jetzt beten sie unermüdlich von früh bis in die Nacht für sein Seelenheil. Mir wurde schon ganz schwindlig von so viel Gebet und Gesang. Da mein Auftrag ohnehin erledigt war, zog ich die Heimkehr vor.“

Richarda legte den Kopf schief und schwieg. Der Mönch grinste. „Oh, ich weiß, was du jetzt denkst, meine gottselige Tochter. Und es ist wahr, es gibt wahrhaft beflissenere Diener des Herrn als mich. Zur Heiligkeit, wie jener Abt Gregor, bin ich leider nicht berufen. Das gilt übrigens für die meisten meiner Mitbrüder in Hersfeld. Vom guten Paulinus einmal abgesehen. Der übrigens nicht nur mein Mitbruder, sondern auch mein leiblicher Bruder ist. Sag, hast du vielleicht einen Schluck Wein für mich? Meine Kehle ist wie ausgedörrt.“

Die verweltlichten Klöster! Die anklagenden Worte der Klausnerin gingen Richarda durch den Kopf. Das Kloster zu Hersfeld – wo immer dieser Ort auch liegen mochte, Richarda wusste nichts von ihm – gehörte anscheinend dazu. Gleichwohl, dieser Mann war imstande, den Eremiten die Messe zu lesen, das allein zählte. Sich Gedanken über seine Gottesfurcht zu machen, stand niemandem zu. Und plaudern ließ sich mit Meginher vortrefflich. Er war ein angenehmer Zeitgenosse.

Meginher berichtete von seiner Arbeit im Scriptorium. Sein Mönchsleben lang habe er geschrieben, was auch der Grund für seine immer schlechter werdende Sehkraft sei. Deshalb habe er sich auch um den Auftrag gerissen, das Evangeliar, eine Auftragsarbeit Abt Gregors, nach Burtscheid zu bringen.

„Ich wollte noch etwas von der Welt sehen, bevor ich völlig erblindet bin."

„Es war immer mein großer Wunsch, lesen und schreiben zu können", schwärmte Richarda.

„Sei froh, dass du es nicht kannst. Denn du siehst ja, welche Folgen das auf Dauer hat, meine Tochter. Eine wie du sollte die Welt mit ihren hübschen Augen betrachten können."

„Wie weit ist es zu gehen bis zu Eurem Heimatkloster?", wollte Richarda von ihm wissen.

„Heiliger Sturmius, das ist ein ordentliches Stück Weg. Ich werde noch drei oder vier Wochen unterwegs sein. Wenn es schneit natürlich noch länger."

„Vier Wochen? Glaubt Ihr denn nicht an das Weltenende?"

Er rückte den Gürtel an seiner Kutte zurecht. „Ich will nicht lügen, hier, an diesem bemerkenswerten Ort. Nein! Daran glaube ich nicht!" Er grinste übers ganze Gesicht. „Aber das ist kein Grund, mich so mitleidig anzusehen, meine Tochter. Ich werde die Messe trotzdem für euch lesen. Versprochen."

Am Abend versammelten sich die Eremiten – ihre Zahl war einschließlich der Kinder mittlerweile wieder auf vierzig angewachsen – vor der Klause, um die Christmette zu feiern. Zuvor hatte der Mönch, dessen Erscheinen sich rasch herumgesprochen hatte, zahllose Beichten abnehmen müssen.

Auch Gero war zu ihm gekommen. Er hatte erwartet, dass ein Priester die Hände über den Kopf zusammenschlagen und ihm entsetzliche Bußen auferlegen würde, wenn er von seiner Tat erführe, aber dieser gemütliche Mönch nahm die Sache mit Pippin erstaunlich gelassen hin.

Ein Mühlstein fiel Gero vom Herzen. Wenigstens die Last dieser Todsünde war ihm genommen, wenn das Jüngste Gericht über ihn hereinbrach. Inzwischen hoffte er aus tiefster Seele, dass es tatsächlich so käme. Denn was hatte das Leben noch für einen Sinn? Bis zu seinem Tod würde er für den Gaugrafen schuften müssen, mit einer Frau an seiner Seite, die er sich nicht ausgesucht hatte und womöglich so hässlich wie die Nacht war. Das Mädchen, das er hingegen liebte, war dummerweise seine Schwester. Er wollte nicht schon wieder in die Nähe einer Todsünde gelangen. Ja, sollte diese verdammte Welt doch endlich untergehen.

Meginher, der Mönch aus Hersfeld, erhielt ein Quartier in der Klause. Im Stillen gestand sich der Reisende ein, dass die Gemeinschaft der Eremiten ihn beeindruckte. Nicht, dass er ihnen gerne nachgeeifert hätte – schon der Gedanke machte ihn schlapp -, aber diese Menschen glaubten mit aller Inbrunst. Sie hausten erbärmlich, nahmen Entbehrung und Kälte in Kauf, und das verdiente durchaus seine Bewunderung. Deshalb nahm er Richardas Einladung an, auch die kommenden Tage bei ihnen zu verweilen. Zumal das Mädchen ihn besonders faszinierte. Wenn er auch selbst ein Phlegmat sein mochte, so wusste er doch genau, wann er einen besonderen Menschen vor sich hatte.

Er war gespannt auf die Reaktion der Eremiten, wenn sie sich am Neujahrstag noch hier wiederfanden. Würden sie traurig sein? Oder jubeln? Würde er sie trösten müssen, oder gaben sie gar ein Freudenfest?

Meginher konnte es kaum erwarten, Antworten auf diese Fragen zu bekommen.

*

Am nächsten Morgen trafen weitere Menschen aus der Umgebung im Lager ein, darunter zwei Schwestern aus Grecenich. Sie mochten beide um die dreißig sein, aber ein hartes Arbeitsleben hatte tiefe Furchen in ihren Gesichtern hinterlassen. Ungewöhnlich war, dass sie ohne ihre Männer hier erschienen. Was daran lag, dass die eine, Hadwig mit Namen, verwitwet, und die andere, Hiltrud, jüngst von ihrem Mann verstoßen worden war.

Rothaid nahm sich der beiden an. Nie zuvor waren sie einander begegnet, hatte doch ein großer Wald zwischen ihnen gelegen. Dennoch, irgendetwas an den Frauen kam Rothaid vertraut vor, wenn sie auch beim besten Willen nicht zu sagen vermochte, was das eigentlich war.

Die Frauen weckten Rothaids Mitleid. Vor allem jene, die sich Hiltrud nannte. Hiltrud hatte deftige Blutbeulen an beiden Jochbeinen und den ängstlichen Blick eines Menschen, der ständig auf der Hut sein musste. Rothaid wusste es nur zu gut, so sah die Frau eines gewalttätigen Mannes aus.

„Hier wird dir niemand etwas zuleide tun. Nie wieder wird jemand die Hand gegen dich erheben, glaub mir."

Hiltrud versuchte ein Lächeln. „Du bist Richardas Mutter, nicht wahr?"

Wie immer, wenn man ihr diese Frage stellte, glühte Rothaid vor Stolz. „Ja, die bin ich."

„Ich habe viel von ihr gehört. Wenn nur die Hälfte von allem wahr ist, dann ist sie ein Segen für uns und die ganze Welt. Was für ein Jammer, dass es mit dieser Welt dann bald vorüber ist."

Rothaid konnte nicht anders, als sie zärtlich in den Arm zu nehmen und ihren Scheitel zu küssen. „Sei ohne Furcht, Hiltrud. Hier sind wir in Gottes Hand. Mein Sohn Gero wird sich um eine Unterkunft für dich und deine Schwester kümmern."

30.

Donnerstag, 28.12.999 A.D.

Schon waren die Eremiten vor der Klause zum Angelusgebet versammelt. Der Winter hatte seine Strenge vorläufig abgelegt. Von Wolken unbehelligt, stand am Himmel eine pralle Sonnenscheibe, die wärmende Strahlen vergoss. Bruder Meginher stand vor der Menge und hielt einen Weinschlauch in den Händen. Inzwischen wusste jeder, dass er gerne seine Stimmbänder schmierte, bevor er Gebete sprach, doch niemand nahm ihm das krumm. Im Gegenteil, man bemühte sich, genug Wein für den Mönch zu beschaffen.

Oda hielt Ausschau nach ihrem Bruder Wigbert, der noch nicht erschienen war. Das war merkwürdig. Wenn Wigbert auch unbestritten nicht die frömmste Gesinnung besaß, so war er bislang verlässlich gewesen und stets bemüht, sich in die Gemeinschaft einzufügen. Auch Gunda fehlte. Was weniger verwunderte, war sie doch meistens eh in Wigberts Nähe zu finden.

Meginher räusperte sich laut. Es wurde still, alle knieten nieder. Er begann: *„Angelus Domini nuntiavit Mariae et concepit de Spiritu Sancto ...”*

Oda kniete hinter ihrer Heldin, die tief versunken im Gebet war. Die Abwesenheit Wigberts und Gundas ließ ihr keine Ruhe. Deshalb stahl sie sich leise davon, um die beiden zu suchen.

Nachdem sie sie entdeckt hatte, kehrte sie zur Gebetsstätte zurück. Doch es fiel ihr schwer, ihre Aufmerksamkeit auf die Litaneien zu richten. Was sie gesehen hatte, ging ihr nicht mehr aus dem Kopf.

Später, als jeder wieder seinem Tagewerk nachging, nahm Richarda Oda beiseite.

„Was ist denn mit dir? Du wirkst so entgeistert.“

Oda wand sich wie ein Aal. „Ach, es ist nichts, Richarda.“

„Und das soll ich dir glauben? Du blickst drein, als hättest du ein Gespenst gesehen.“

„Ich schäme mich, dir davon zu erzählen.“

„Seit wann hast du Geheimnisse vor mir? Oda, bist du etwa rot geworden?“

„Gut möglich bei dem, was ich eben sah.“

„Wirst du es mir nun erzählen?“

Oda holte tief Atem. „Vorhin“, begann sie zögerlich, „vorhin beim Angelusgebet fiel mir auf, dass mein Bruder nicht zugegen war. Da dachte ich, es wäre das Beste, wenn ich ihn suchen ginge, damit er nichts versäumt. Ich fand ihn -“ Sie biss sich auf die Lippen und starrte auf ihre Füße.

„Wo hast du ihn gefunden, Oda?“

„In der kleinen Gruft.“

Richarda runzelte fragend die Stirn. Was sollte Wigbert wohl in der kleinen Gruft verloren haben, wo man nicht einmal halbwegs aufrecht stehen konnte? Es waren dort einige Vorräte aufbewahrt, aber dass sich Wigbert heimlich daran zu schaffen machte – zumal während der Gebetszeit -, erschien ihr kaum vorstellbar.

Oda fuhr fort. „Er ... Er war nicht allein dort. Bei ihm lag ... Gunda.“

„Er war mit Gunda in der Gruft? Was haben sie -“ Richarda brach ab, denn mit einem Mal begriff sie.

„Sie kannten keine Scham voreinander“, erklärte Oda leise.

Richarda dachte nach. „Ich kann nicht zulassen, dass sie durch Unzucht ihr Seelenheil gefährden.“

„Aber was willst du dagegen unternehmen? Gegen den Eigensinn der beiden ist kein Kraut gewachsen.“

„Nun, wir werden sehen. Ich muss mit ihnen sprechen.“

Oda seufzte bekümmert. „Sie haben mich nicht bemerkt und werden wissen wollen, wer sie verraten hat. Ihren Unmut werden sie dann an mir auslassen.“

„Von mir erfahren sie es nicht. Sollen sie ruhig ein wenig nachgrübeln. Jedenfalls müssen sie die Konsequenz aus ihrer Sünde ziehen.“

„Und welche wäre das?“

„Sei so gut und sag ihnen, dass ich sie auf der Stelle zu sprechen wünsche.“

Als Wigbert und Gunda die Klause betraten, empfing Richarda sie mit verschränkten Armen. Ernst blickte sie drein, bemühte sich aber, nicht wie eine Anklägerin zu erscheinen. Auch Rothaid war zugegen.

„Oda sagt, du willst uns sprechen?“, fragte Wigbert nicht ohne Befremden.

Ohne Umschweife begann Richarda: „Ihr beide liebt euch, nicht wahr?“

Wigbert zeigte sich verwundert über die Frage. „Na ja, wir kennen uns schon aus Kindertagen.“

„Das ist keine Antwort. Liebt ihr euch?“

„Warum so neugierig, Schwesterherz?“, sagte Gunda beißend. „Du bist nicht unsere Mutter.“

„Aber ich bin deine Mutter“, mischte sich Rothaid ein. „Antworte ihr, Gunda!“

„Wie Wigbert schon sagte, wir kennen uns schon lange. Na schön, ich liebe ihn sogar, wenn ihr’s unbedingt wissen wollt. Ist das etwa verwerflich?“

„Und was ist mit dir Wigbert? Liebst du meine Schwester?“

Wigbert wusste nicht, was er antworten sollte. „Tja, ich ...“

Gunda funkelte ihn wütend an.

„Ja, das tue ich“, erwiderte er daraufhin, ohne dass es sehr überzeugt klang.

„Umso besser. Dann steht einer Heirat ja nichts mehr im Weg“, verkündete Richarda mit Nachdruck.

Wigbert blieb der Mund offen stehen. „Du willst, dass wir heiraten?“

„Ja. Es sei denn, ihr wollt unsere Gemeinschaft noch heute verlassen.“

Gunda fragte lauernd: „Was spielst du dich so auf, Richarda? Warum liegt dir so viel daran, dass Wigbert und ich heiraten?“

„Die letzten Tage soll niemand in Sünde verbringen.“

„In Sünde?“

„Ich kann nicht dulden, dass ihr Unzucht treibt. Noch dazu während der Gebetszeit. Also heiratet und werdet ein Fleisch. Denn so will Gott es haben.“

Eine Pause entstand zwischen ihnen. „Welche Ratte hat dir das zugetragen?“, verlangte Wigbert dann zu wissen.

„Das spielt keine Rolle. Es geht um das Wohl eurer Seelen.“

„Also gut, heiraten wir eben“, verkündete Gunda schulterzuckend. „Wer will schon einer Heiligen widersprechen?“

„Bruder Meginher wird euch morgen trauen!“

„Wie gut, dass du schon alles in die Wege geleitet hast“, meinte die Schwester schnippisch. Dennoch wirkte sie zufrieden.

Rothaid trat Wigbert entgegen, reichte ihm beide Hände. „So bekomme ich doch noch einen Schwiegersohn. Ich bin froh, dass du es bist, Wigbert.“

„Ja“, erwiderte er mit einem gequälten Lächeln.

*

Freitag, 29.12.999 A.D.

Unter freiem Himmel feierten die Eremiten ein großes Hochzeitsfest. Wie weggefegt waren Ernst und Beklemmung der vergangenen Tage, man tanzte zum Spiel der Flöte des Bauern Winniges, man sang und lachte und labte sich an den Köstlichkeiten, die dargeboten wurden. Gero hatte das Schwein geschlachtet und an den Spieß gesteckt; köstlich wehte der Duft gerösteten Fleisches über das Lager. Den Eremiten war klar, es würde das letzte Festmahl ihres Lebens sein. Die Sorge vor einem unbarmherzigen Winter musste sie nicht länger bedrücken, die vorhandenen Vorräte bedurften keiner strengen Rationierung mehr. Selbst die Hunde bekamen von dem Fleisch ab. Der alte Josef wusste kaum, wie ihm geschah, als man ihm eine Speckschwarte vorwarf, nie hatte er eine solche Köstlichkeit verzehrt. Da er aber kaum noch Zähne im Maul besaß, wurde der Verzehr zu einer endlosen Mühsal. Trotz seiner Gebrechlichkeit gelang es Josef in einem der vermutlich letzten Kraftakte seines langen Hundelebens, seine gierigen, futterneidischen Artgenossen auf Distanz zu halten.

Zwar mangelte es den Feiernden an Wein, aber irgendwer hatte ein Fass Dünnbier aufgetrieben, sodass sich niemand mit Wasser begnügen musste. Der Mönch Meginher versetzte alle in Staunen, weil er vortrefflich das Tanzbein zu schwingen wusste. Schließlich habe er schon gelebt, bevor seine Eltern ihn ins Kloster steckten, erklärte er den applaudierenden Eremiten.

Die Braut – eine junge Eremitin hatte ihr ein Kleid aus himmelblauem Wollstoff geschenkt - wirkte glücklich. Jeder, der Gunda kannte, wusste schließlich, wie sehr sie für Wigbert schwärmte. Der Bräutigam indes hatte während der Trauungszeremonie beinahe missmutig dreingeschaut. Im Laufe des Tages wurde er gelöster. Hätte er aber gewusst, wer beinahe im Lager erschienen wäre, um sich den Eremiten der letzten Tage anzuschließen, so hätte das seine Stimmung wohl erheblich getrübt. Es war Gero, der dafür sorgte, dass es nicht zu einer peinlichen Begegnung kam.

Im Grunde war es reiner Zufall, dass er Madelgard über den Weg lief, noch bevor sie in das Fest hineinplatzen konnte. Denn eigentlich hatte er nur kurz austreten wollen.

Madelgard, die Frau des Schmieds vom Rymelsberg, trug ein Bündel bei sich. Aus blutunterlaufenen Augen sah sie Gero entgegen. Madelgards hatte ihre besten Jahre hinter sich, ihr Gesicht war bleich und hohlwangig. Dennoch, ein Rest von Anmut und Schönheit war ihr immer noch geblieben. Kein Wunder, dachte Gero, dass Wigbert ihren Verführungskünsten nicht hatte widerstehen können. Für den Frischvermählten würde ihr Erscheinen eine leidige Situation darstellen. Gero war es dem Freund und seiner Schwester schuldig, dass er Madelgard kurzerhand zum Teufel jagte. Natürlich durfte Richarda nichts davon erfahren. Niemals hätte sie jemanden zurückgewiesen.

„Hier kannst du nicht bleiben, Madelgard! Verschwinde!“

„Bitte, führ mich zu Richarda.“

„Mannstolle Weiber haben hier nichts zu suchen.“

„Lass mich wenigstens mit Wigbert sprechen.“

„Das geht erst recht nicht. Nie wieder wirst du Wigbert behelligen. Hau ab, sonst mache ich dir Beine.“

„Du verwehrst mir das? Siehst du denn nicht, wie verzweifelt ich bin?“

„Du bist dein Elend selbst schuld. Hättest deinem Mann eben treu sein müssen. Das hast du nun davon.“

Das Spiel der Flöten hallte zu ihnen herüber. Madelgard lauschte der Melodie. „Ich dachte, hier wird gebetet? Feiert ihr ein Fest? Ist das nicht ein Hochzeitslied?“

„Unsinn.“

„Wer heiratet?“

„Niemand.“

„Warum dann das Lied?“

Gero verlor allmählich die Geduld mit ihr. „Geh, ich sag's dir nicht noch einmal.“

Aber Madelgard gab noch nicht auf. Dass Männer ihr einen Korb gaben, war sie nicht gewohnt. Nahe trat sie an Gero heran, sah ihm tief in die Augen. „Wenn du mich zu deiner Schwester führst, werde ich mich sehr erkenntlich zeigen“, hauchte sie.

Brüsk schob er sie von sich, hob drohend einen Zeigefinger. „Vergebliche Mühe, Madelgard. Mich wirst du nicht umgarnen, selbst wenn du hübsch wärst. Du bist im Lager unerwünscht. Wenn du noch einmal hier aufkreuzt, mache ich dir das Leben zur Hölle! Ich schwöre's dir!“

Madelgard presste die Lippen fest zusammen. Es war zwecklos, Gero würde sich nicht erweichen lassen.

Nachdem sie endlich gegangen war, kehrte Gero zum Fest zurück. Richarda hatte ihm schließlich einen Tanz versprochen.

31.

Samstag, 30. Dezember 999 A.D.
Bis tief in die Nacht hatten die Eremiten Hochzeit gefeiert, doch am nächsten Morgen, in aller Frühe, versammelten sie sich wieder zum Gebet vor der Klause. Niemand klagte darüber, denn das Ende der Welt rückte näher. Man war dankbar für die Abwechslung, die man gehabt hatte, für das üppige Essen, das man hatte genießen dürfen, für die Musik, zu der man fröhlich getanzt hatte, doch jetzt stand wieder das Seelenheil im Vordergrund.

Meginher hätte liebend gerne weitergeschlafen – das Dünnbier zeigte mehr Wirkung als vermutet -, aber enttäuschen wollte er seine Gastgeber auf keinen Fall und zelebrierte deshalb eine Frühmesse. Das Essen lag ihm noch schwer im Magen, er war solche Fleischmengen einfach nicht gewohnt, selbst wenn im Kloster zu Hersfeld das Fleischverbot schon lange nicht mehr ernst genommen wurde. Es war halt eine seiner großen Schwächen, dass er sich nicht zu mäßigen wusste. Das war ihm durchaus klar. Da ging es ihm nicht anders als den meisten seiner Mitbrüder - von Paulinus abgesehen. Der arme Paulinus machte keinen Hehl aus seiner Unzufriedenheit mit den Verhältnissen im Kloster. Paulinus, der jüngere Bruder, war immer schon der Frömmere und Glaubensfestere gewesen.

Nun denn, Fleisch war Meginher vorläufig zuwider, aber am Mittag, nach dem Angelusgebet, gelüstete ihm plötzlich nach Fisch. Er traute sich kaum, diesen Wunsch laut zu äußern, aber Rothaid kitzelte es aus ihm heraus.

„Ihr müsst Euch nicht schämen für Euren Appetit, Bruder Meginher. Schließlich müsst Ihr bei Kräften bleiben, wer sollte uns sonst die Messen lesen? Und da Ihr ja, wie Ihr frei und offen gesteht, nicht an den Weltuntergang glaubt, braucht Ihr auch nicht zu fasten.“

„Für einen Mönch geziemt sich anderes, ich will es nicht abstreiten.“

„Euch einen Gefallen zu erweisen, würde mir Freude machen."
„Gott segne dich, meine Tochter."
„Es gibt im Wald einen See mit vortrefflichen Forellen. Dorthin will ich gehen, um zu fischen. Ihr müsst nur ein wenig Geduld haben, zum Abend hin werde ich wieder zurück sein und den Fisch eigenhändig für Euch zubereiten."
„Schon jetzt läuft mir das Wasser im Mund zusammen, meine Tochter."
Es war wieder kälter geworden, Frost überzog den Wald. Rothaid beschloss vor ihrem Aufbruch, sich nach Begleitung umzusehen, damit der Tag nicht allzu einsam wurde. Hiltrud kam ihr in den Sinn. Rothaid mochte die Frau aus Grecenich. Wie eine Vertraute erschien ihr die Jüngere, obwohl sie sich erst seit Kurzem kannten. Gestern, während der Feier, hatten sie vergnügt miteinander geplaudert. Es geschah nicht häufig, dass sich Rothaid so sehr zu einem Menschen hingezogen fühlte. Warum dies bei Hiltrud der Fall war, vermochte sie sich beim besten Willen nicht zu erklären. Vielleicht nur deshalb, weil ein vergleichbares Schicksal hinter ihnen lag.
Mit ihrer Schwester Hadwig war Hiltrud in einem der Zelte untergebracht. Als Rothaid sie bat, mit ihr zum See zu gehen, freute sie sich.
„Gerne begleite ich dich. Unser guter Meginher darf doch nicht verhungern."
Hadwig blickte sauertöpfisch drein. Vermutlich war sie eifersüchtig, weil nicht sie gefragt worden war. „Ich dachte, wir sind zum Beten hier", erklärte sie missfällig.
Rothaid fasste sie sanft am Arm. „So ist es auch, Hadwig. Und eins meiner Gebete wurde bereits erhört, der Herrgott schickte mir zwei werte Freundinnen."
Mit Angelruten, Ködern und einem Eisbrecher ausgerüstet, machten sich Rothaid und Hiltrud auf den Weg. Eine knappe Stunde Fußmarsch bis zum See lag vor ihnen, Zeit genug für einen weiteren Plausch. Wenn die Welt auch bald unterging, so waren und blieben sie doch Menschen unter Menschen, die sich etwas zu

erzählen hatten. Und Hiltrud war froh, in Rothaid eine geduldige Zuhörerin gefunden zu haben.

„Vielleicht wäre alles ganz anders gekommen, hätte ich gesunde Kinder bekommen“, sagte Hiltrud mit einem Seufzen. „Doch alle Kinder, die ich gebar, blieben nicht lange am Leben, als hätte der Herrgott mich mit einem Fluch belegt. Auch die Gebete der Klausnerin blieben wirkungslos.“

Tröstend legte Rothaid eine Hand auf ihre Schulter.

„Warum sollte ein Fluch auf dir liegen? Mach dir keine Gedanken darüber. Im Himmel wird dir alles wieder vergolten.“

„Ach, Rothaid, du kennst ja noch nicht die ganze Wahrheit.“ Wie angewurzelt blieb sie stehen. Das, was sie erzählen wollte, war zu ernst, um dabei zu flanieren. Rothaid nickte ihr aufmunternd zu. Sie war bereit, die Last der Anderen mitzutragen, was immer es auch sein mochte.

„Nicht jedes Kind, das ich zur Welt brachte, war dem Tod geweiht“, begann Hiltrud mit gesenkter Stimme. Sie rang mit sich, doch das Bedürfnis, sich Rothaid anzuvertrauen, schien übermächtig zu sein.

„Nur drei Menschen wissen bis heute davon: ich selbst, meine Schwester Hadwig und die Klausnerin.“

„Du musst es mir nicht erzählen, wenn du es nicht willst“, entgegnete Rothaid sanft.

„Lange genug habe ich darauf gewartet, eine Freundin wie dich zu treffen. Es wird mich erleichtern.“ Sie atmete tief und starrte zu Boden. „Kaum zwölf Jahre alt war ich, als ich zum ersten Mal schwanger wurde. Lange Zeit begriff ich nicht, was eigentlich mit mir geschah. Es war Hadwig, die letztlich die richtigen Schlüsse zog. Natürlich durfte niemand von meiner Schande erfahren. Es gelang uns, meine Schwangerschaft vor den Eltern zu verheimlichen. Als die Zeit der Niederkunft kam, brachte Hadwig mich zur Klause der Judith. Mit ihrer Hilfe brachte ich ein Mädchen zur Welt. Sie versprach, sich um das Kind zu kümmern. Ich habe es nie wieder gesehen. Später beteuerte mir die Klausnerin, dass meine Tochter wohlauf sei, aber weit, weit fort von hier lebe. Was mag aus ihr geworden sein? Stell dir vor, Rothaid: Ich habe eine Tochter, doch sie ist mir fremd, und wenn die Welt untergeht, wird sie nicht an meiner Seite sein.“

Eine Träne rollte ihr über die Wange. Rothaid stand wie vom Donner gerührt. Nun wäre es an der Zeit gewesen, die Jüngere abermals zu trösten, stattdessen fragte sie mit dünner Stimme: „Wann ist das alles geschehen?“

„Vor etwa fünfzehn Jahren, so genau weiß ich das nicht mehr. Glaubst du, dass Gott mir zürnt, weil ich meine Tochter im Stich ließ? Bestrafte er mich mit toten Kindern?“

Rothaid antwortete nicht. Aschfahl war ihr Gesicht geworden. Tausend Gedanken ratterten durch ihren Kopf, und ein Gefühl brennender Eifersucht nagte in ihr, ohne dass sie etwas dagegen tun konnte. Vor ihr stand die Frau, die Richarda geboren hatte. All die Jahre hatte Rothaid jeden Gedanken an diese ihr unbekannte Person verdrängt. Richarda war ihr Ein und Alles, es spielte keine Rolle, in wessen Bauch sie herangewachsen war, denn sie, Rothaid, hatte sie gesäugt, aufgezogen, geliebt. Der Herrgott selbst musste dafür gesorgt haben, dass Richarda ihrer Obhut anvertraut worden war, alles hatte seinen tiefen Sinn und Zweck.

Hiltrud deutete Rothaids Schweigen falsch. „Bist du nun entsetzt?“, fragte sie bang. „Verachtest du mich, weil ich mein Kind hergab?“

Rothaid riss sich zusammen und rang sich ein Lächeln ab. „Nein, Hiltrud, ich verachte dich nicht. Du warst noch jung, man hätte dich geächtet. Es war richtig, das Kind der Klausnerin anzuvertrauen. Komm, lass uns weitergehen, sonst muss Bruder Meginher allzu lange auf seinen Fisch warten.“

Auf einmal war alles fassbar: die augenblickliche Vertrautheit, die Rothaid bei der ersten Begegnung mit Hiltrud gespürt hatte – das Blut der Mutter floss auch in Richardas Adern, selbst wenn dieser Gedanke Rothaid quälte. Nicht, dass Mutter und Tochter eine auffallende Ähnlichkeit besessen hätten, aber es bestand eine Art von Wesensverwandtschaft, die jedem verborgen blieb, der nicht eine entsprechende Vermutung hegte.

Hatte Hiltrud wirklich keinen Verdacht geschöpft? Doch dann hätte sie sich ihr wohl kaum in dieser Weise anvertraut.

Rothaids Gedanken überschlugen sich. Was, wenn Hiltrud und Richarda die Wahrheit erfuhren? Nur noch zwei Tage blieben bis zur Apokalypse. Hatte Gott in Seiner Allmacht entschieden, Mutter und Tochter wieder zusammenzuführen? Was für eine Demütigung, wenn die Wahrheit ans Tageslicht käme, was für ein Raub, was für eine himmelschreiende Ungerechtigkeit. Doch was konnte sie unternehmen, damit niemand etwas erfuhr? Auf die Verschwiegenheit der Klausnerin mochte sie vertrauen, aber was war mit Hiltruds Schwester Hadwig? Wenn Hiltrud selbst nichts ahnte – was für eine unwürdige Mutter sie doch war! –, so musste das nicht für die Schwester gelten, Richardas Tante.

So sehr Rothaid auch darüber nachdachte, es gab nichts, was sie tun konnte. Sie musste den Dingen ihren Lauf lassen und hoffen, dass niemand ihr Richarda streitig machte. Als sie den Rand des Sees erreichten, lag eine Zeit tiefsten Schweigens hinter den beiden Frauen.

Eis bedeckte die Oberfläche des Gewässers. Trotz des Frostes wehte ein lauer Wind über den Wald. Rothaid wog den Meißel, der ihnen als Eisbrecher dienen sollte, in ihrer Hand. „Also gut“, verkündete sie, „fangen wir Fische für Bruder Meginher.“

Vorsichtig setzte sie einen Fuß aufs Eis, um die Festigkeit zu prüfen, schritt dann langsam voran. Hiltrud folgte ihr. Nach etwa zwanzig Schritten glaubte Rothaid, die richtige Stelle gefunden zu haben, und begann, ein Loch ins Eis zu schlagen. Am Ufer lärmten ein paar Krähen. Hiltrud blickte ein wenig ängstlich drein.

„Glaubst du wirklich, dass das Eis uns trägt?“

„Offensichtlich ist das so, sonst wären wir schon eingebrochen.“

„Aber ... ich hörte es knirschen ...“

Rothaid hielt an sich. War Hiltrud noch vor einer Stunde ihre beste Freundin gewesen, so sah sie nun eine Rivalin in ihr, und es fiel ihr schwer, ihr weiter mit Freundlichkeit zu begegnen. Was hätte sie darum gegeben, mit sich und ihren Gedanken allein zu sein.

„Manchmal knirscht das Eis, das liegt in seiner Natur, Hiltrud.“

Sie bestückten die Haken der Angelruten mit Brotkrumen und ließen sie ins Wasser gleiten. Eine Weile standen sie schweigend und warteten, bis die Forellen anbissen. Rothaids Kühle irritierte Hiltrud. Schließlich sprach sie es aus.

„Und du verachtest mich doch, Rothaid. Ich kann es dir nicht verdenken. Wer eine Tochter wie Richarda hat, muss wohl so fühlen."

Rothaid stierte in das Eisloch. „Du irrst dich, Hiltrud. Ich sagte es schon, dich zu verachten liegt mir fern. Wenn wir aber schwatzen, beißen die Fische nicht."

Gleichwohl, eine noch ungestellte Frage ließ auch Rothaid keine Ruhe und gärte in ihr, bis sie das Stillschweigen selbst nicht mehr ertrug. „Wer war der Vater?", platzte es aus ihr heraus.

Hiltrud blickte sie verständnislos an.

„Das Mädchen, das du damals geboren hast, es muss doch einen Vater gehabt haben. Ich vermute, es war nicht dein späterer Ehemann."

Die Jüngere schüttelte den Kopf.

„Du willst nicht darüber sprechen?" Rothaid bemühte sich, ihre Stimme sanft und unbefangen klingen zu lassen.

„Ich habe noch nie mit jemandem darüber gesprochen. Nur Hadwig weiß es. Selbst der Klausnerin haben wir es verschwiegen." Sie biss sich auf die Unterlippe.

„Ich bin deine Freundin, Hiltrud. Alles, was du mir erzählst, bleibt unter uns. Ich nehme an, der Beischlaf, der zur Zeugung führte, fand gegen deinen Willen statt. Du warst ja fast noch ein Kind."

Hiltruds Schweigen war Antwort genug. Ja, sie war ein wehrloses Opfer brutaler Wollust gewesen. Die Erinnerungen daran mussten grauenvoll sein.

„Das Kind, es konnte doch nichts dafür", schluchzte sie dann leise.

Rothaid fasste sich in Geduld, blieb aber beharrlich. „Manchmal hilft es, wenn man sich die Last von der Seele redet. Wenn Pippin mich prügelte, hätte ich alles dafür gegeben, mich einer guten Freundin anvertrauen zu können. Doch leider hatte ich keine. Ach, wie trostlos das Leben doch war. Die Klausnerin stand mir bei, aber eine Vertraute war sie mir nicht. Heute, am Tag vor dem Weltenende, darf ich mich glücklich schätzen, dass du den Weg zu uns gefunden hast, Hiltrud."

Hiltrud rieb sich eine Träne aus dem Auge. „Deine Worte machen mich froh."

„Wir beide sind von einem Schlag." Rothaid zögerte noch einen Herzschlag lang und fragte dann wiederum: „Nun? Wer war der Vater des Kindes?"

Hiltrud stieß einen Seufzer aus und starrte auf das Eis zu ihren Füßen, als könne sie auf diese Weise den Grund des Sees erblicken. Ihre Stimme war ein heiseres Flüstern, als sie Rothaids Frage endlich beantwortete.

„Der Gaugraf."

Mit aller Macht wünschte Rothaid, sich verhört zu haben. Gaugraf Gerhard der Vater ihrer Richarda? Der Mann, der sie einst gedemütigt und entehrt hatte? Sein Blut floss in den Adern des Menschen, den sie am meisten liebte?

„Nein!" So sinnlos ihre Erwiderung auch war, so unwillkürlich kam sie ihr über die Lippen. Aber Hiltrud schien sie ohnehin nicht vernommen zu haben.

„Eines Tages erschien er auf unserem Hof", erzählte sie monoton, aber Rothaid hörte ihr nicht weiter zu; es war ihr ohnehin klar, was damals geschehen sein musste: Der Gaugraf hatte sich an dem Mädchen vergangen. Wann und wo und auf welche Weise genau das geschehen sein mochte, war völlig einerlei. Rothaid starrte auf Hiltruds Lippen; irgendwann hob sie abrupt eine Hand, um die Jüngere zum Schweigen zu bringen.

„Hör auf!", befahl sie scharf.

Hiltrud war verwirrt. „Aber du wolltest doch -"

„Ich will nichts mehr davon hören. Vielleicht hast du dich ja geirrt und der Gaugraf ist gar nicht der Vater."

Nun wirkte Hiltrud zutiefst befremdet. „Aber er ist es, Rothaid, glaub mir. Sonst gab es niemanden, der mich angerührt hätte. Gaugraf Gerhard ist der Vater meiner Tochter!"

Rothaid zog eine zornige Grimasse und ließ die Angelrute fallen. „Warum hältst du nicht den Mund?“

„Was hast du denn plötzlich? Es war doch nicht meine Schuld ... Was habe ich denn gesagt, dass du so wütend auf mich bist?“

Erschrocken wich sie einen Schritt zurück, weil Rothaid ihr erregt entgegentrat. Dann stolperte Hiltrud plötzlich über ihren eigenen Rocksaum und stürzte rücklings aufs Eis. Mehr vor Schreck als vor Schmerz schrie sie auf. Danach war ein beängstigendes Knirschen zu hören. Im Eis entstand ein langer Riss, direkt zu Hiltruds Füßen. Rothaid erstarrte in ihrer Bewegung. Mit unsäglicher Langsamkeit wuchs der Riss, weitete sich aus, zeugte weitere Risse gleich einem mächtigen Blitz.

Dann brach das Eis. Hiltrud sank ins Wasser, wie von einer Geisterhand herabgezogen. Im nächsten Augenblick war nichts mehr von ihr zu sehen, der See hatte sie verschlungen.

Rothaid stand wie vom Donner gerührt. Das Eis knirschte nicht länger, Luftblasen stiegen an die Wasseroberfläche, nur drei kleine Schritte von ihr entfernt. Sie wagte nicht, sich zu bewegen, um nicht gleichfalls einzubrechen.

Ihr Herzschlag drohte auszusetzen, als zu ihren Füßen unterhalb des Eises ein Schatten erschien, ohne Zweifel die um ihr Leben kämpfende Hiltrud. Sogar ihr von Todesangst geprägtes Gesicht war zu erkennen.

Doch wie konnte Rothaid ihr helfen, ohne selbst dabei in Gefahr zu geraten?

Die Krähen am Ufer waren beim Zerbersten des Eises krächzend aufgeflogen, nun kreisten sie über den See, als triebe sie die Neugier über das weitere Schicksal der Versunkenen. Rothaid hielt den Atem an.

Dann, urplötzlich, tauchte Hiltruds Kopf aus dem Wasser auf, sie keuchte, hustete, gierte nach Atemluft, die Augen weit aufgerissen. Verzweifelt tasteten ihre Hände nach Halt, doch der Eisrand, an den sie sich klammern wollte, brach immer wieder weg, sodass das Wasserloch ständig größer wurde. Endlich fiel ihr Blick auf Rothaid, die ihren Kampf um Leben und Tod wie gelähmt beobachtete.

„Rothaid ..."

Mehr vermochte sie nicht vorzubringen, ihre zitternden Lippen hatten eine blaue Färbung angenommen. Die unbarmherzige Kälte, die sie gepackt hielt, schien das Leben langsam aus ihr herauszusaugen. Doch trotz aller Ängste stand ihr auch ungläubige Verwunderung ins Gesicht geschrieben: Warum machte die Frau, die sich ihre Freundin nannte, keinerlei Anstalten, ihr zu helfen?

Nach dem anfänglichen Schreck bemühte sich Rothaid nunmehr, ihre Gedanken zu ordnen. Gewiss, es war ihre heilige Pflicht, Hiltrud zu helfen, wenngleich mit erheblicher Gefahr für das eigene Leben verbunden. Jeden Moment konnte sie selbst einbrechen, deshalb wäre es ratsam gewesen, sich flach auf das Eis zu legen, um ihr Körpergewicht zu verteilen, jedes Kind wusste, dass in dieser gefahrvollen Situation so zu handeln war. Vorsichtig kriechend hätte sie sich Hiltrud nähern können, um ihr eine Hand zu reichen. Mit vereinten Kräften wäre es ihnen vielleicht gelungen, sich der misslichen Lage zu entziehen.

Aber Rothaid tat nichts dergleichen. Stattdessen wich sie Schritt für Schritt zurück, den Blick weiter auf die um ihr Leben kämpfende Hiltrud gerichtet.

Sie will mir Richarda nehmen!

War das nicht ein Zeichen des Himmels? Gott wollte nicht, dass ihr, Rothaid, Unrecht widerfuhr. Denn sie war Richardas wahre Mutter! Bevor Hiltrud, ihrer Einfalt zum Trotz, in der Lage sein würde, die Wahrheit zu erkennen, ließ Gott sie ertrinken. Deutlicher konnte er Seinen Willen wohl kaum kundtun. Von der Pflicht, Hiltrud helfen zu müssen, fühlte sich Rothaid entbunden. Wenngleich ein Rest von Zweifeln in ihr blieb.

Warum starrt sie mich so an? Lieber Gott, sie soll mich nicht so anstarren! Rasch, bereite ihr ein gnädiges Ende!

Und der Herrgott hörte sie offenbar. Hiltrud war mit ihren Kräften am Ende, erneut versank sie im Wasser. Für ein paar Augenblicke noch ragte ihre Hand empor, dann verschwand auch diese, und die schwappenden Wellen kamen allmählich zur Ruhe.

Rothaid war am Ufer angelangt und wünschte sich, ihr Herzschlag würde sich endlich beruhigen. Nach wie vor war ihr Blick auf das Loch in der Mitte des Sees gerichtet. War jetzt alles vorüber?

Totenstille war eingekehrt. Auch von den Krähen war nichts mehr zu sehen und zu hören. Was, wenn Hiltruds Kopf ein weiteres Mal aus dem eiskalten Wasser auftauchte?

Eine halbe Ewigkeit, so schien es, verstrich. Nichts geschah. Der See hatte Hiltrud verschlungen.

Rothaid stellte fest, dass sie am ganzen Körper zitterte. Ein Mensch war tot, ertrunken vor ihren Augen. Nicht irgendein Mensch, sondern die Frau, die Richarda einst geboren hatte. Und Rothaid hatte nicht das Geringste unternommen, den Tod dieser Frau – ihrer Freundin! - zu verhindern. Aus reiner Eifersucht hatte sie Hiltrud sterben lassen.

Unsinn! Es geschah, weil es geschehen musste!

Auf keinen Fall durfte sie am Tag vor dem Weltenende an den Fügungen des Schicksals zweifeln. Hiltrud war gestorben, weil Gott es so gewollt hatte. Selbstvorwürfe waren unangebracht. Nur musste sie den Unfall – denn nichts anderes war es gewesen – den Eremiten bekannt geben. Niemand kannte die Zusammenhänge, niemand würde auf den Gedanken kommen, ihr Hiltruds Tod anzulasten.

Rothaids Beine waren wie Blei, ein Eisenring umklammerte ihr Herz. Dennoch, es war nun an der Zeit, sich auf den Heimweg zu machen. Statt eines Fisches für Bruder Meginher würde sie eine traurige Nachricht überbringen.

Unterwegs blickte sie immer wieder über ihre Schulter, als fürchtete sie, Hiltrud könnte sich an ihre Fersen heften.

Sei nicht töricht, Rothaid, schalt sie sich selbst. *Hiltrud ist tot, und Gott wird es nicht zulassen, dass ihr Geist mich behelligt!*

Im Lager angelangt, sank sie erschöpft in sich zusammen. Augenblicklich eilten Männer herbei und trugen sie in die Klause. Richarda und Gero erschienen an ihrem Lager; besorgt beugten sie sich über sie.

Mit schwacher Stimme begann Rothaid zu erzählen. Beim Fischen auf dem See sei Hiltrud plötzlich eingebrochen und versunken. Und sie, Rothaid, habe nichts unternehmen können, um die Unglückselige zu retten. Sie selbst sei in Gefahr gewesen, doch habe sie dem nachgebenden Eis noch rechtzeitig entfliehen können.

„Mach dir keine Vorwürfe, Mutter", sagte Richarda sanft und tröstend, „die Herrlichkeit Gottes ist ihr ohnehin gewiss."

Auch Hadwig erschien in der Klause, nachdem sie vom Tod der Schwester erfahren hatte. Rothaid glaubte, neben der Trauer auch Zweifel und Argwohn in ihrem Blick wahrzunehmen.

„Wie konnte das nur geschehen?", fragte sie vorwurfsvoll.

Rothaid gab sich zutiefst verstört und war froh, dass Richarda sich Hadwig annahm, sie von ihrem Bett fortführte und tröstend auf sie einredete.

Kurz darauf machten sich Gero, Wigbert und einige andere Männer auf den Weg zum See. Vielleicht gelang es ihnen ja, Hiltruds Leiche zu bergen, um ihr am Tag vor dem Weltenende noch eine würdevolle Bestattung zu ermöglichen. Und schon morgen, bei der Auferstehung aller Toten, würde sie wieder aus ihrem Grab steigen.

32.

Silvester 999 A.D.

Der Morgen des Tages vor dem Weltenende begann mit Sonnenschein. Millionen Eiskristalle verliehen dem Wald geheimnisvollen Glanz, als sei es der Menschheit noch einmal vergönnt, das goldene Gestirn und die Wunder der Schöpfung zu würdigen, bevor eine neue Welt erschaffen wurde.

Am Vorabend hatten die Männern es geschafft, Hiltruds Leiche aus dem See zu bergen. Die Eremiten hatten sie innerhalb des Lagers bestattet. Bruder Meginher machte sich schwere Vorwürfe, denn seinetwillen waren die Frauen losgezogen, um seinen Appetit nach Forellen zu stillen. Richarda ermunterte ihn, an Gottes Fügung zu glauben. Meginher dachte über ihre Worte nach und lächelte traurig. Richarda, das Bauernmädchen, spendete ihm, einem geweihten Mönch, geistlichen Trost. Womöglich konnte er ihr morgen, wenn die Welt noch bestand, den Gegendienst erweisen. Aber selbst dieser Gedanke stimmte Meginher traurig. Der Weltuntergang war den Eremiten beinahe zum Wunsch geworden, eine Rückkehr in die Welt war vielen offenbar unmöglich. Und Richarda, dieses erstaunliche Gotteskind, würde den Nimbus verlieren, der sie umstrahlte. Mochte sie sich auch nichts Arges gedacht haben bei dem, was sie hier geschaffen hatte, so würde man ihr nach der ausgebliebenen Apokalypse womöglich heftige Vorwürfe machen. Meginher nahm sich vor, sie gegen jede Form von Zorn in Schutz zu nehmen.

Gegen Mittag verschwand die Sonne, und die Tristheit des Winters senkte sich wieder über den Wald. Noch immer hatte es keinen Schneefall gegeben, doch jetzt verhieß ein fast eisgrauer Himmel die ersten Flocken. Richarda machte sich auf den Weg zu Judiths Höhle; ein letztes Mal wollte sie die Magistra herzen, ihr danken für alles, was sie sie gelehrt hatte. Erst im Paradies würden sie sich wieder begegnen.

Judith empfing sie mit einem Lächeln; Richarda fand, dass sie ausgezehrt und erschöpft aussah. Zuerst sprachen sie ein Gebet, dann plauderten sie über die schönen alten Zeiten, die unwiderruflich hinter ihnen lagen. Zuletzt erzählte Richarda vom tragischen Tod der Hiltrud, was Judith hellhörig werden ließ.

„Hiltrud aus Grecenich? Ertrunken?“

„Ihr kanntet sie?“

Judith nickte. „Und ... deine Mutter war dabei, als es geschah?“

„Die Ärmste ist völlig verstört seitdem. Sie stand direkt daneben und konnte ihr dennoch nicht helfen. Das macht ihr schwer zu schaffen.“

Judith schwieg, was Richarda als Betroffenheit wertete. Es war schon später Nachmittag, als sie voneinander Abschied nahmen.

„Mein Dank an Euch ist grenzenlos, Magistra. Ich wünschte, ich könnte ihn anders zum Ausdruck bringen als durch Worte.“

„Dein Dasein auf dieser Welt rechtfertigte alles, was ich für dich tat. Ich weiß schon seit Langem, dass du eine Bestimmung hast.“

„Wenn Gott mir wirklich eine Bestimmung gab, dann die, den *Eremiten der letzten Tage* das Seelenheil erlangen zu lassen.“

Eine letzte Umarmung, ein letzter Kuss, dann schieden sie. Sie mochten einander fremder geworden sein in den vergangenen Monaten, doch immer noch gab es das einigende Band zwischen der alten und der jungen Frau.

*

Gegen Mittag war der Wandermönch Magnus vor der Hügelburg des Gaugrafen erschienen. Gerhard hatte ihn zu sich führen lassen. Ein Saufkumpan wie Magnus war immer noch besser als keiner. Zudem war Gerhard in Gönnerstimmung; dass seine Dienerschaft sich vor dem Weltenende fürchtete, amüsierte ihn.

„Nun, was denkst du, Mönch?“ Gerhard schenkte ihm höchstselbst Wein nach. „Geht die Welt heute unter oder nicht?“

„Vermutlich nicht, Herr.“ Magnus grinste schief. „Aber für die Menschen ist’s besser, wenn sie daran glauben.“

„Du meinst, weil sie sich dann leichter von ihren Schätzen trennen, nicht wahr?“

„Warum traut Ihr mir nur Schlechtes zu? Findet Ihr das gerecht, einem Mann Gottes Habgier vorzuwerfen?“ Seiner beleidigten Frage zum Trotz behielt er sein Grinsen aufrecht.

„Gar nichts werfe ich dir vor, Mönch. Es ist mir einerlei, wie du deinen Lebensunterhalt verdienst, solange du nicht *mich* schröpfst. Nun ja, der Wein sei dir trotzdem gegönnt. Die Welt geht schließlich nur einmal unter.“

Beide lachten.

„Und wo du schon einmal vom Mann Gottes sprichst“, fuhr der Gaugraf fort, „dein verehrter Bruder in Christo, Bartholomäus, ist seit geraumer Zeit spurlos verschwunden. Du hast nicht zufällig eine Ahnung, wohin es den Kerl getrieben haben könnte?“

Magnus zuckte mit den Achseln. „Nicht die leiseste. Vielleicht hat er sich ja ein lauschiges Plätzchen gesucht, um die Apokalypse abzuwarten.“ Plötzlich kam ihm eine Idee. „Wenn Ihr wollt, übernehme ich sein Amt in Aeccheze, Herr.“

Gerhard dachte darüber nach. „Du müsstest nicht mehr umherwandern und hättest deinen Unterhalt. Verlockend, nicht wahr?“

„Es wäre mir ein Vergnügen, Euch zu Diensten zu sein, Gaugraf.“

„Und mit dem Verschwinden des Bartholomäus hast du natürlich nicht das Geringste zu tun.“

„So ist es.“ Nicht einmal die Möglichkeit, dass man ihn einer Schand- oder gar Mordtat verdächtigte, brachte den feisten Mönch aus der Fassung.

„Besitzt du überhaupt die Priesterweihen?“

„Gewiss.“

„Das glaube ich dir nicht, aber was soll's? Hauptsache, die Leute kaufen es dir ab.“

„Seid unbesorgt, schlechter als Bartholomäus werde ich ihnen die Messe auch nicht lesen.“

„Na schön, du gibst mir künftig den Dorfpriester, Magnus.“

„Danke, Herr.“

Sie prosteten sich zu und tranken.

„Du weißt, was ich von dir erwarte, Magnus."

„Aber gewiss. Ich werde die Schäfchen schon bei Laune halten."

„Wenn jemand rebellische Gedanken hegt, will ich das wissen. Beichtgeheimnis hin oder her."

„Ein Befehl von Euch ist für mich wie ein Befehl aus dem Himmel."

„Ich würde es anders ausdrücken: Beiß nie in die Hand, die dich füttert, Magnus."

„Nie!"

„Wenn die Bauerntölpel morgen feststellen, dass die Welt noch existiert, dann werden sie dumm aus der Wäsche schauen. Sorg mir dafür, dass sie bald wieder an ihr Tagewerk gehen. Sie haben lange genug gefaulenzt und sich diesen apokalyptischen Spinnereien hingegeben."

„Falls erforderlich, drohe ich ihnen mit den Feuern der Hölle, das wirkt immer."

„Wie du mit den Leuten umgehst, ist deine Sache. Da vertraue ich voll und ganz deiner Schlitzohrigkeit."

„Danke. Wenn das auch kein schmeichelhaftes Lob aus Eurem Munde ist."

„Wir wissen beide, dass man dich nicht beleidigen kann. Hast du das von den Eremiten gehört?"

„Ha! Schon bis nach Aachen hat es sich herumgesprochen."

„Es sind einige meiner Bauern unter ihnen." Das Gesicht des Gaugrafen verfinsterte sich. „Wir werden sehen, ob sie in den nächsten Tagen zu ihren Gehöften zurückkehren. Möglicherweise muss ich gegen sie vorgehen."

„Dieses Weibsbild, das ihr Haupt ist, Richarda – ich kenne sie. Sie verdreht allen den Kopf. Werdet Ihr sie später bestrafen, Herr?"

„Darüber habe ich noch nicht entschieden. Und du brauchst dir deswegen erst recht nicht den Kopf zu zerbrechen."

Um die Laune des Gaugrafen wieder aufzubessern, sagte Magnus mit einem Augenzwinkern: „Eins muss man ihr aber lassen, sie ist so hübsch, dass ihr Anblick in den Lenden schmerzt. Wäre ich ein Eremit, wüsste ich Besseres mit ihr anzustellen als in ihrer Gegenwart zu beten."

„Ja, du gefällst mir, Magnus. Jedenfalls mehr als dieser bitterernste Bartholomäus, der nur schwer zu durchschauen war. Doch solltest du dich mit Äußerungen über die reizende Richarda zurückhalten, wenn mein Sohn in der Nähe ist." Mit seinem Kinn wies er auf Tassilo, der den Raum betreten hatte und dem Wandermönch einen vernichtenden Blick zuwarf.

„Oh", machte Magnus.

„Mein Sohn hat an dem Mädchen einen Narren gefressen. Kann man es ihm verdenken?"

„Es wäre eher bedenklich, wenn ein Bursche ihr mit Gleichgültigkeit begegnet."

„Nun, was führt dich her, Junge? Willst du einen Becher mit uns trinken? Komm und setz dich zu uns."

Mit dem Vater und dem Wandermönch zu trinken, das war das Letzte, wonach Tassilo der Sinn stand. Angewidert schüttelte er den Kopf.

„Schau den Pfaffen nicht länger so missfällig an, mein Junge. Auch du wirst dich mit ihm vertragen müssen. Er ist nämlich der neue Dorfpriester zu Aeccheze."

„Er?" Tassilo unterdrückte den Impuls, vor sich auszuspucken. „Und wenn Bartholomäus zurückkehrt?"

„Dann jagen wir den Ungetreuen zum Teufel, was sonst."

„Dein Vater muss sich auf seine Leute schon verlassen können", warf Magnus ein.

Tassilo beschloss, ihn nicht weiter zu beachten. Überhaupt bereute er, in den Raum gekommen zu sein. Was hatte er verloren in der Gegenwart dieser beiden Geiferer? Den Wandermönch – jetzt war er sogar zum Dorfpriester aufgestiegen - hatte er noch nie gemocht, und der Respekt vor dem Vater war in den vergangenen Jahren ohnehin geschwunden. Im Grunde hatte Tassilo nur noch Mitleid mit ihm. Ohne ein weiteres Wort machte er kehrt und ging hinaus.

„Was hat er denn?", fragte Magnus mit gespielter Sorge.

„Lass ihn. So ist er nun einmal.“

„Vermutlich hat mein Gerede über jene Richarda ihm den Mund wässrig gemacht.“

„Nicht nur ihm.“ Gerhard rieb sich nachdenklich das Kinn. „Ein paar Weiber könnten auch uns heute Nacht nicht schaden. Was meinst du, Magnus? Nur für uns beide.“

Nicht im Traum hätte der Mönch zu hoffen gewagt, dass der Gaugraf ihn sogar an seinen Weibergeschichten teilhaben ließ. Heute war sein Glückstag. Er leckte sich die Lippen. „Warum nicht? Schließlich ist es die Nacht aller Nächte.“

„Du lehnst nicht ab? Du, der du doch gegen Hurerei und Unzucht predigen müsstest?“

„Dann und wann schare auch ich gerne Jüngerinnen um mich.“

„Du gefällst mir immer mehr.“

So kamen sie überein, die Silvesternacht ausgelassen zu feiern. Sollte der Rest der Welt doch auf die Apokalypse warten, was scherte sie das? Seinetwegen konnten die Leute beten, bis sie tot umfielen. Eine zünftige Orgie mit Wein und Weibern war allemal besser als der Weltuntergang.

*

Tassilo drängte es einmal mehr, der Hügelburg des Vaters zu entfliehen. Zwar hatte es draußen zu schneien begonnen, doch nichts hielt ihn daheim, er wollte nur noch fort, um seinem Vater und dem unsäglichen Mönch nicht begegnen zu müssen. Was immer die beiden lüsternen Trunkenbolde in der Nacht auch zu tun gedachten, er wollte nichts mit ihnen zu schaffen haben. Die Sehnsucht, die Tassilo hegte, ließ sich nicht mit Wein oder Fleischesfreuden stillen.

Schon dämmerte es. Schenkte man den Eremiten Glauben, so würde es vor der Wiederkunft Christi nicht wieder hell werden. Tassilo holte seinen Schimmelhengst aus dem Stall und ritt davon.

Wohin? Er hätte alles dafür gegeben, die Nacht in Richardas Gegenwart zu verbringen. Keine Stunde seines Lebens verging mehr, ohne dass er an sie dachte. Vermutlich war es Liebe, die er für sie empfand.

Doch im Lager der Eremiten würde er nicht willkommen sein. Zweifellos sah man in ihm nur den Handlanger des Vaters. Nein, es war nicht seine Absicht, Unfrieden zu stiften. Wenn er nicht bei Richarda sein konnte, so kam für ihn nur Einsamkeit in Betracht. Blieb der Weltuntergang aus, würde es noch viele Gelegenheiten geben, sie zu sehen. Womöglich musste er sie obendrein vor dem Zorn des Vaters schützen. Schon sah Tassilo den Tag kommen, an dem er sich offen gegen den Vater stellte, wollte er an seiner Zerrissenheit nicht zugrunde gehen.

Inzwischen überzog die Landschaft eine Decke aus Schnee, die der Finsternis der beginnenden Nacht trotzte, zumal sich der volle Mond immer wieder durch die Wolken zwängte. Es war kühl, der Schneefall ließ nach, kein Wind regte sich. Klar und rein war die Nacht, und nichts deutete darauf hin, dass es kein Morgen mehr gäbe.

Was immer in der Silvesternacht auch geschah, Tassilo würde allein sein. Er kannte einen einsamen Platz, die alte Ruine auf dem Rymelsberg, wo er verweilen wollte. Dort, wo einstmals ein Wachturm der Römer gestanden hatte, würde er die Nacht verbringen, die Welt überblicken und mit seinen Gedanken ganz für sich sein. Richarda würde ihm zwar nicht nahe sein, aber allein das Wissen, dass sie ihr Leben bis vor Kurzem noch am Fuß dieses Hügels verbracht hatte, vermochte seiner gepeinigten Seele zuzusprechen.

33.

Silvesternacht 999 A.D.
Fast sechzig Menschen zählten die Eremiten der letzten Tage. Richarda war mit sich im Reinen. Es war gut und richtig gewesen, all diese Leute in die Gemeinschaft aufzunehmen. Sechzig Seelen, die zu Gott wollten – wie hätte sie ihnen das verwehren können?

Bruder Meginher hatte eine letzte Messe gelesen. Die Eremiten blieben auf dem von Fackeln beleuchteten Platz vor der Klause versammelt, Schnee und Kälte trotzend, ohnehin würden die irdischen Strapazen in Kürze überstanden sein. Alles war nun getan, jede Sünde bereut, nichts mehr war zu bestellen, nur noch warten musste man auf die Wiederkunft Christi.

Wie mochte die Apokalypse vonstattengehen? Es wurde viel darüber gesprochen, doch jeder hatte seine eigene Vorstellung. Würden Satan und seine Teufel über die Menschheit herfallen, bevor der Weltenrichter erschien? Der gewaltige Kampf zwischen Gut und Böse – wie sah er aus, mit welchen Waffen wurde er ausgefochten, welche Rolle wurde den Lebenden darin zuteil? Würde der Erzengel Michael dem Herrn vorangehen? Und das Flammenschwert, das der Engel schwang, wem brachte es Verderben? Die Toten, würden sie aus ihren Gräbern steigen? Absichtlich hatte man Hiltrud innerhalb des Lagers bestattet, rasch sollte sie nach ihrer Auferstehung wieder zu der Gemeinschaft stoßen können.

Angst machte manchem der Gedanke an einen schmerzhaften Tod. Selbst Meginher vermochte nicht zu sagen, ob und auf welche Weise die Lebenden sterben mussten, bevor sie vor das Weltgericht traten. Würden Satans Kreaturen sie foltern und quälen? Tausend Jahre war der Höllenfürst in seinem Gefängnis eingesperrt gewesen, seine Gier nach Grausamkeiten musste grenzenlos sein. In seiner Offenbarung beschrieb Johannes fürchterliche Szenarien. Blieb zu hoffen, dass der Erzengel Michael und seine himmlischen Mitstreiter es nicht soweit kommen lassen würden. Meginher, obgleich nicht wissender als jeder Andere, tat sein

Bestes, den Leuten die Furcht zu nehmen. – Und dachte bei sich, dass er ihnen anderentags wohl auf ganz andere Weise Mut zusprechen müsste.

Auch Richarda ging durch die Reihen, um mit den Menschen zu sprechen. Mochten sie auch Angst haben vor dem, was ihnen bevorstand, so ließ niemand es an Tapferkeit vermissen. Selbst die Kinder klagten und weinten nicht, alle waren von Ehrfurcht gepackt. Von Bitterkeit war nichts zu spüren. Auch schien jeglicher Hass aus den Herzen der Menschen gewichen zu sein. Widerfahrenes Unrecht war bedeutungslos geworden, und niemandem wäre es eingefallen, eine Schmähung über die Lippen zu bringen.

Die Eremiten waren bereit für das Ende der Welt.

Immer wieder wurden fromme Gesänge angestimmt. Die Stunden verrannen, es ging auf Mitternacht zu. Richarda hatte ihre Familie um sich versammelt.

„Da wir nicht genau wissen, was geschehen wird, sollten wir voneinander Abschied nehmen“, sagte sie. „Schon bald werden wir uns wiedersehen, aber das wird nicht hier sein. Unser Herr hat gesagt: *Freut euch, denn das Himmelreich ist nah!* Wir dürfen ihm glauben.“

Sie umarmte die Mutter, die seit dem Unglück auf dem vereisten See sehr schweigsam geworden war. „Du wirst deine Freundin Hiltrud schon bald wiedersehen, Mutter“, flüsterte sie ihr zu, nicht ahnend, dass gerade diese Aussicht ihr auf dem Magen lag.

Sie wandte sich an Gunda und ihren frisch gebackenen Schwager Wigbert, der sich das Wolfsfell seines Großvaters um die Schultern gelegt hatte. „Vielleicht hält der Wolf uns ja die Teufel vom Leib“, erklärte er grinsend.

„Wer weiß, den Versuch ist es wert“, entgegnete Richarda und umarmte auch ihn.

„Na, nicht so heftig, meine Liebe, das ist *mein* Mann!“, sagte Gunda, lächelte aber nachsichtig. „Dafür hast du ja noch selbst gesorgt, bevor wir ins Gras beißen müssen.“

Richarda reichte ihr beide Hände.

„Eure Vermählung war eine Notwendigkeit, Gunda."

„Schon gut, ich nehme es dir nicht krumm, Schwester. Ganz im Gegenteil. Wer will das Ende der Welt denn schon als Jungfrau erleben? – Oh, verzeih mir, ich wollte mich nicht über dich lustig machen." Gunda war errötet, was darauf hinwies, dass ihre Worte diesmal nicht als Spitze gemeint waren. Niemand hegte in dieser Nacht gehässige Gedanken, nicht einmal Gunda.

Richarda fiel das Medaillon auf, das ihre Schwester an einem Lederband auf der Brust trug. Neugierig nahm sie es zwischen ihre Finger. Es war aus Bronze, mit einiger Mühe ließ sich auf einer Seite noch das Profil eines Gesichts erkennen.

„Woher hast du das, Gunda?"

„Ich fand es in der kleinen Gruft, als ich mit Wigbert ... Na ja, du weißt schon."

„Es muss uralt sein. Wer ist darauf abgebildet?"

„Woher soll ich das wissen? Vermutlich ein Heiliger. Ich nenne ihn einfach Petrus."

„Kluges Mädchen!"

Die Schwestern umarmten sich. Gero trat zu ihnen und nahm die beiden seinerseits in die Arme. Nie hatte man die drei in solch herzlicher Eintracht gesehen.

Später, nachdem Gunda in Wigberts Arme zurückgekehrt war, flüsterte Gero Richarda ins Ohr: „Wüsstest du doch, wie sehr ich dich liebe."

„Aber das weiß ich doch genau, Bruder", entgegnete sie sanft, „ich liebe dich auch."

„Wenn das so ist, dann gib mir einen Kuss."

Zärtlich küsste sie ihn auf die Wange. Er aber nahm ihr Gesicht zwischen seine Hände und presste seinen Mund auf ihren. Seine Zunge berührte kurz ihre Lippen, doch hastig ließ er wieder von ihr ab, als sei ihm das Ungeheuerliche seines Tuns plötzlich bewusst geworden. Verlegen starrte er zu Boden.

Richarda erinnerte sich, dass er sie neulich schon einmal auf ähnlich innige Weise geküsst hatte. Ja, sie konnte es nicht leugnen, es war ein betörendes Gefühl, wenn Gero sie küsste. Es rief

Begierden in ihr hervor. Doch für Begierden war nicht die Zeit. Erst recht nicht, wenn es der eigene Bruder war, der sie in ihr weckte. Deshalb dachte sie an Tassilo, der schließlich nicht ihr Bruder war. Ihre Gedanken begannen sie zunehmend zu verwirren, was offenbar Bruder Meginher nicht entging, der lächelnd vor sie hintrat.

„Was schwirrt dir durch den Kopf, Richarda? Du schaust drein, als hörtest du schon jetzt die himmlischen Posaunen."

Richarda nahm ihn beiseite. „Vorhin ist mir bewusst geworden, dass ich niemals Frau war. Und jetzt ist es zu spät."

„Mach dir keine Gedanken darüber, meine Tochter."

„Glaubt Ihr, dass dieses Opfer mir angerechnet wird?"

„Ich glaube, dass alles seine Zeit hat. Im Winter fällt es schwer, sich in einen milden Frühlingstag zu versetzen."

„Frühling? Zeit? Die bleibt mir nicht mehr."

Er streichelte ihre Wange. „Schon gut, meine Tochter."

„Ihr glaubt nicht an das Weltenende. Nur deshalb sprecht Ihr so."

„Es ist nicht von Belang, was ich glaube. Aber die Menschen hier brauchen dich. Allein aus deiner Gegenwart schöpfen sie Kraft."

Abermals wurde irgendwo ein Gesang angestimmt.

„Komm", sagte Meginher zu Richarda, „wir wollen gehen und mit ihnen singen."

Die Nacht schritt voran. Die Eremiten sangen und warteten. Und je länger sie warteten, umso leiser wurden ihre Gesänge. Fast schon waren die Fackeln erloschen. Am Himmel aber prangte nach wie vor der Mond, um ihn herum funkelten Sterne. Unter den Eremiten breitete sich, aller Anspannung zum Trotz, zunehmend Müdigkeit aus.

„Wenn ihr mich fragt: Mitternacht ist längst vorüber", sprach Gunda schließlich aus, was viele dachten. Sie gähnte herzhaft. „Wir sollten uns schlafen legen, was meint ihr?"

„Und der Weltuntergang?", fragte Wigbert.

„Findet nicht statt. Dank des Medaillons, das ich trage."

„Ha! Wer sagt denn, dass es nicht an meinem Wolfsfell liegt?“

„Hört auf mit eurem törichten Geplapper“, schalt Rothaid sie nervös.

Richarda aber saß auf der Bank vor der Klause und starrte in den Nachthimmel. Oda hatte sich zu ihr gesetzt und den Kopf an ihre Schulter gelehnt. Sie summte ein Lied aus Kindertagen.

„*...und er wird sie voneinander scheiden, wie der Hirt die Schafe von den Böcken scheidet*“, flüsterte Richarda gedankenverloren.

Doch wo blieb er, der Herr und Weltenrichter?

*

Die Gesänge der Eremiten waren durch die Stille der kalten Nacht bis zur alten Ruine auf den Rymelsberg getragen worden. Zusammengekauert, in ein wärmendes Fell gehüllt, hatte Tassilo den fernen Klängen von seinem einsamen Platz aus gelauscht. *So viele Stimmen, und eine davon gehört Richarda*, dachte er wehmütig.

Im Laufe der Nacht verstummten die Gesänge. Längst musste die Mitternachtsstunde verstrichen sein. „Richarda“, flüsterte Tassilo, „wenn du hier wärst, würde ich dich trösten.“

Er glaubte es deutlich zu fühlen, über tausend Baumwipfel hinweg: Richarda brauchte Trost. Könnte er sie doch nur in den Arm nehmen. Er stellte sich vor, wie es wäre, das Leben mit ihr zu teilen. Törichte Trugbilder, die ihm da vorschwebten, doch er wehrte sich nicht gegen sie. Immer noch zehrte er von jeder einzelnen Begegnung mit ihr, würde es tun bis zum letzten Tag seines Lebens. Nichts war vergessen, weder der denkwürdige Tag seiner Kindheit, als sie der Kaiserin Theophanu begegnet waren, noch der wunderbare Spaziergang, dessen Zauber Richardas eifersüchtiger Bruder gestört hatte.

In solcherlei Erinnerungen versunken, schlief er irgendwann ein. Als er nach einer Stunde frierend erwachte, zeigte sich im Osten das Rot eines neuen Tages. Tassilo rieb sich die Augen und stieß kondensierte Atemluft aus. Im Süden erstreckten sich unverändert die schneebedeckten Baumwipfel eines endlosen Waldes, der Richarda und die Eremiten beherbergte.

Jetzt war es Gewissheit, die Apokalypse war ausgeblieben!

34.

Im fünften Jahrhundert A.D.: Gressiona

In Ricardas Villa waren die Menschen in höchster Aufruhr. Ein Alptraum wurde wahr, die Hunnen nahten, jene abscheulichen Geschöpfe, deren grausame Untaten man aus vielen Berichten kannte. Ricarda scharte ihre Dienerschaft um sich, ein gutes Dutzend verängstigter Menschen.

„Von heute an seid ihr frei!", rief sie mit raumfüllender Stimme. „Unser Heer versucht, die Hunnen zurückgeschlagen, doch wir wissen nicht, ob ihnen das gelingen wird. Es wäre möglich, dass der Feind bald hier einfällt. Unser aller Leben ist in Gefahr. Wisset also, dass euch keine Treuepflicht mehr an mich bindet. Nehmt, was ihr besitzt, und flieht, wenn ihr das wollt. Was immer auch geschieht, die Freiheit sei euch in jedem Fall geschenkt."

Es entstand Geraune, niemand wusste so recht, was er tun sollte. Inzwischen regnete es draußen aus allen Wolken, Blitz und Donner muteten an wie eine Vorhut der Hunnen.

„Natürlich gilt das auch für dich, Agnes", sagte Ricarda zu ihrer Leibsklavin, „auch du sollst von heute an frei sein. Danke, dass du mir so viele Jahre treu gedient hast. Du warst mir stets eine Freundin."

Agnes lächelte traurig. „Ich will es auch weiterhin sein, denn ich bleibe bei dir, Herrin. Wie könnte ich dich verlassen?"

Gerührt nahm Ricarda sie in ihre Arme.

„Damals hätte ich auf dich hören sollen, Agnes. Dein Glaubensbruder Julian – auch ich glaube, dass er unschuldig war. Es wäre meine Pflicht gewesen, den Pontifex zu bändigen. Aber ich tat es nicht, weil es mir an Tapferkeit fehlte. Von jenem Tag an war Gressionas Schicksal besiegelt. Heute wird unserem kleinen Reich der Todesstoß versetzt."

„Am liebsten hätte ich dich verflucht, ich will es nicht leugnen. Eine tapfere Frau bist du dennoch, Herrin. Welches Reich hatte je eine Königin wie dich gehabt?"

Eine Weile standen sie eng umschlungen und dachten an Vergangenheit und Zukunft. Einige Sklaven hatten das Haus nunmehr fluchtartig verlassen, andere, wie der alte Brenno, standen noch unschlüssig herum.

„Ihr zögert?“, wunderte sich Ricarda.

„Wohin sollten wir gehen?“, entgegnete Brenno ruhig. „Ich diente schon deinen Großeltern. Sollen die Hunnen ruhig kommen, ich bleibe bei meiner Königin.“ Er zwinkerte mit einem Auge. „Außerdem regnet es draußen aus allen Wolken, ich könnte mich leicht erkälten.“

Die Tapferkeit, die Agnes ihrer Herrin zusprach, wurde auf eine harte Probe gestellt, als drei Soldaten ins Haus stürmten, junge Kerle in triefnassen Tuniken, blutverschmiert die Gesichter, in deren Augen das Entsetzen durchgestandener Kämpfe stand. Als sie Ricarda erblickten, nach der sie offenbar Ausschau hielten, ergriff einer von ihnen das Wort.

„Meine Königin, der Heerführer schickt uns!“

Ricarda hielt den Atem an, als wüsste sie genau, welch trostlose Nachricht er brachte.

„Bevor er starb“, fuhr der junge Soldat fort, „befahl er uns, dich unverzüglich in Sicherheit zu bringen.“

„Bevor er starb?“ Es war Agnes, die ihn dies erschrocken fragte, denn Ricarda starrte apathisch ins Leere.

„Ein Pfeil der Hunnen traf ihn in die Brust. Es ist alles verloren. Unsere Truppen sind versprengt, die Zahl der Hunnen ist unermesslich. Mit ihren Bögen schießen sie auf alles, was sich bewegt, niemand wird morgen mehr am Leben sein.“

„Was habt ihr vor?“, fragte Ricarda ihn mit tonloser Stimme.

„Schon sind sie bis zu den Gräberfeldern vorgedrungen. Ostwärts wurden sie noch nicht gesichtet. Wir bringen dich nach Colonia, meine Königin.“

„Wozu? Ich bin die Königin des untergehenden Gression, also lasst mich hier.“

Der Soldat räusperte sich. „Der Heerführer befahl es uns, und ich achtete ihn zu sehr, als dass ich ihm seinen letzten Willen nicht erfüllen wollte.“

Ach, Lucius, wo bist du? Im Elysium? Oder bei deinem Christengott? Warum willst du mich retten? Viel lieber würde ich bei dir sein!

„Bitte, Königin, die Zeit drängt! Sie werden bald hier sein."

Wenn es also des Geliebten Wunsch war, dass sie weiterlebte, so wollte sie sich widerwillig fügen. Draußen, wo Blitz und Donner und sintflutartiger Regen die Welt in Chaos verwandelten, warteten Pferde. Ricarda zählte deren vier. „Was ist mit meinen Sklaven?", rief sie in den Lärm des Unwetters.

„Sie müssen für sich selbst sorgen", entgegnete der Soldat.

Ricarda widersprach. „Ich werde sie nicht im Stich lassen."

Agnes fasste sie beschwörend an den Schultern. „Herrin, sei nicht töricht! Fliehe mit ihnen. Ich will, dass du am Leben bleibst."

„Bei allen Göttern! Warum wollen alle, dass ich lebe?" Ricarda schrie es dem jungen Soldaten wütend ins Gesicht. Der riss die Augen auf. Zunächst glaubte Ricarda, ihre Worte hätten ihn aufgebracht. Dann sah sie die blutige Pfeilspitze, die aus seiner Brust ragte.

Die Hölle brach los. Pfeile schwirrten heran, gleich riesiger, mörderischer Insekten. Ricarda sah die Soldaten fallen, auch den alten Brenno traf ein Pfeil, röchelnd sank er in den Schlamm. Die anderen Sklaven rannten panisch ins Haus; Ricarda aber ergriff die Hand ihrer Leibdienerin und zerrte sie mit sich fort.

Wohlan, wir werden sehen, ob es uns wirklich bestimmt ist, weiterzuleben.

Ringsumher tauchten Schatten auf, brüllende Gestalten auf kleinen Pferden. Kurz konnte Ricarda in ein hunnisches Gesicht schauen. Es war von vielen Narben zerfurcht, kleine stechende Augen lagen dicht über einer breiten Nase.

Wo blieb der Pfeil, der sie durchbohrte? Wohin man auch blickte, überall Hunnen, grässliche Kreaturen, wie von der Erde ausgespuckt. Wie ein Wunder erschien es Ricarda, dass Agnes und sie unbehelligt blieben. Ein Wunder freilich, das sie keineswegs herbeigesehnt hatte.

Gleichwohl brauchten sie einen Zufluchtsort. Das Hypocaustum! Unter dem Badehaus würden die Hunnen kaum nach Beute suchen.

„Komm, Agnes! Ich weiß, wo wir uns verstecken können!"

*

Nach vielen Stunden, während Gressiona um sie herum in einem Feindessturm versank und die Elemente wüteten, als seien sie zu Komplizen der Hunnen geworden, nach vielen Stunden der Not und Entbehrung, waren sie in einen tiefen Erschöpfungsschlaf gefallen.

Ricarda erwachte als Erste. Sofort fiel ihr die Stille auf. Keine Totenstille, denn es sangen Vögel, und irgendwo rauschte Wasser, doch weder das Tosen des Unwetters, noch das Prasseln des Feuers, noch die Kampfschreie der Hunnen drangen an ihr Ohr.

Es war vorüber.

Sanft fasste sie Agnes am Arm, um sie aufzuwecken. Schreckhaft schlug sie die Augen auf.

„Schon gut, Agnes. Sie sind fort."

„Fort? Bist du sicher?"

„Ja, Agnes. Wir leben."

Beinahe ein ganzer Tag musste verstrichen sein, seit sie in ihr unwirtliches Versteck gekrochen waren. Sie spürten jeden Knochen im Leib, als sie es endlich verließen.

Für eine Weile waren sie geblendet vom grellen Licht der Sonne. Dann offenbarte sich ihnen ein furchtbarer Anblick. Die Villa, Ricardas Palast, war dem Erdboden gleichgemacht. Immer noch stieg schwarzer Rauch aus den Trümmern. Leichen lagen in Lachen aus Blut und Wasser, in ihrer Totenruhe gestört von gierigen Krähen. Auch die Pferde der Soldaten waren unter hunnischen Pfeilen verendet. Der nahe Bach war durch das Unwetter zu einem wahren Strom angeschwollen, fast reichten seine unruhigen Wellen bis zur Ruine heran. Zahllose Rauchsäulen waren auch in der Umgebung auszumachen. Wem mochte es gelungen sein, sich vor dem schrecklichen Feind in Sicherheit zu bringen? Menschliches Leben war nirgends zu entdecken.

Oder doch?

Ein gequältes Stöhnen riss die Frauen aus ihrer Erschütterung. Mit klopfendem Herzen hielten sie Ausschau nach dem Urheber und fanden Tartula, die Köchin, inmitten der Trümmer. In ihrer Brust steckten drei Hunnenpfeile; dass sie noch lebte, war schier unglaublich.

Ricarda fühlte sich hilflos. Sie ergriff Tartulas schlaffe Hand, raunte ihr tröstende Worte zu. Die Köchin aber, den Tod vor Augen, machte ihrer Herrin mit den letzten Atemzügen ihres Lebens ein erschütterndes Geständnis:

Einst habe sie, von Claudius überredet, Ricarda ein Mittel ins Essen gerührt, damit sie sich unpässlich fühlte. Es sei der Tag gewesen, an dem die Eltern von Räubern überfallen und getötet worden waren.

Die sterbende Tartula sprach mühevoll und stockend, sparte mit Einzelheiten, doch ohnehin war für Ricarda die Absicht hinter allem jetzt offenkundig: Pontifex Grannus hatte es seit jeher auf den Reichtum ihrer Eltern abgesehen und sie bedenkenlos ermorden lassen. Indem er dafür gesorgt hatte, dass Ricarda Königin seines Reiches geworden war, hatte er an ihrem Reichtum teilhaben können. Ricarda war Opfer einer ruchlosen Intrige geworden. Und weil man sie zur Königin gemacht hatte, hatte sie nichts davon bemerkt. Hatten etwa Ruhmsucht und Eitelkeit ihr die Sinne vernebelt?

Kalt blickte sie in die starren Augen Tartulas, aus denen jegliches Leben gewichen war.

Tief betroffen von dem vernommenen Bekenntnis sagte Agnes: „Nun hasst du sie, nicht wahr, Herrin?“

„Ja, Agnes, ich hasse sie.“

„Sie konnte nicht wissen, welche Folgen ihre Tat haben würde.“

„Habe ich nicht das Recht, sie dennoch zu hassen? Sie ist mitschuldig an dem, was geschah. Ich hasse auch mich selbst. Weil ich letztlich nur ein Werkzeug des Grannus war und es nicht merkte.“

„Hass zerstört den Menschen. Wir Christen -“

„Ich bin keine Christin, Agnes!“, schnitt Ricarda ihr brüsk das Wort ab.

Die Dienerin wischte sich eine Träne aus dem Auge. „Was machen wir jetzt?“, fragte sie, hilflos nach allen Seiten spähend, wo es nur Tod und Zerstörung gab.

Diese Frage stellte sich auch Ricarda. Gressiona existierte nicht länger. Trost fand sie allein in dem Gedanken, dass wohl auch der Pontifex den Angriff der Hunnen nicht überlebt hatte. Varnenum, so hatte es der Soldat berichtet, war als Erstes in Flammen aufgegangen.

Hufgetrappel ließ die beiden Frauen aufhorchen. Rasch duckten sie sich hinter einen Mauerrest.

Zwei Hunnenreiter! Sie unterhielten sich, ihre Sprache klang merkwürdig und rau. Ricarda presste eine Hand auf Agnes' Mund, denn vor Angst klapperten ihr die Zähne. Die Hunnen, offenbar auf der Suche nach ihren Leuten, bemerkten sie nicht und wendeten bald wieder ihre Pferde.

„Hier sind wir nicht länger sicher", sagte Ricarda, nachdem sie fortgeritten waren. Sie erinnerte sich an Lucius' Anweisung, in der Höhle auf ihn zu warten, sobald alles vorüber wäre. Lucius war tot, ein sicherer Ort mochte die kleine Höhle dennoch sein. Sie fasste die immer noch von Angst gezeichnete Agnes bei der Hand.

„Komm!"

„Wohin?"

„An einen Ort, wo wir geschützt sind."

Unterwegs trafen sie auf einen alten Schäfer, der völlig verstört wirkte und fest davon überzeugt war, dass niemand die Hölle des hunnischen Überfalls überlebt haben könne. Er blinzelte Ricarda an.

„Du bist doch die Königin."

„Nein, du irrst dich", entgegnete sie kopfschüttelnd. „Gressiona hat nicht länger eine Königin."

*

Noch gestern waren sie in ihrer Höhle vereint gewesen, doch dann war ihre Welt binnen eines Tages untergegangen. Ihr Liebesnest war jetzt nichts weiter als ein Ort aus kaltem Felsgestein. Lucius' Wunsch, einstmals in seinem geliebten Rom den letzten Atemzug zu tun, war ihm verwehrt geblieben. Ricarda hätte weinen mögen bei diesem und den tausend anderen Gedanken, die ihr unablässig durch den Kopf schwirrten. Die Sehnsucht nach Lucius war schmerzhaft wie ein Dolchstoß, die Wut auf ihre Übeltäter trieb sie fast in den Wahnsinn. Und kein Orpheus war erschienen, um die Hunnen, die auch nichts anderes als wilde Tiere waren, durch das Spiel seiner Lyra zu bändigen. Im Stillen begann sie Agnes zu beneiden, die allmählich ihre Ängste ablegte und Frieden fand, indem sie leise Gebete zu ihrem Christengott sprach.

Als die Hunnen um sie herum gewütet hatten, hatte Ricarda der Schwächeren Mut zugesprochen. Jetzt war es Agnes, die ihre Herrin aufzurichten suchte.

„Gressiona ist nicht untergegangen, Herrin."

„Ach nein? Haben wir das alles nur geträumt?"

„Eines Tages wird Gressiona wieder auferstehen. Es wird eine neue Königin geben. Und sie wird so klug und schön sein wie du." Sie lächelte ihre Herrin an, und Ricarda konnte nicht anders, als das Lächeln sanft zu erwidern.

„Hat dir das dein Gott im Gebet verraten?"

Agnes schwieg. Ein seltsamer Ausdruck der Verklärung lag in ihren Augen.

„Woran denkst du, meine Freundin?", drang Ricarda in sie ein.

„Ich bin froh, dass du dich des Jupiterkopfes entledigt hast, Herrin!"

„Du bist frei, hast du das schon vergessen? Ich bin nicht länger deine Herrin."

„Weißt du denn nicht, dass ich immer schon frei war?"

Mit zwei Fingern streichelte Ricarda zärtlich die Wange der Freundin. „Dann hast du mir einiges voraus, Agnes."

Zwei Tage blieben sie in der Höhle. Dann brachen sie auf zur Stadt

Colonia, die als letzte römische Bastion im Norden des verfaulenden Reiches der neuen Zeit trotzte. Dort würden sie eine Entscheidung treffen müssen über ihr künftiges Leben.

35.

Der frühe Morgen des Neujahrstages 1000 A.D.
Als die Sonne aufging, lag Stille über dem Lager der Eremiten. Die meisten hatten sich schließlich doch schlafen gelegt, andere waren wach geblieben und hatten ausgeharrt. Mit dem ersten Morgenrot wurde auch dem letzten Zweifler klar, dass das Ende der Welt nicht stattfinden würde.

Eine merkwürdige Stimmung bemächtigte sich der Eremiten. Das Weltgericht, sie hatten vergeblich darauf gewartet. Heim und Hof hatten sie verlassen, ihren Grundherren getrotzt, um sich für das Ende zu läutern. In armseligen Behausungen hatten sie die Kälte des Winters und mancherlei Entbehrung ertragen, hatten gefastet und auf fleischlichen Verkehr verzichtet, sie hatten gebetet wie nie zuvor in ihrem Leben und jedem verziehen, der ihnen jemals Unrecht angetan hatte. Doch die Silvesternacht war vergangen wie alle Nächte seit tausend Jahren, der Himmel hatte sich nicht aufgetan, weder Engel noch Teufel waren in Erscheinung getreten, keine Posaunen waren erklungen, der letzte Kampf zwischen Gut und Böse war immer noch Zukunft.

Seit Stunden saß Richarda auf der Bank vor der Klause, sie fühlte sich leer und erschöpft. Oda, die ihren Kopf auf Richardas Schoß gebettet hatte, schlief. Aus den Zelten krochen Menschen und rieben sich die Augen.

Fühlten sie sich betrogen? Richarda konnte es ihnen nicht verdenken. Doch wenn ihre Blicke sie trafen, erkannte sie keinen Vorwurf darin.

Auch Oda erwachte. „Wir leben?“, fragte sie schlaftrunken.

„Ja, wir leben“, erwiderte Richarda müde.

Die Eremiten versammelten sich vor der Klause, obwohl niemand sie gerufen hatte. Für den Neujahrstag gab es keine Vereinbarungen, keine Absprachen, der Tag war gewissermaßen über sie gekommen wie ein Dieb in der Nacht.

Ernstes Schweigen herrschte, nur ein paar aufgeregte Kinder stellten den Eltern neugierige Fragen, auf die sie wortkarge Antworten erhielten. Bruder Meginher trat aus der Klause, er hatte es vorgezogen, sich aufs Ohr zu legen, anstatt auf das Ende zu warten.

„Nun, Brüder und Schwestern, ich hoffe, ihr habt noch etwas zu essen für ein kleines Frühstück übrig!“, rief er lächelnd, „unsere Mägen können schließlich nichts dafür, dass der Weltuntergang nicht stattfand!“

„Macht Euch nicht über uns lustig, Bruder“, entgegnete einer der Eremiten wenig entzückt.

„Wir haben alles verschenkt, was wir besaßen“, ergänzte sein Weib mit belegter Stimme. „Was soll jetzt aus uns werden?“

„Es liegt mir fern, über euch zu spotten“, sagte Meginher kleinlaut. „Tja ..., dann vielleicht zuerst ein Morgengebet?“

Hilfesuchend sah er Richarda an, die sich bestürzt an die Menge wandte. „Vergebt mir!“ Ihre Stimme war heiser, als hätte sie Spinnweben im Hals. „Ich habe euch in die Irre geführt. Der Herr erbarme sich meiner.“

„Wer sind wir, dass wir dir etwas vorhalten könnten, Richarda!“, rief die alte Witwe Thea und erntete zustimmendes Gemurmel. „Der Teufel hat uns alle getäuscht!“, fügte sie hinzu. „Trotzdem fühlte ich mich dem Herrgott nie so nahe.“

„Wir kamen zu dir, weil wir es so wollten, Richarda“, erklärte eine andere Frau. „Ich bereue es nicht, denn nie fühlte ich mich so frei wie bei dir.“

Zustimmendes Nicken in der Runde. Richarda mochte es kaum glauben, niemand schien ihr gram zu sein. Erleichtert war sie deshalb keineswegs. In ihrer Seele war Finsternis.

„Gleichwohl, wir werden uns neu besinnen müssen. Ich wünschte, ich könnte euch sagen, wie.“

Die aufgehende Sonne lugte hinter einer Baumreihe hervor und tauchte den schneebedeckten Platz in ein goldenes Licht. Kein Windchen wehte. Die Eremiten schwiegen und blickten wie ergriffen in den azurblauen Himmel. Ein Leben lang hatten sie die Zeichen der Natur mit den Augen des Bauern betrachtet, der an Saat und Ernte denkt. Jetzt aber entdeckten sie die Schönheit der Welt. Erlebten sie nicht gerade den ersten Morgen einer neuen Schöpfung?

Fröhliches Gelächter beendete die Stille. Verwunderte Blicke richteten sich auf Adam und Eva. Die Zwillinge hielten sich an den Händen und wagten ein ausgelassenes Tänzchen. Die beiden, die stets so verstört wirkten und selten sprachen, zumindest nichts, worauf man sich einen Reim machen konnte, sie waren plötzlich voll sprühender Lebenslust, hüpften, klatschten in die Hände und wollten gar nicht mehr aufhören zu lachen, als hätten sie begriffen, dass es mit der Apokalypse nicht weit her war. „Ich bin!", schrie Adam, beide Fäuste zum Himmel reckend. Eva tat es ihm gleich, Freudentränen rollten über ihre Wangen.

„Sieh mal einer an, unsere Hurenkinder halten eine kleine Feier ab", wunderte sich Wigbert.

„Ich bin!" Adam schrie es wieder und immer wieder.

Jemand hatte begonnen, den Tanz der Geschwister rhythmisch zu beklatschen, andere fielen darin ein. Bauer Winniges eilte, seine holzgeschnitzte Flöte zu holen, und schon bald waren Adam und Eva nicht mehr die einzigen, die das Tanzbein schwangen. Auch Gunda nahm ihren Wigbert bei der Hand, zerrte ihn zwischen die Ausgelassenen, als wäre ihr Hochzeitsfest niemals vorübergegangen. Die Bedrückung der Eremiten war einer ekstatischen Lust am Leben gewichen.

Entgeistert betrachtete Richarda das lustige Treiben. „Warum tanzen sie?", fragte sie.

Bruder Meginher, der im Takt der Flöte mit einem Fuß wippte, antwortete: „Der gute Adam hat es gesagt: *Weil wir sind*!"

Oda war Richarda nicht von der Seite gewichen; mit einem entrückten Lächeln folgte sie dem Geschehen vor ihren Augen. Und sie, die sich nie in ihrem Leben in den Vordergrund gedrängt hatte und stets glücklich gewesen war, wenn sie nur in Richardas Nähe sein durfte, sie erhob sich mit einem Mal und trat voller Entschlossenheit unter die Feiernden.

„Ruhe!", rief sie, wild mit den Armen winkend, „seid ruhig, ich will euch etwas mitteilen!"

Es dauerte eine Weile, bis man sie erhörte und Bauer Williges seine Flöte von den Lippen nahm.

„Was ist denn?", fragte Wigbert, der sich über die unvermutete Forschheit seiner Schwester wunderte.

Erwartungsvoll sah man Oda an. Sie blickte in die Runde. „Wisst ihr, weshalb die Welt nicht unterging? Weil Gott es noch nicht wollte. Gott will, dass wir ihm weiter dienen. Hier und heute und bis zu unserem Tod. Aber dafür brauchen wir eine Königin!"

Was sie damit meine, fragten einige Stimmen.

„Damit meine ich, dass wir Richarda zu unserer Königin machen müssen!"

Niemand erwiderte etwas darauf, alle starrten sie nur an. Oda aber hatte gesagt, was sie zu sagen hatte, und kehrte zu Richarda zurück.

„Was redest du denn bloß für einen Unsinn", empfing diese sie kopfschüttelnd. „Königin? Wovon?"

Oda dachte kurz nach und breitete die Arme aus. „Von Gression!"

„Sie hat den Leuten aus den Herzen gesprochen", flüsterte Meginher fasziniert. „Die Leute wissen es noch nicht, aber es wird nicht mehr lange dauern ..."

Wigbert, der immer schon davon geträumt hatte, ein großer Anführer zu sein, sah nun seine Stunde gekommen. „Als wir noch Kinder waren", ergriff er das Wort, bevor es jemand anderes tun konnte, „da war Richarda die Königin unserer kleinen Bande. Eines Tages ließ sie uns Kinder zusammenkommen, und wir schlossen einen feierlichen Bund. Wir wollten immer gute Werke tun, dem lieben Gott stets gefällig sein. *Für eine wunderbare Welt!* Das war unsere Losung. Heute bin ich davon überzeugt, dass Richarda damals schon ahnte, was heute geschehen würde. Ja, auch ich will, dass wir sie zur Königin machen!"

Zunächst gab es Geraune, dann Rufe der Zustimmung.

„Für eine wunderbare Welt!", rief die alte Thea.

Richarda wollte empört aufstehen, um das Gerede zu unterbinden, aber Oda hielt sie zurück, indem sie sich an sie klammerte wie ein Kind an seine Mutter.

Wigbert witterte Morgenluft. Vorhin noch hatte er darüber nachgegrübelt, wo er mit Gunda künftig leben würde. Eine Rückkehr zu seiner Töpferwerkstatt am Rymelsberg kam nicht in Betracht, Madelgards wütender Gatte würde ihm das Leben zur Hölle machen. Was sprach also dagegen, das behelfsmäßige Lager der Eremiten in ein echtes Dorf zu verwandeln? Richarda würde ihr Haupt sein, zumindest in moralischer Hinsicht. So wie ja auch die Muttergottes keine wirkliche Königin war. Er aber, Wigbert, würde die Strippen ziehen, denn hierzu bedurfte es eines entschlossenen Mannes. Sein Jugendtraum konnte jetzt wahr werden. Seinen Großvater, den Wolfstöter, würde er an Ruhm mühelos übertreffen.

„Wer ist unsere Königin?“, schrie er mit bebender Stimme.

Und Richarda vernahm erschrocken, dass die ohrenbetäubende Antwort der sechzig Eremiten darin bestand, einstimmig und inbrünstig ihren Namen zu skandieren.

Du wirst eine Königin sein!, hatte die Klausnerin einmal behauptet.

Gero aber nahm Wigbert beiseite. „Was machst du?“, fragte er verwirrt. „Richarda eine Königin? Bist du verrückt geworden?“

Beschwörend packte Wigbert ihn am Arm. „Verstehst du denn nicht, Freund? Wir alle können hier ein neues Leben beginnen. Oder willst du für immer der lausige Knecht des Gaugrafen sein?“

„Er wird uns fürchterlich bestrafen.“

„Nicht, wenn wir uns gegen ihn zur Wehr setzen. Weißt du noch, früher? Niemand wagte es, sich mit uns anzulegen. So wird es auch in Zukunft wieder sein.“

„Aber Richarda -“

„Ich weiß doch, wie sehr du sie liebst. Sie braucht dich, Gero. Du wirst ihr Leibwächter sein. Der Leibwächter einer Königin!“

Gero schluckte. Alles durfte geschehen, alles, wenn er nur bei Richarda bleiben durfte. Richardas Leibwächter, eigentlich klang das ganz nach seinem Geschmack.

Inzwischen waren einige der Männer zu Richarda geeilt, man hievte sie auf die Schulter des Kräftigsten unter ihnen. Dutzende Hände reckten sich nach ihr. „Salve Regina!“, rief man ihr zu. Gero eilte dem Mann, der Richarda trug, entgegen und baute sich breitbeinig vor ihn auf. „Lass sie herunter, du Schwachkopf!“

Da es immerhin Richardas Bruder war, der ihm das befahl, gehorchte der Mann. Richarda atmete schwer, ihre Lippen zitterten, doch bevor sie etwas sagen konnte, nahm Gero sie an der Hand und führte sie in die Klause. Die Leute protestierten, Wigbert beschwichtigte.

„Lasst die Königin doch erstmal zu Luft kommen, Leute. Sie weiß ja gar nicht, wie ihr geschieht. Hinterher wird sie zu euch sprechen!"

Kurz darauf war die Familie in der Klause vollzählig versammelt, ergänzt durch Bruder Meginher. Richarda kauerte auf einem Hocker. „Oda! Wigbert! Was habt ihr getan?", fragte sie entrüstet.

„Wie du hörst, wollen die Menschen es so", grinste Wigbert. In der Tat, draußen skandierte man unverdrossen ihren Namen.

Auch Gunda grinste, wenngleich es ein wenig frostig wirkte. „Wenn du dich Königin nennst, darf ich dann wenigstens die Prinzessin sein?"

„Bruder Meginher", wandte sich Richarda hilfesuchend an den Mönch aus Hersfeld, „was kann man tun, um diesen Wahnsinn zu beenden?"

Meginher machte keinen Hehl daraus, dass ihn das, was er gerade erlebte, über alle Maßen faszinierte. „Ich fürchte, nichts, meine Tochter."

„Nichts? Was heißt das? Ihr seht doch selbst, dass alle verrückt geworden sind. Ich glaubte fest ans Ende der Welt, und jetzt nennen sie mich *Königin*."

„Vielleicht ist genau dies deine Bestimmung: die Königin dieser Menschen zu sein."

Rothaid weinte hemmungslos. „Ich wusste es immer, du bist etwas Besonderes, mein Kind. Der liebe Gott hat Großes mit dir vor."

„Gero!" Der Bruder war Richardas letzte Hoffnung. „Sag doch auch etwas dazu."

Gero kratzte sich die Nase. „Erinnerst du dich, was du gesagt hast, als wir Kinder vom Tod der Theophanu erfuhren, Richarda?"

Sie biss sich schweigend auf die Unterlippe, deshalb war es Oda, die eine Antwort auf diese Frage gab. „Du sagtest, dass die

Kaiserin uns für etwas Besonderes hielt. Heilig sollten wir sein, ja, heilig, das waren deine Worte."

„Die wunderbare Welt", fuhr Gero schwärmerisch fort, „jetzt kann sie Wirklichkeit werden."

„Wir waren Kinder", erwiderte Richarda tonlos.

„Du warst damals schon mehr als nur ein Kind", widersprach Rothaid.

„Lasst mich für eine Weile allein. Ich will beten!"

Man tat, was sie wünschte und trat vor ihr zurück, ohne die Klause jedoch zu verlassen. Richarda kniete nieder, die Hände gefaltet, die Augen fest geschlossen, und ihre Lippen bewegten sich zu stummen Gebeten.

„Was wird sie tun?", flüsterte Wigbert, der die Ungewissheit kaum noch ertrug. Wenn Richarda ablehnte, musste auch er sich etwas Neues überlegen.

„Sie wird sich nicht gegen ihre Bestimmung wehren", sagte Rothaid zuversichtlich. „Endlich ergibt alles einen Sinn."

„Und der wäre?", forschte Gunda.

„Halt die Klappe!", brummte Gero.

„Als ob du mir etwas zu sagen hättest."

„Dann sag du es ihr, Wigbert."

„Dein Bruder hat vollkommen recht, wenn er dir befiehlt, die Klappe zu halten, Gunda."

„Schweigt, und zwar alle", sagte Rothaid scharf.

Unterdessen hatte Richarda ihre Gebete beendet und sich erhoben. „Ich will zu den Leuten sprechen!", verkündete sie.

Wigbert wirkte ungeduldig. „Was wirst du ihnen sagen?"

„Wir werden es gleich hören", sagte Meginher.

Richarda trat nach draußen, gefolgt von den Anderen. Bei ihrem Anblick begann die Menge wieder zu jubeln, aber Richarda hob eine Hand, um sie zum Schweigen zu bringen. Ihre Stimme zitterte leicht.

„Mein Großvater Ortwin erzählte uns Kindern oft die Geschichte von der alten und unsagbar reichen Stadt Gression. Hier, wo wir stehen, soll sie vor langer Zeit existiert haben. Weil sich aber ihre

Bewohner zunehmend der Sünde hingaben, vernichtete Gott sie durch ein himmlisches Strafgericht."

Sie schwieg und schaute in die Gesichter der Menschen. Viele nickten, die Geschichte um das alte Gression war ihnen bekannt, wenngleich man sich fragte, worauf Richarda hinauswollte.

„Ihr wollt mich als Königin?", fuhr sie fort. Ihre Stimme war nun klar und fest. „Wohlan, ich werde eure Königin sein!"

Sie unterband den aufbrandenden Jubel, indem sie abrupt eine Hand hob. „Doch hört meine Bedingung! Als Kind träumte ich manchmal davon, ein neues Gression zu gründen. Das wollen wir heute feierlich tun. Aber wir werden uns nicht mit den Sünden unserer Vorfahren beflecken. Unser Gression soll ein Ort der Frömmigkeit und Nächstenliebe sein. Nichts hat dauerhaft Bestand ohne Gott! Bis heute waren wir Eremiten. Wir werden auch künftig Eremiten bleiben. Die Zeichen der Zeit deuteten wir falsch, sie erwiesen sich als Irrlichter. Doch wir wollen jeden Tag so leben, als wäre es der letzte. Unser Gression soll die Sünde nicht kennen. Wenn dies auch euer Wille ist, kann ich eure Königin sein. Doch dürft ihr mich nie so nennen, denn keiner unter uns soll über den anderen herrschen."

„Für eine wunderbare Welt!", rief Wigbert.

„Für eine wunderbare Welt!", antwortete die verzauberte Menge.

Richarda kehrte in die Klause zurück, gefolgt von Rothaid, die ihr schluchzend um den Hals fiel.

„Ach, mein Kind, nun bist du unsere Königin. Hörst du, da draußen stimmen sie ein Loblied an. Ein Loblied auf Königin Richarda von Gression!"

„Schon gut, Mutter. Ein Ort, der frei von Sünde ist, kennt nur Könige und Königinnen."

„Eine richtige Siedlung wird hier entstehen."

Richarda nickte ernst. Ihr war schwindlig von ihrer eigenen Rede. War sie sich der Tragweite ihrer Worte überhaupt bewusst gewesen? Wer hatte ihr die Zunge geführt? Die Klausnerin hatte oft genug in rätselhafter Weise von einer Bestimmung gesprochen.

Und die Kaiserin, sie hatte damals zu ihr gesagt: Wende dich niemals gegen das Schicksal, das dir bestimmt ist!

Nun erschien es Richarda, dass sie ihre Bestimmung gefunden hatte. Trotz ihrer Erschöpfung verspürte sie ein Gefühl von Glückseligkeit.

„Sie werden nicht länger in Zelten leben", fuhr Rothaid fort. „Man muss solide Hütten für sie errichten. Ein prächtiges Dorf, vielleicht sogar eine Stadt wird das neue Gression sein."

„Gewiss, Mutter. Zerbrich dir nicht den Kopf darüber, die Männer werden es recht bald schon anpacken."

„Doch eins müssen wir rasch erledigen: Das Grab, es kann nicht länger dort bleiben, wo es jetzt ist. Dort werden bald Hütten stehen."

„Du meinst Hiltruds Grab? Gewiss, wir werden ihren Leichnam umbetten müssen, wenn es soweit ist."

„Sie sollen es bald tun! Heute noch!"

Richarda streichelte ihr über die grau gewordenen Haare. „Ich verstehe, dass ihr Tod dich tief bewegt, Mutter. Doch warum machst du dir so viele Sorgen? Hiltrud ist im Himmel, so oder so."

„Glaubst du etwa, ich hätte mehr tun müssen, um ihr zu helfen?"

„Unsinn. Ihr Tod ist nicht deine Schuld, wie hättest du sie retten können, ohne selbst zu ertrinken? Du musst dir wirklich keine Vorwürfe machen."

Rothaid schwieg.

„Übrigens ging es mir ähnlich wie dir", fuhr Richarda fort, „ich fühlte mich Hiltrud sehr nahe, auch wenn ich sie nur eine kurze Zeit lang kannte. Merkwürdig, nicht wahr?"

Rothaid legte ihr unwillig einen Finger auf den Mund. „Eine Königin sollte nicht plappern, Richarda. Niemals!"

Nachwort des Autors

Die mythische Stadt Gression ist das Atlantis der Region zwischen Aachen, Jülich und Köln. Noch vor hundert Jahren war die Sage um Gression im Bewusstsein der einheimischen Bevölkerung fest verankert, heute ist sie leider nahezu vergessen.

Das heutige Gressenich bei Stolberg scheint der Mittelpunkt der Stadt gewesen zu sein, die vor allem durch ihre Erzminen zu großem Reichtum gelangte. Das ergibt Sinn, denn Bergbau wurde hier nachweislich schon in frühester Zeit betrieben. Zur Größe der Stadt gibt es verschiedene Überlieferungen. Auch kursieren gleich mehrere Versionen vom Untergang der Stadt: Mal ist von einer Sintflut die Rede, dann wiederum von feindlicher Zerstörung. Auf jeden Fall sah man ihr jähes Ende als himmlisches Strafgericht an, da sich die gottlosen Bewohner Gressions zunehmend der Sünde hingaben.

Womöglich ist der historische Kern der Sage in der Endphase des Römischen Reiches zu suchen. Unzählige römische Villen und Gebäude müssen in der Region um Gression existiert haben. Als die Macht Roms unter dem Druck der Germanen und anderer einfallender Völker zunehmend bröckelte, schwand auch der Wohlstand in den Provinzen. Unruhige, blutige Zeiten brachen an. Ob Gression ein kleines Sonderreich darstellte? Auch scheint es sich weniger um eine Stadt im herkömmlichen Sinne gehandelt zu haben, sondern eher um ein Verbund von Dörfern und Weilern.

Die Romantrilogie um Richarda von Gression – wie ihre Ahnin Ricarda ist sie eine fiktive Gestalt – arbeitet die Sage um Gression belletristisch vor einer möglichen historischen Kulisse auf. Eine wissenschaftliche Aufbereitung im Rahmen der Handlung ist schwierig und im Fall des vorliegenden Romans nicht beabsichtigt. Dennoch mag es interessierte Leser anregen, dem Sagenkomplex um Gression näher auf den Grund zu gehen.

Langerwehe im August 2012
Günter Krieger

Schauplätze der Handlung

Wo Ricarda zur Königin ausgerufen wurde:
Die gallo-römische Tempelanlage „Varnenum“ bei Aachen-Kornelimünster

Mosaik in Ricardas Villa: Orpheus beruhigt die wilden Tiere
(Hatay Museum, Antakya Antiochia, Türkei)

Wie Ricardas Villa ausgesehen haben könnte.
(Hier am Beispiel der Villa Rustica in Mehring)

Zwischen Hamich und Gressenich: Wo Ricardas Villa stand, deren Ruinen später der Einsiedlerin Judith als Klause dienten.

Das heutige Dorf Gressenich bei Stolberg. Lag hier das sagenhafte Gression?

Das heutige Töpferdorf Langerwehe. Auf dem Rymelsberg steht seit dem 12. Jahrhundert eine Kirche, der Nachfolgebau (Kirche rechts) stammt aus dem 15. Jahrhundert.

Der Omerbach bei Gressenich.

Eine kleine Höhle im Felsgestein zwischen Langerwehe und Wenau ist der Schauplatz mannigfaltiger Ereignisse quer durch die Jahrhunderte!

Wo Hiltrud im Eis einbrach: Ein kleiner See unweit der später errichteten Laufenburg bei Langerwehe.

Motte Altenburg bei Jülich, wo sich die Hügelburg des Gaugrafen erhob.

Die Stiftsruine in Bad Hersfeld, Heimatkloster des Paulinus.

Wandern in
Historischen
Romanwelten
Autor Günter Krieger führt
zu den Schauplätzen seiner Romane
Termine und mehr unter
www.guenter-krieger.de

Günter Krieger bei Ammianus

DIE GEFANGENEN SEELEN

Merode, ein Bauerndorf unweit von Aachen, Anno 1312:
Eva besitzt besondere Geistesgaben, die sie in den Augen vieler Dörfler sonderbar erscheinen lassen. Fragen der Philosophie sind ihr so vertraut wie die Arbeit auf den Feldern. Evas große Liebe heißt Falk. Ihre Heirat ist längst beschlossen. Doch eine Intrige, angezettelt von Evas Kusine Magda, entzweit das Paar. Eva verlässt ihre Heimat bei Nacht und Nebel, um Meister Eckhart von Hochheim, einem bekannten Mystiker, als Jüngerin zur Seite zu stehen. Vierundzwanzig Jahre sollen vergehen, bis Eva und Falk sich erneut begegnen. Ein Leben voller Schicksalsschläge liegt hinter ihnen. Aber hat ihre Liebe die Stürme der Zeit überdauert?

Merode, Köln, Paris, das päpstliche Avignon, die Schönburg bei Wesel am Rhein sowie die Schlacht bei Mühlberg sind Schauplätze in Günter Kriegers generationsübergreifendem Historienroman.

„Der Umberto Eco der Region!“
Aachener Nachrichten

Günter Krieger – Die gefangenen Seelen
ISBN: 978-3-9812285-9-5
Paperback, 420 Seiten / € 13,90

Demnächst

Richarda von Gression – Die Königin (Herbst 2013)
Richarda von Gression – Die Pilgerin (Frühjahr 2014)

Historische Romane von Michael Kuhn bei Ammianus

DIE MARCUS–TRILOGIE

Wir schreiben das Jahr 355 nach Christus. Wo die „Pax Romana“ Jahrhunderte lang Sicherheit und Wohlstand garantiert hatte, herrschen Chaos und Auflösung.

Seit Jahren setzen fränkische und alemannische Scharen über den Rhein und legen die römischen Provinzen Germaniens und Ostgalliens in Schutt und Asche. Um der Lage Herr zu werden, ernennt der Imperator Constantius II. seinen Vetter Julian zum Stellvertreter und Caesar des Westens. Der „Ungeliebte“ soll das Unmögliche vollbringen und zieht von Mailand mit wenigen Getreuen nach Gallien, um ein schlagkräftiges Heer zu sammeln.

Marcus Junius Maximus, ein langgedienter Offizier, erlebt in diesen Tagen das Abenteuer seines Lebens. Beim Fall der Grenzfestung Gelduba wird er schwer verwundet, und nur die Kunst der Ärzte und sein Überlebenswille retten sein Leben. Dunkle Schicksalsmächte treiben ihn durch die Provinzen an Rhein und Mosel, und große Geschichte wird in seinem Beisein geschrieben, als Caesar Julian zu seinem Siegeszug antritt und die Grenze am Rhein ein letztes Mal für das Imperium zurückgewinnt.

Marcus – Soldat Roms
Band I
ISBN: 978-3-9812285-0-2

Marcus – Tribun Roms
Band II
ISBN: 978-3-9812285-1-9

Marcus – Maximus Alamannicus
Band III
ISBN: 978-3-9812285-2-6

Alle Bände erscheinen in hochwertig gebundener Form zum Preis von je € 19,90

Michael Kuhn
DIE MARCELLUS–TRILOGIE

Germanien und der westen Europas im Jahre 486 nach Christus. Die Strukturen des römischen Imperiums haben dem Druck von Völkerwanderung und inneren Krisen nicht standgehalten. An die Stelle der Imperatoren, Armeeführer und Statthalter sind wilde Kriegsherren getreten, die sich einen gnadenlosen Kampf um die Vorherrschaft liefern. Die Welt der Antike ist in Auflösung begriffen und das Mittelalter hat begonnen. In diesen Jahren wächst Marcellus, ein junger Romane, am Hofe des Rheinfranken Sigibert heran. Mit seinen Freunden, Provinzialen und Franken, erlernt er das Handwerk des Kriegers, das ihm nach dem Willen seines Vaters einen Platz im Leben sichern soll.
Die unbeschwerten Tage der Jugend enden, als die Krieger der Alamannen an den Grenzen aufmarschieren, um den Franken die Ländern an Rhein und Mosel zu entreißen. Gemeinsam mit seinen Freunden erhält er angesichts des drohenden Krieges den Auftrag, eine burgundische Prinzessin ihrem Bräutigam, dem ihm verhassen Thronfolger zuzuführen. Das riskante Unternehmen, die ausbrechenden Kämpfe, eine ruchlose Verschwörung gegen das Leben des Merowingers Chlodwig und die Wirrungen der Liebe lassen ihn früh zum Mann heranreifen, der sich auf dem Schlachtfeld von Zülpich beweisen muss.

Wie in Michael Kuhns Erstlingswerk, der Trilogie um den römischen Tribun Marcus Junius Maximus, ist der Handlung eine Spurensuche angegliedert. Der Leser ist gleichsam eingeladen, die Handlungsorte des Romans aufzusuchen und viel Wissenswertes über die Zeit des frühen Mittelalters aufzunehmen.

Marcellus – Der Merowinger
Band I
ISBN: 978-3-9812285-3-3

Marcellus – Graf von Arduena
Band II
ISBN: 978-3-9812285-6-4

Marcellus – Blutgericht
Band III
ISBN: 978-3-9815774-0-2
ist **in Vorbereitung** und erscheint
voraussichtlich im **Herbst 2013**!

Alle Bände erscheinen in hochwertig gebundener Form zum Preis von je € 19,90